Lieb mich lieber morgen

Sommertrilogie Band 2

AF216084

Lily Winter

Lily Winter

Lieb mich lieber morgen

Sommertrilogie Band 2

Roman

Impressum

Bibliografische Information der Deutschen Nationalbibliothek:
Die Deutsche Nationalbibliothek verzeichnet diese Publikation in der Deutschen
Nationalbibliografie; detaillierte bibliografische Daten sind im Internet über
http://dnb.dnb.de abrufbar.

© 2020 Lily Winter

Cover Design: Hannah Sternjakob

Herstellung und Verlag: BoD – Books on Demand, Norderstedt

ISBN: 978-3-7504-9672-9

PROLOG

Ariane

Wir setzen uns gemütlich draußen vor die Eisdiele, obwohl nichts an unserer Stimmung gemütlich ist. Der bloße Gedanke daran, eventuell bei meinem Vater leben zu müssen, treibt mir die Tränen in die Augen. Aber eigentlich, will ich deswegen nicht heulen, denn ich muss meiner Mutter zeigen, dass ich mit der Situation umgehen kann.

„Ist das für dich ok, Ari?", fragt mich meine Mutter wieder und wieder.

„Natürlich, Mama", sage ich dann jedes Mal schnell, um auch mich selbst davon zu überzeugen.

Plötzlich sehe ich Ralf am Nachbartisch sitzen. Neben ihm sitzt ein kleines, rothaariges Mädchen.

„Hallo Ralf!", brülle ich rüber, damit wir endlich das Thema wechseln können. Ralf steht sofort auf. Was für ein Glück.

„Hallo Ari, hallo Anna!", ruft er erfreut.

„Hallo Ralf", sagt meine Mutter leise, fast schüchtern. Ich schiebe sofort beide Tische zusammen und wir setzen uns alle.

„Das sind Max und Katja", stellt Ralf vor.

„Hallo, ihr beiden", sagt meine Mutter. „Das ist Ari, meine Tochter."

Ich nicke kurz und sage Hallo, dabei schaue ich zufällig auf Max. In mir macht es „ping" und ich werde rot. Zum Glück erzählt Katja gerade etwas Lustiges und alle lachen.

„Was macht sie?", frage ich, um auch etwas zu sagen. Doch eigentlich schaue ich nur diesen großen, dunkelhaarigen Mann mit den blauen Augen neben Ralf an.

Ich versuche nicht zu sehr hinzu starren. Mir wird gleichzeitig heiß und kalt, denn irgendwie weiß ich, dass ich mich gerade verliebt habe.

1. KAPITEL

Ariane

Langsam packe ich meinen Koffer.

Ich stehe in meinem Wohnheimzimmer, in Hamburg. Möglichst weit weg von München, wo ich aufgewachsen bin.

Meine Mutter stammt aus dem Ruhrgebiet, aus Hattingen, um genau zu sein. Auch sie ist damals geflohen und München schien ihr dabei der weit möglichste Ort zu sein, um Abstand zu bekommen; von ihrer Mutter, aber wahrscheinlich auch von Ralf.

Ich kann das allerdings nur vermuten, denn mit mir würde sie niemals über solche Dinge sprechen. Ich weiß noch nicht mal, ob sie mit meiner Tante Meli jemals darüber gesprochen hat. Und die ist ihre beste Freundin.

Da ich bereits in München war, musste ich halt in die andere Richtung ziehen und war erleichtert darüber, als ich die Zusage für einen Studienplatz in Hamburg bekam. Hamburg schien mir ein gutes Exil zu sein, weit weg von München und von Max.

Womit wir auch schon bei meinem Fluchtgrund wären.

Als ich Max damals das erste Mal gesehen habe, habe ich sofort dieses Kribbeln gespürt. Es kam einfach und hat sich seitdem auch nicht wieder aufgelöst, ganz im Gegenteil:

Es ist immer stärker geworden.

Mein Problem war, zumindest damals, dass Max bereits 18 Jahre alt war und ich gerade mal 12.

Katja und er waren gerade von Hamburg zu ihrem Vater gezogen, nachdem ihre Mutter beschlossen hatte, eine Karriere als Schriftstellerin zu starten. Sie hat die beiden einfach dort abgeladen. Speziell Katja hatte noch lange damit zu kämpfen, glaube ich, auch wenn das anfangs gar nicht danach aussah.

Max und Katjas Mutter lebt zwar in Hamburg, jedoch war dies kein Grund für mich, nicht dorthin zu ziehen, denn die beiden besuchen ihre Mutter eigentlich so gut wie nie, das Verhältnis ist nicht gerade gut, was ich verständlich finde.

Als ich Max vor zehn Jahren kennengelernt habe, hatte er sich gerade an der TUM eingeschrieben und angefangen, Elektrotechnik zu studieren.

Mir ist völlig klar, dass er in mir nur ein kleines Mädchen sieht bzw. mittlerweile vielleicht so etwas wie eine kleine Schwester. Ich befürchte, selbst heute noch mit 22, bin ich wohl nicht viel mehr für ihn.

Lange habe ich darauf gewartet, dass meine heftigen Gefühle für Max abklingen würden, doch das geschah nicht.

Nach meinem Abitur habe ich mich daher überall in Deutschland für einen Studienplatz beworben. Ich habe viele Zusagen bekommen, aber irgendwie wollte ich doch wieder in einer großen Stadt leben und habe mich daher für Hamburg entschieden. Vor Kurzem habe ich meinen Bachelorabschluss in Mathe und Chemie bestanden und die Zusage für den Master bekommen. Im Gegensatz zu meiner Mutter, die nie Lehrerin hatte werden wollen, hat für mich schon sehr früh festgestanden, dass ich nichts anderes werden will.

Bereits in der Grundschule habe ich anderen Kindern etwas erklärt. Allerdings nicht immer mit ihrer Zustimmung, wodurch ich schnell als Besserwisserin abgestempelt worden bin. Auf dem Gymnasium hat sich das ganz schnell aufgelöst, nachdem die erste Klassenarbeit in Mathe geschrieben worden war und die meisten nur Bahnhof verstanden hatten. Daraufhin habe ich eine Musterlösung angefertigt und sie verkauft. Auf Wunsch sogar mit Erklärungen, natürlich gegen einen Aufschlag. Und so habe ich dann meine persönliche Nachhilfeschule aufgemacht, mit riesigem Zulauf, auch von anderen Schulen. Teilweise habe ich mehrere Kinder gleichzeitig unterrichtet, wenn sie aus derselben Klasse kamen.

Mein Gehalt wurde dann aufgeteilt und das war auch in Ordnung für mich. Wusste ich, dass die Eltern nur wenig Geld hatten, nahm ich ohnehin nur einen reduzierten Preis oder auch einfach mal nur eine Tafel Schokolade. Nachdem sich das rumgesprochen hatte, haben die anderen Kinder natürlich gemeckert.

„Tja", hatte ich dann nur gemeint. „Dann sagt euren Eltern, dass ihr eine normale Nachhilfe braucht."

Damit war die Sache vom Tisch, denn ich habe maximal 10€ genommen. Mehr hätte meine Mutter gar nicht erlaubt.

Dass ich aber Geld dafür nehme, fand sie völlig in Ordnung, denn schließlich bekamen die Leute ja eine Leistung von mir. Das hat sie auch zu den Eltern gesagt, die sich darüber aufgeregt haben, dass ich Geld für die Nachhilfe nehme.

„Die Ariane könnte das schon aus Gefälligkeit tun, schließlich ist genauso Schülerin, ohne Qualifikation", meinten gerade die Eltern zu meiner Mutter, die es sich finanziell leisten konnten. Nachdem meine Mutter mit den Eltern gesprochen hatte, sind tatsächlich ein paar Leute abgesprungen und zu „professionellen" Nachhilfelehrern, meistens Studenten, gewechselt. Ich konnte den Verlust der Leute verschmerzen, denn ich hatte auch so noch jede Menge Schüler.

Meine Mutter unterrichtet am selben Gymnasium, auf das ich gegangen bin. Ein Umstand, den ich, sollte ich mal Kinder bekommen, tunlichst vermeiden möchte, wenn es nur irgendwie geht. Es ist einfach nicht gut, seine Eltern an der eigenen Schule rumlaufen zu haben. Die persönliche Privatsphäre wird dadurch empfindlich gestört.

Das Lernen ist mir immer sehr leichtgefallen. Ich wünschte, Liebe ließe sich einfach durch Lernen steuern, bzw. man könnte Erlernen, in wen man sich verliebt.

Ich habe Max damals das erste Mal gesehen, als wir Ralf mit seinen Kindern beim Eis Essen getroffen haben. Ich verfluche diesen Tag immer noch, obwohl dieser Tag eigentlich keine spezielle Rolle spielt. Schließlich hätte ich Max auch später noch kennengelernt, denn, nachdem meine Mutter und Ralf wieder zusammengekommen waren, nach vielem Hin und Her und einer 18-jährigen Beziehungspause, habe ich Max teilweise täglich sehen müssen.

Obwohl meine Mutter und ich eine eigene Wohnung haben, sind wir zwar langsam bei Ralfs Familie eingezogen, aber ohne endgültig dort eingezogen zu sein, denn meine Mutter hat unsere Wohnung bis heute nicht gekündigt. Meine Mutter möchte es so und ich bin froh darüber.

Sobald ich alt genug war, durfte ich allein in unserer Wohnung bleiben und brauchte nicht mehr ständig in Max Nähe zu sein.

Und dann kam Max plötzlich mit einer Freundin an!

Sie haben zwar nicht sehr viel rumgeknutscht, aber allein ihn mit einem anderen Mädchen zu sehen, hat mir physische Schmerzen bereitet.

Was mich am meisten an der Sache mit Max aufregt, ist, dass ich einfach keine Augen für andere Jungs habe. Natürlich habe ich Beziehungen gehabt. Und nein, ich bin auch keine Jungfrau mehr. Aber dieses wunderbare Kribbeln, diese Schmetterlinge, auf die man hofft, wenn man jemanden näher kennenlernt, die habe ich leider nie bei jemand anderes gespürt, außer, wenn ich Max ansehe. Wirklich nicht das Kleinste bisschen, auch wenn ich jedes Mal und bei jedem Kuss, den ich bekommen habe, gehofft habe, dass wenigstens die heftigen Gefühle für Max nachlassen würden. Aber sie sind es nicht und nur nach wenigen Monaten habe ich die Beziehungen beendet. Es erschien mir einfach nicht fair, demjenigen weiter etwas vor zu machen. Mit meiner Mutter habe ich nie über die Gefühle zu Max gesprochen, denn ich glaube nicht, dass sie davon begeistert wäre.

Als ich meiner Mutter eröffnet habe, dass ich in Hamburg studieren möchte, hat sie mir komischerweise keine Fragen dazu gestellt oder mich gebeten, in München zu studieren. Auch meine Tante Meli hat meine Pläne nicht in Frage gestellt nicht und das finde ich bis heute immer noch merkwürdig, denn meine Tante Meli ist mit Abstand der neugierigste Mensch, denn ich kenne. Meine Tante Meli ist gar keine richtige Tante, sondern meine Patentante. Sie unterrichtet ebenfalls an derselben Schule wie meine Mutter, was meine Privatsphäre noch mal mehr als deutlich untergraben hat.

Ich bin wirklich froh, dass meine Schulzeit hinter mir liegt!

Max dagegen wohnt noch zu Hause, obwohl er seit drei Jahren Geld verdient. Grund ist, glaube ich, seine kleine Schwester Katja, die mittlerweile eigentlich gar nicht mehr so klein ist. Aber sein Vater, Ralf, ist als Geschäftsführer viel und lange unterwegs bzw. arbeitet einfach sehr viel.

Max Großmutter ist vor ein paar Jahren zu ihnen gezogen, was auch sehr gut funktioniert hat. Als Katja 11 war, ist sie jedoch ganz plötzlich gestorben. Ich weiß nicht, ob Max andere Pläne hatte, beworben hatte er sich wohl an vielen Orten, wie ich aus den Gesprächen entnommen habe. Doch er ist in München geblieben. Ralf hat irgendwann den Dachboden ausbauen lassen und Max ist schon während seines Studiums dort eingezogen, deshalb hat er im Grunde genommen seine eigene Wohnung.

Aktuell lebt er mit seiner Freundin dort. Ria. Eine Megazicke. Niemand weiß, was er an ihr findet. Ria studiert auch, allerdings schon ewig, obwohl sie nur drei Jahre jünger als Max ist. Sie hat ihr Studienfach schon viermal gewechselt. Aber ihre Eltern haben wohl richtig Kohle und wahrscheinlich hofft sie, dass Max einfach mal genug Geld für sie beide verdienen wird.

Ich finde ja nicht, dass die beiden gut zusammenpassen, aber ich bin vielleicht auch kein neutraler Beurteiler dafür.

Ein Blick auf die Uhr lässt mich vor Schreck erstarren. Mein Zug kommt in einer Stunde und ich habe immer noch nichts eingepackt!

1. KAPITEL

Max

„Hallo Schatz!", ruft mir Ria schon von Weitem entgegen.

„Hallo Ria", sage ich und lasse mir einen Kuss auf die Wange hauchen.

„Du musst dich rasieren", meint sie naserümpfend.

„Ja, das muss ich wohl", erwidere ich und reibe mir übers Gesicht, welches sich allerdings ganz glatt anfühlt.

„Denkst du bitte daran, dass wir morgen bei meinen Eltern essen", meint Ria beiläufig und packt ihre Einkaufstüten aus.

Jede Menge exklusive Unterwäsche, soweit ich das sehen kann.

„Morgen hat Anna Geburtstag", sage ich knapp.

„Na und?", fragt Ria. „Was hast du damit zu tun?"

„Sie ist die Freundin meines Vaters", sage ich und spreche etwas langsamer.

„Ja und?", wiederholt sie und imitiert meine langsame Sprache.

„Nichts und", sage ich unwirsch.

Es ist immer dasselbe mit Ria. Wenn es um ihre Sachen geht, muss die ganze Welt springen, aber sie selbst rührt keinen Finger.

„Ich werde da morgen hingehen bzw. die Party findet ja ohnehin hier statt", erwidere ich kurz und will das Thema damit beenden.

„Natürlich", näselt Ria. „In ihrer kleinen Wohnung kann sie das ja schließlich nicht."

„Nein", sage ich unwirsch, denn mir sind diese Gespräche wirklich zuwider. „Muss sie auch nicht, schließlich ist das hier genauso ihr zu Hause."

„Das ist doch nicht ihr Haus", schnaubt Ria verächtlich. „Schließlich sind die beiden ja nicht verheiratet. Ich verstehe auch gar nicht, wieso sich dein Vater mit ihr abgibt. Als Geschäftsführer könnte er wirklich etwas Besseres haben, als eine Lehrerin", meint sie naserümpfend. Das tut sie wirklich oft, fällt mir dabei auf.

„Und das wäre wer?", tue ich betont interessiert.

Dabei lege ich meine Tasche ab und setze mich an den Küchentisch, der auch mein Schreibtisch ist. Für zwei Tische ist auf dem Dachboden nicht genug Platz.

„Na ja", sagt sie jetzt doch etwas zurückhaltender. „Jemand besser zurecht Gemachtes zumindest."

Ich belasse es dabei, denn schließlich liegt noch ein Haufen Arbeit vor mir.

„Wieso musst du schon wieder arbeiten? Du kommst doch gerade von der Arbeit! Ich dachte, wir gehen aus.“

„Ausgehen?“, frage ich erstaunt und ziehe eine Augenbraue nach oben.

„Natürlich. Schließlich ist heute Freitag. Da geht man aus“, schnappt Ria.

„Sagt wer?“, frage ich trocken.

„Jeder sagt das und jeder tut das auch“, faucht Ria.

„Du könntest doch auch allein gehen.“

„Wie sieht denn das aus, wenn ich da allein aufkreuze“, mosert Ria noch, während sie ihre Tasche nimmt und aus der Tür verschwindet.

Ich setze mich erst mal in einen Sessel und trinke etwas Wasser.

Eigentlich habe ich keine Ahnung, wieso ich bereits seit drei Jahren mit Ria zusammen bin. Und dass wir jetzt zusammenwohnen, ist auch irgendwie ohne meine Zustimmung passiert. Nach und nach hat sie einfach immer mehr Kram angeschleppt und ist jede Nacht geblieben, aber ich habe sie auch nicht daran gehindert. Eigentlich ist es mir völlig egal, ob sie da ist oder nicht.

Die Beziehung davor, mit Tatjana, war ganz angenehm, doch leider ist sie nach dem Studium in die USA gegangen.

Ria habe ich vor drei Jahren auf einer Party kennengelernt und bin sie seitdem irgendwie nicht wieder losgeworden. Sie geht mir gehörig auf die

Nerven, aber der Sex mit ihr ist der Wahnsinn. Also lasse ich die dummblöden Gespräche einfach an mir vorbeirauschen und konzentriere mich völlig auf meine Arbeit. Schließlich lenkt mich Ria ganz gut ab. Es ist also nicht so schlimm, dass sie mit mir auf dem Dachboden meines Vaters lebt.

Tatsächlich lebe ich mit meinen 28 Jahren und trotz eines gut bezahlten Jobs, noch zu Hause bei meinem Vater. Denn damals, als meine Großmutter, also die Mutter meines Vaters, gestorben ist, habe ich angeboten, zu Hause wohnen zu bleiben. Ich befand mich zwar mitten im Bewerbungsprozess, aber ich wollte Katja nicht allein lassen, nachdem unsere Oma gestorben war. Schließlich bin ich nur wegen Katja von Hamburg nach München zu unserem Vater gezogen. Das war vor zehn Jahren, als meine Mutter beschlossen hatte, Katja bei unserem Vater abzuladen. Ich habe nie vorgehabt, nach München zu gehen, obwohl mir der Weiberhaushalt auf die Nerven ging. Allerdings wollte meine Freundin Lisa in Hamburg bleiben.

Die Mutter meiner Mutter hatte die ganze Familie im Griff, als sie nach Hamburg zog. Katja konnte ihre Oma nicht leiden, denn sie hat ihr alles an Spielzeug weggenommen, was nicht „mädchenhaft" genug war. Mein Vater hat damals als Projektmanager gearbeitet und war ständig unterwegs. Irgendwann hatte ich mich damit abfinden müssen, keinen greifbaren Vater zu haben. Mein Vater nahm den Job an, als ich ungefähr 13 war. Ich habe mich daraufhin völlig zurückgezogen, besonders, als meine Oma nach Hamburg zog, weil meine Mutter anfing, dadurch komisch zu werden. Sie schrie Katja permanent an, was ich unmöglich fand. Zu mir sagte sie nur andauernd, dass es an der Zeit wäre für mich, bald auszuziehen.

Dann kam Bernd in meine Klasse. Irgendwann haben wir Fußball gespielt und er hat mir etwas über seine Eroberungen erzählt. Angeblich hatte er sein erstes Mal mit 14, na ja. Aber durch Bernd bin ich wieder rausgegangen. Auf einer Geburtstagsfeier habe ich mit 16 meine erste Freundin kennengelernt, besagte Lisa, weswegen ich ursprünglich in Hamburg hatte bleiben wollen. Ein Wahnsinnsmädchen mit blauen Augen und einer blonden Lockenmähne. Ich hatte mit ihr mein erstes Mal und dachte sogar, dass ich sie liebe.

Dann starb plötzlich meine Großmutter und meine Mutter kam auf einen riesigen Egotrip und hat Katja aus heiterem Himmel eröffnet, dass sie zu unserem Vater nach München ziehen muss. Ein Vater, den sie kaum kannte. Ich war völlig fassungslos darüber und konnte gut verstehen, dass

Katja erst mal nur getobt hat. Was hätte sie mit 5 Jahren auch sonst tun sollen.

Obwohl natürlich alles für Hamburg sprach, muss ich dennoch zugeben, dass ich mich an unterschiedlichen Unis beworben hatte, unter anderem an der TUM in München. Ich hatte mir irgendwie alles offenhalten wollen, um sämtliche Möglichkeiten ausschöpfen zu können. Und vielleicht hatte ich insgeheim an München gedacht, in der Hoffnung, meinem Vater wieder etwas näher sein zu können, obwohl unser Verhältnis damals mehr als angespannt war.

Nachdem meine Mutter Katja eröffnet hatte, dass sie nach München muss, stand mein Entschluss fest:

Katja brauchte mich und ich glaube, ich habe ihr das Ganze leichter machen können, indem wir beide nach München zogen. Es lief auch alles recht gut, bis wir gemerkt haben, dass nichts in Ordnung war.

Katja kam in der Schule nicht mit. Sie hatte massive Konzentrationsstörungen. Letztendlich schlug Anna, die Freundin meines Vaters, vor, sie zu einem Kinderpsychologen zu schicken. Das war gut für Katja und auch, dass mein Vater sie schließlich auf einer Privatschule unterbringen konnte. Mittlerweile ist Katja sehr viel ausgeglichener.

Eigentlich braucht mich Katja auch gar nicht mehr so sehr. Trotzdem wohne ich offiziell immer noch wegen Katja zu Hause.

Aber eigentlich wohne ich aus einem anderen Grund immer noch im Hause meines Vaters: Nämlich wegen ihr.

Denn, inoffiziell wollte ich nie aus München weg. Natürlich habe ich mich nach meinem Studium tatsächlich überall beworben, aber eigentlich wollte ich nie von hier fort.

Ich wollte in *ihrer* Nähe bleiben, um sie wenigstens ab und zu sehen zu können.

Hatte ich damals gedacht, dass ich Lisa lieben würde, musste ich feststellen, dass das nur ein Scheingefühl war. Ein schwacher Abklatsch dessen, was Liebe tatsächlich ist.

Das weiß ich, seitdem ich Annas Tochter das erste Mal getroffen habe.

Seitdem habe ich mich in keine andere Frau verlieben können, auch wenn ich es bei Tatjana zumindest versucht habe. Bei Ria dagegen weiß ich, dass es nur eine Ablenkung ist, um die heftigen Gefühle, die ich für Ari empfinde, unter Kontrolle zu halten.

Ich war froh darüber, dass Ari nach Hamburg gezogen ist. Da weder Katja noch ich, unsere Mutter häufig in Hamburg besucht haben, bestand auch nicht die Notwendigkeit, Ari dort besuchen zu müssen. Wieso hätte ich das auch tun sollen.

Natürlich haben Katja und Ari ein gutes Verhältnis zueinander, quasi wie Schwestern. Aber Ari und ich haben eigentlich kein Verhältnis, weil ich ihr immer versuche, aus dem Weg zu gehen, um sie dann aus der Ferne anzuhimmeln.

So wie morgen: Morgen würde ich sie sehen, würde vielleicht ein paar Worte mit ihr wechseln und einfach ihre Nähe genießen. Ich komme mir dabei so armselig vor, aber wenn ich Ari sehe oder an sie denke, fühle ich mich gleichzeitig schwer und leicht, traurig und fröhlich. Dass ein Mensch in mir so etwas auslösen kann, hätte ich nie gedacht.

Es ist daher völlig ausgeschlossen, dass ich morgen irgendwo anders hingehen werde. Und schon gar nicht zu meinen „Schwiegereltern in spe", wie sich Rias Eltern immer gerne selbst bezeichnen. Für mich ist das völlig undenkbar, dass Ria und ich heiraten, aber für sie sind wir quasi verlobt. Ich habe keine Ahnung, was Ria ihnen über uns erzählt hat, aber nichts von meiner Seite her, kann das auch nur irgendwie beflügelt haben. Bernd meint ja, dass die einfach froh sind, wenn ihnen jemand ihre Tochter abnimmt. Ich befürchte auch, dass das der Fall ist.

Ich mache mir ein Brot und gehe an den Schreibtisch. Aber, statt zu arbeiten, hänge ich meinen Gedanken nach und genieße die Stille. Es ist bereits acht Uhr abends. Aber das Arbeiten ist mir lieber, als mit Ria und ihren schickimicki Freunden feiern zu gehen.

Zum Glück hat Anna zu ihrer Geburtstagsfeier morgen auch Bernd eingeladen, dann habe ich jemanden zum Reden. Während ich meinen Laptop aufklappe, überlege ich, dass ich auch nach unten gehen könnte. Bestimmt sind Anna, Papa und Katja da. Allerdings weiß ich gar nicht, ob Ari nicht sogar schon heute kommen wollte. Also gehe ich lieber nicht runter, denke ich seufzend.

Doch als ich gerade angefangen habe, mich wieder auf meine Arbeit zu konzentrieren, klopft es an der Tür.

„Herein!", rufe ich und bin wirklich dankbar dafür, dass meine Familie klopft.

„Hallo Max!", quietscht Katja.

Was ist das nur mit Mädchen, denke ich irritiert. Entweder quietschen sie oder sie kreischen. Aber es scheint sich zu verwachsen, denn ich habe weder Anna noch Meli jemals quietschen gehört.

„Komm runter! Alle sind schon da!", ruft Katja ungeduldig.

„Wer ist alle?", frage ich argwöhnisch.

„Na alle", sagt Katja ungeduldig und ist auch schon die Treppen runter gedüst.

Ich seufze und folge Katja ins Wohnzimmer.

2. KAPITEL

Ariane

„Na, hast du deinem Bruder Bescheid gesagt?", lacht Ralf Katja entgegen.

„Ja, habe ich", grinst Katja zurück und schnappt sich ein Stück Pizza. Beneidenswert. Das Mädchen kann futtern und futtern und ist gertenschlank. Ich nehme schon beim Zusehen zu, denke ich neidisch. Aber ich habe Esther, Katjas Mutter, kennengelernt und die ist auch spindeldürr.

Das Leben ist einfach nicht fair.

„Hallo zusammen!", ruft Max in die Runde.

„Hallo Max", lächelt Tante Meli.

„Hallo Max", nuschele ich leise mit laut pochendem Herzen. Hoffentlich hört das niemand, denke ich.

Max nickt in meine Richtung und setzt sich neben Katja. Er wuschelt seiner kleinen Schwester durch die Haare und fängt an, mit Ansgar über seine Arbeit zu reden. Meine Mutter setzt sich neben mich.

„Irgendwie war das gar nicht geplant, dass so viele Leute kommen", stöhnt sie.

„Wieso?", fragt Tante Meli erstaunt. „Sind doch nur wir zwei, der Rest lebt ja ohnehin hier."

„Ja, das stimmt", sagt meine Mutter. „Aber normalerweise sieht man diesen ganzen Rest nicht auf einmal und ich hatte mich mit Ari ganz in Ruhe unterhalten wollen."

„Ach was", meint Tante Meli fröhlich. „Ihr könnt heute Nacht quatschen und auch noch morgen früh, während ihr deine Party vorbereitet. Schließlich habe ich meine Patentochter auch schon ewig nicht mehr gesehen. Wie sind die Jungs so in Hamburg, Ari?"
Oh, Mann! Ich merke sofort, dass ich knallrot werde.

„Äh, da sind keine", stammele ich dümmlich und alle grinsen. Danke Tante Meli!

„Meli, sei nicht so indiskret", schimpft Ansgar, ihr Mann, mit ihr. „Sonst verklagt sie uns noch wegen Aufdringlichkeit!"
Ansgar ist Rechtsanwalt und merkwürdige Anzeigen gewöhnt. Einmal hat jemand seinen Kollegen verklagen wollen, weil er auf der Arbeit nicht mehr von ihm gegrüßt wurde.

„Wo ist denn deine Freundin, Max?", wendet sich jetzt Tante Meli Max zu.

Bei der Erwähnung von Max Freundin, bekomme ich sofort einen Stich in der Magengrube.

„Sie ist unterwegs", antwortet er kurz.

„Wieso bist du denn nicht mitgegangen?", bohrt sie natürlich nach. Man könnte gar nicht meinen, dass Tante Meli Mathe- und Französischlehrerin ist. Das Inquisitorische hätte auch eine großartige Wirtschaftsprüferin aus ihr gemacht.

„Ich muss noch arbeiten", nuschelt er.

Er fühlt sich sichtlich unwohl, aber zumindest besprechen wir jetzt nicht mehr mein Liebesleben, denke ich schadenfroh.

„Ach was", lacht Ansgar.

„Du hast doch noch das ganze Wochenende!", pflichtet Ralf ihm bei.

„Geh raus und unternimm etwas. Ruf doch Bernd an!"

„Nein", meckert Katja sofort. „Jetzt bist du zu Hause und arbeitest endlich mal nicht. Jetzt kannst du auch bei uns bleiben." Dabei futtert sie ihr drittes Stück Pizza.

Obwohl Katja nicht mehr klein und niedlich ist, hat sie die Männer in ihrer Familie nach wie vor im Griff. Aber man muss auch sagen, dass sie sehr an Max hängt. Damals, als Esther beschlossen hat, Schriftstellerin zu werden, hat sie Katja einfach bei Ralf abgeliefert, ohne dass die beiden eine

Bindung zu einander hatten. Zum Glück ist Max mitgekommen. Er hat sich immer viel um Katja gekümmert.

Aber ich schweife schon wieder in gefährliche Gefilde ab. Nicht an Max denken, nicht an Max denken, ermahne ich mich und versuche, die Schmetterlinge in meinem Bauch zu unterdrücken.

„Was macht denn dein Studium, Ari?", fragt jetzt Ralf, um von unseren Beziehungen abzulenken. Ralf ist wirklich ein Schatz!

„Ich habe jetzt die Zusage für den Master bekommen. Ich kann also auch weiterhin in Hamburg bleiben", berichte ich.

„Juchu!", ruft Tante Meli sofort.

Tante Meli liebt Hamburg. Sie hat mich schon ganz oft dort besucht, um shoppen zu gehen.

„Ja, ich bin froh, dass ich nicht umzuziehen brauche. Das Wohnheim ist echt nett. Aber eine eigene Wohnung wäre mir schon lieber. Ist nur leider unbezahlbar in Hamburg", füge ich seufzend hinzu.

„Ist ja nicht mehr lange", sagt meine Mutter leicht hin, aber ich merke schon, dass sie traurig darüber ist, dass ich weiterhin in Hamburg bleibe.

„Noch zwei Jahre, dann muss ich ja eh sehen, wo ich das Referendariat mache", beruhige ich sie, obwohl ich ganz bestimmt nicht vorhabe, es in München zu machen.

„Hast du denn vor, in Hamburg zu bleiben?", will Katja wissen.

„Das kommt darauf an, wo ich eine Stelle finde", sage ich ausweichend.

Möglichst weit weg von deinem Bruder!

3. KAPITEL
Max

Diese Fragerei ist so nervig. Aber Ari sieht wunderschön aus. Ich muss mich zwingen, sie nicht andauernd anzusehen.

Hoffentlich fällt es niemandem auf, dass ich meine Augen nicht von ihr lassen kann. Doch immer wieder, wenn ich glaube, dass es niemand sieht, werfe ich verstohlen einzelne Blicke in ihre Richtung. Jetzt wird sie auch noch rot, als Meli nach ihren Beziehungen fragt. Dadurch wirkt sie noch niedlicher.

Mir hat diese Frage einen Stich versetzt. Allein die Vorstellung daran, Ari mit einem Typen zusammen zu sehen, bereitet mir Magenkrämpfe. Zum Glück ist sie nie hier mit einem Freund aufgetaucht. Ich frage mich, ob sie überhaupt schon irgendwelche Erfahrungen gemacht hat.

Ich seufze. Was ist das nur mit den Frauen, dass sie einen so verrückt machen können. Und zum Glück ist Ari nicht mehr das kleine Mädchen von damals. Ich habe mich ehrlich erschrocken, dass ich solche Gefühle für eine Zwölfjährige hege. Ich dachte schon, ich sei pädophil. Aber die Gefühle haben sich immer nur auf Ari bezogen und sind im Laufe der Zeit immer stärker geworden.

Es hat etwas von Selbstverletzung, ihr nah zu sein, denn es ist schmerzhaft, sie zu sehen und nicht berühren zu dürfen. Gleichzeitig genieße ich jedoch jede Sekunde, in der ich sie ansehen kann.

Natürlich habe ich überlegt, ob ich sie nicht einfach zu einem Date einlade oder auf einen Spaziergang. Aber ich bin immer zu demselben Ergebnis gekommen: Ich kann das nicht tun.

Denn schließlich ist sie ja so etwas wie eine kleine Schwester für mich, auch wenn wir nicht wirklich verwandt sind. Denn, was wäre, wenn es nicht funktioniert? Unsere Eltern sind schließlich zusammen. Es wäre doch furchtbar, wenn unsere Beziehungsprobleme das alles überschatten würden.

Zumindest versuche ich so, es dadurch vor mir selbst zu begründen. Denn eigentlich weiß ich nicht, wieso ich Ari noch nie diesbezüglich angesprochen habe. Vielleicht habe ich auch einfach nur Angst davor, eine Abfuhr von ihr zu bekommen. Es besteht schließlich die Möglichkeit, dass sie gar keine Gefühle für mich hat.

„Wie geht es eigentlich Theo?", fragt Meli gerade und lenkt mich etwas von diesem schrecklichen Thema ab.

Nicht an Ari denken, nicht an Ari denken, ermahne ich mich und versuche, mich auf die laufenden Gespräche zu konzentrieren. Dass das Gespräch jetzt in Richtung Theo, dem besten Freund meines Vaters geht, ist eine willkommene Abwechslung für mich.

„Die beiden leben jetzt wieder in München", erzählt mein Vater. Stimmt, Theo hatte bei seinem letzten Besuch bereits so etwas angedeutet, erinnere ich mich.

„Der Job in Augsburg war die reinste Katastrophe und die Versetzung von Claudia hat auch nicht geklappt."

„Was? Die beiden sind wieder hier? Seit wann?", ruft Meli erstaunt.

„Seit letzten Montag", lacht mein Vater zufrieden, wahrscheinlich, weil er es genießt, mal etwas vor Meli zu wissen.

„Claudia hat mir gar nichts gesagt", schimpft Meli.

„Vielleicht sollte es eine Überraschung sein", meint Anna beschwichtigend.

„Ich werde sie sofort anrufen", sagt Meli empört, grinst aber dabei. Klatschreporterin wäre etwas, worin man sich Meli sofort vorstellen könnte, denke ich amüsiert.

„Meli, Schatz. Claudia wird schon wissen, wieso sie dir das nicht erzählt hat", sagt Ansgar und grinst ebenfalls. Dabei schaut er auf seine Uhr.

„Ist das etwa schon Mitternacht? Ich muss auch noch arbeiten, bevor wir morgen ja schon wieder hier sein werden. Komm bitte, Meli, reiß dich los."

„Na gut", seufzt Meli und steht auf. „Zum Glück habe ich ja gerade Herbstferien. Wann soll ich denn morgen kommen, Anna?"

„Um 12 Uhr wäre gut. Dann können wir zusammen essen, quatschen und alles aufbauen. Die meisten Sachen sind bereits im Kühlschrank", sagt Anna.

„Das ist gut", lacht Meli erleichtert.

„Das ist schrecklich!", rufen mein Vater und Katja gleichzeitig.

„Ja", stöhnt Katja. „Es sind seit Tagen lauter leckere Sachen in der Küche und nichts davon darf ich essen!"

Alle lachen, ich schließe mich an, aber mir ist nicht zum Lachen zu Mute. Auch die Pizza rühre ich nicht an.

„Macht dein Magen wieder Probleme, Max?", fragt mein Vater besorgt.

„Ich habe oben schon ein Brot gegessen", lüge ich und stehe auf. „Dann werde ich mal schlafen gehen und morgen arbeiten."

„Kommst du denn morgen, Max?", fragt mich Anna.

„Natürlich komme ich morgen", sage ich und versuche dabei, herzlich zu klingen.

Sosehr ich es auch genieße, in Aris Gegenwart zu sein, meine Magenschmerzen sind in den letzten Stunden um ein Vielfaches stärker geworden.

Ich wanke nach oben und lege mich hin.

Zum Glück ist Ria noch nicht da. Kaum bin ich jedoch dabei, einzuschlafen, höre ich sie auch schon an der Tür. Sie kommt rein, verschwindet aber sofort im Bad.

Zum Glück hat mein Vater auch hier oben ein kleines Bad einbauen lassen.

Ein Bad für so viele Personen war auf die Dauer doch sehr nervig.

Kurze Zeit später kommt Ria in einem roten Fähnchen ins Bett.

„Hast du mich vermisst?", säuselt sie und fängt auch schon an, mir meine Schlafanzughose auszuziehen.

Was soll`s, denke ich und lasse sie gewähren.

4. KAPITEL
Ariane

Ich liege in Max altem Bett in seinem ehemaligen Zimmer, welches jetzt als

Gästezimmer fungiert, seitdem Max auf dem Dachboden wohnt. Das ist

nicht gerade hilfreich, um nicht an Max zu denken, stöhne ich innerlich,

während ich mich hin und her wälze.

Ich komme immer mit gemischten Gefühlen wieder nach München. Max

sehen zu müssen, ist gleichzeitig wunderschön und wahnsinnig

schmerzhaft. Wenn ich glaube, dass niemand hinsieht, versuche ich mir,

seine aktuellen Gesichtszüge einzuprägen, zum Beispiel, wie seine Haare

liegen oder was er anhat, damit ich es mir später ins Gedächtnis rufen und

davon zehren kann. Heute meinte Ralf zu ihm, ob er noch Magenprobleme

hätte. Ich wusste gar nicht, dass Max damit Probleme hat. Hoffentlich ist

es nichts Ernstes, denke ich besorgt.

Eigentlich ist hier auch eine Art zu Hause für mich oder zumindest für

meine Mutter. Schließlich haben die größeren Events wie Geburtstage oder

andere Partys die letzten Jahre alle hier stattgefunden, weil hier einfach

mehr Platz ist.

Eigentlich hätte ich auch lieber in unserer Wohnung übernachtet, aber meine Mutter hat darauf bestanden, dass ich, wenn ich nur das Wochenende bleibe, es doch wenigstens in ihrer Nähe verbringen soll.

Meine Mutter und ich haben mittlerweile eigentlich ein gutes Verhältnis. Allerdings auch erst, seitdem sie meinen Vater verlassen hat.

Meine Bindung zu meinem Vater war quasi nicht vorhanden. Als er nur kurze Zeit später, nachdem meine Mutter sich von ihm getrennt hatte, gestorben ist, habe ich mich schuldig gefühlt, weil ich einfach nicht traurig darüber sein konnte. Ich habe meinen Vater kaum gekannt. Er hat mich, wenn er nur irgendwie konnte, fertig gemacht oder beschimpft. Ansonsten hat er mich einfach ignoriert. Wenn ich meine Freundin Sara nicht gehabt hätte, ich weiß nicht, was aus mir geworden wäre. Und meine Mutter war nie für mich da, zumindest damals nicht. Sie hat niemals Partei für mich ergriffen, sondern hat meinem Vater zugestimmt. Meistens dadurch, dass sie nichts gesagt hat. Dadurch habe ich sehr früh begriffen, dass man sich lieber auf sich selbst verlässt.

Aber, seitdem meine Mutter meinen Vater verlassen hat, ist sie förmlich aufgeblüht. Plötzlich habe ich zumindest eine Mutter gehabt, was eine völlig neue Erfahrung für mich war. Zu meiner Tante Meli habe ich immer ein gutes Verhältnis gehabt. Ich wäre wirklich gerne von ihr adoptiert worden. Aber auch ihr konnte ich mich wegen Max nie wirklich anvertrauen, weil ich Angst haben musste, dass sie es sofort meiner Mutter erzählt.

Nachdem meine Mutter und ich von zu Hause ausgezogen waren, haben wir für ein paar Wochen bei Tante Meli und Ansgar gelebt. Das war schön, aber mit Mama in eine eigene Wohnung zu ziehen, war noch viel schöner. Meine Mutter war plötzlich ganz anders zu mir. Viel mütterlicher und fürsorglicher. Seitdem sie sich getrennt hat, nennt sie mich auch Ari. Vorher hat sie mich immer nur Ariane genannt, genau wie mein Vater das auch getan hat.

Ich mag meinen Namen eigentlich schon, denn ich mag es, dass nicht jeder so heißt. Aber Leute, die mich mögen, nennen mich Ari. Selbst die Lehrer in der Schule haben mich später nur noch Ari gerufen. Max nennt mich übrigens auch Ari, wenn er mal mit mir redet. Aber eigentlich haben wir uns nie etwas zu sagen gehabt.

Wieso habe ich Max eigentlich nie angesprochen? Und wo kommt dieser Gedanke plötzlich her?

Eigentlich hatte Max nur kurz mal keine Freundin, seitdem ich ihn kenne.

Jetzt ist er mit dieser schickimicki Tussi Ria zusammen. Ich frage mich

immer noch, wieso Max mit so jemandem zusammen ist.

Die Sportstudentin, Tatjana hieß sie, glaube ich, war ganz nett, aber diese

Ische ist echt das Letzte. Ich befürchte, dass ich in Max Augen so etwas

wie eine kleine Schwester bin. Einfach jemand, den man nie als Freundin

auch nur in Erwägung ziehen würde.

Und was wäre, wenn es nicht funktionieren würde? Unsere Eltern sind

schließlich zusammen. Undenkbar, dass wir uns bei Familienfesten

anfeinden würden oder unsere Eltern auf einen von uns verzichten

müssten, weil wir uns nicht mehr im selben Raum aufhalten können. Nein,

das möchte ich mir gar vorstellen.

Ich muss wohl doch irgendwann eingeschlafen sein, denn als ich

aufwache, strahlt die Sonne durchs Fenster. Ein Blick auf die Uhr zeigt,

dass es erst neun Uhr ist. Trotzdem stehe ich auf und ziehe mich an.

Unten sitzt meine Mutter bei einer Tasse Kaffee und frischen Brötchen. Himmlisch!

„Guten Morgen, Ari! Du bist schon auf?", fragt sie erstaunt.

„Ach, die Sonne hat so ins Zimmer geschienen. Ganz schön warm dort", stöhne ich.

„Stimmt. Das hat Max auch immer bemängelt. Allerdings dürfte der Dachboden noch wärmer sein."

„Schlafen die anderen noch?", frage ich und nehme mir eine Tasse Kaffee.

Niemand kocht so guten Kaffee wie meine Mutter. Mittlerweile bekomme ich es einigermaßen hin, aber ihrer ist trotzdem am besten. Leider ist das das Einzige, dass ich kochtechnisch hinbekomme. Denn im Allgemeinen habe ich leider das Kochtalent meiner Mutter nicht geerbt. Vielleicht lerne ich ja mal einen Mann kennen, der das übernimmt. Ob Max eigentlich kochen kann? Böser Gedanke!

„Herrlich, dass du schon auf bist", strahlt mich meine Mutter an.

Sie hat übrigens nie so gestrahlt, als sie noch mit meinem Vater verheiratet war. Ich kann es ihr nicht verdenken!

„Herzlichen Glückwunsch zu deinem Studienplatz", sagt sie und nimmt sich auch noch eine Tasse Kaffee. „Die Jungs können sich neuen Kaffee kochen." Mit diesen Worten setzte sie die leere Kanne auf die Platte und setzt sich wieder zu mir.

„Ja, ich habe mich auch gefreut. Sara und ich fühlen uns sehr wohl in Hamburg. Und Tante Meli hat auch schon ihren nächsten Besuch angekündigt. Und wo wir gerade bei Gratulationen sind: Herzlichen Glückwunsch zum Geburtstag, Mama!"

„Danke schön, mein Schatz", sagt meine Mutter und drückt mich. „Und es sind wirklich keine netten Jungs in Hamburg?", fragt sie und schaut mich prüfend an.

Ich werde wieder rot, was für eine blöde Eigenschaft.

„Nein", sage ich etwas zu schroff. „Alles nur Dumpfbacken dort."

„Aha", grinst meine Mutter. „Aber Sara ist doch mit einem Hamburger zusammen, oder?"

„Ja", seufze ich. „Sie hat ihn in einer Vorlesung kennengelernt. Er brauchte nur noch diesen Schein, hatte ihn aber bereits zweimal nicht bestanden. Jetzt sind sie seit einem Jahr zusammen und den Schein hat er, Dank Saras Hilfe, auch. Trotzdem hat sie überlegt, ob sie nicht erst mit mir zusammenzieht, wenn wir beide eine Stelle in Hamburg bekommen sollten. Sie weiß auch nicht, ob sie überhaupt mit Karl zusammenziehen will."

„Wieso nicht?", fragt meine Mutter erstaunt.

„Na ja. Da ist ja erst mal dieser furchtbare Name", sage ich und wir prusten beide los.

„Ich glaube, Sara ist noch unentschlossen. So richtig feste Beziehungen hatte sie auch noch nicht, deshalb will sie nichts überstürzen. Denke ich."

„Und da ist niemand, der dich interessieren könnte, Ari?", hakt meine Mutter nach.

Komisch, dass sie das so interessiert.

„Ach, irgendwie interessiert mich keiner im Moment", weiche ich aus. „Ich möchte auch mein Studium schnell fertig machen und dann muss ich ja wahrscheinlich wieder umziehen. Fernbeziehungen sind bestimmt schwierig."

„Was hältst du eigentlich von Max?", fragt meine Mutter aus heiterem Himmel.

Ich muss mich erst mal räuspern.

„Äh. Wieso?"

„Na ja, ihr wäret bestimmt ein gutes Paar."

„Er hat eine Freundin, Mama?"

Zum Glück habe ich vergessen, dabei rot zu werden.

„Das ist doch keine Freundin", sagt meine Mutter empört. „Mit so jemandem kann man doch unmöglich eine Beziehung führen."

„Na ja, Max ja anscheinend schon", sage ich trocken. „Und irgendwie sind wir doch wie Geschwister."

„Wieso denn das?", fragt meine Mutter erstaunt.

„Na, weil ihr doch zusammen seid."

Komisch. In meinem Kopf hat das immer plausibel geklungen, aber ausgesprochen klingt es doch etwas merkwürdig.

„Na ja, gut. Wenn du nur solche Gefühle für Max hast, dann ist da natürlich nichts zu machen. Schade. Ich glaube, dass ihr gut zusammenpassen würdet", erwidert meine Mutter mit einem Achselzucken.

Ich versuche zu lächeln und das Thema damit abzutun. Zum Glück kommt Ralf gerade die Treppe runter.

„Guten Morgen, ihr beiden", sagt er und gibt meiner Mutter einen Kuss. So etwas hat mein Vater nie gemacht. Ich habe generell nie gesehen, dass meine Eltern sich geküsst haben. Ralf liebt meine Mutter, das kann man sehen und er hat auch keine Probleme damit, das zu zeigen.

„Alles Liebe zum Geburtstag, Anna", sagt er zärtlich und drückt sie sanft.

Plötzlich klingelt es. Meine Mutter geht zur Tür und kommt nur kurze Zeit später mit einem gigantischen Blumenstrauß wieder.

„Oh Ralf. Die sind ja traumhaft!", ruft sie begeistert.

„Gerne, mein Schatz. Aber könntest du vielleicht noch einen Kaffee kochen? Deiner schmeckt einfach so viel besser, als meiner!"

5. KAPITEL

Max

Ich wache auf und muss direkt blinzen, denn der Dachboden ist

lichtüberflutet. Ria liegt neben mir und schläft noch tief und fest.

Ich denke an gestern Abend und wie schön es war, Ari wiederzusehen.

Trotz des Schmerzes, den ich in ihrer Gegenwart empfinde, genieße ich

jedes Mal ihre Gegenwart.

Leise ziehe ich mich an und gehe nach unten. Vielleicht schläft Ari noch

und ich kann wieder verschwinden, wenn sie nach unten kommt. Doch als

ich die Treppen runterkomme, sehe ich sie bereits am Tisch sitzen.

„…deiner schmeckt einfach so viel besser, als meiner", höre ich meinen

Vater noch sagen, als ich im Esszimmer ankomme.

Mein Herz macht einen Satz, als ich Ari sehe. So müssen sich

Herzrhythmusstörungen anfühlen, befürchte ich.

„Guten Morgen zusammen. Herzlichen Glückwunsch zum Geburtstag,

Anna", sage ich und drücke Anna fest.

Dann setze ich mich hin und blicke auf einen riesigen Blumenstrauß, der

auf dem Tisch steht. Da hat sich mein Vater wohl nicht lumpen lassen.

„Wie sehen deine Pläne heute Morgen aus, Max?", fragt mich mein Vater
überflüssigerweise.

„Ich werde erst mal arbeiten müssen. Ria wird wahrscheinlich noch bis
weit in den Nachmittag schlafen", seufze ich und weiß gar nicht wieso.
Wenn Ria schläft, brauche ich mich schließlich nicht mit ihr zu
unterhalten.

„Schade. Ich dachte, wir könnten einen Spaziergang machen oder joggen
gehen. Das täte dir bestimmt gut. Danach kannst du viel besser arbeiten",
meint er.

Vielleicht hat er recht.

„Ok", antworte ich zu meiner eigenen Überraschung. „Ich ziehe mich
schnell um."

Mein Vater strahlt. Denn, obwohl ich hier wohne, haben wir doch selten
Gelegenheit, mal etwas zusammen zu machen.

Ich laufe nach oben und schnappe mir meine Joggingklamotten.

Vor drei Jahren habe ich eine Traineestelle in einer Firma hier in München
bekommen und seit einem Jahr sogar eine feste Stelle dort. Das heißt
allerdings sehr viel arbeiten und am Wochenende teilweise noch mehr.
Sehr zum Leidwesen von Ria, wie sie immer sehr häufig betont. Ich habe

keine Ahnung, wieso Ria mit mir zusammenbleibt, doch bis jetzt hat sie sich niemand anderes gesucht.

Vielleicht sollte ich es einfach beenden, das wäre besser, denke ich bei mir, während ich in eine Jogginghose schlüpfe. Die ganze Beziehung nervt mich mittlerweile nur noch. Ich weiß selbst nicht, wieso ich das mit Ria einfach weiterlaufen lasse. Aber ich habe nicht das Gefühl, dass es Ria etwas ausmacht. Ich glaube auch nicht, dass ich ihre große Liebe bin. Vielleicht will sie auch nur ihren Spaß haben. Irgendwie haben wir nie über unsere Zukunft oder auch mal über tiefergehende Sachen geredet, fällt mir dabei auf.

Ria schläft immer noch tief und fest. Vorsichtig schließe ich die Wohnungstür und gehe die Treppen runter. Unten steht mein Vater bereits und wartet auf mich.

„Da bist du ja!", grinst er mich an.

Wir fahren zum nächsten Wald und fangen an, loszulaufen.

„Hey", ruft mein Vater. „Warte! Ich bin nicht so schnell."

Mein Vater und nicht so schnell? Ich bleibe stehen und sehe ihn besorgt an.

„Ist alles ok, Papa?", frage ich erstaunt. „Du gehst doch andauernd joggen."

„Ja natürlich", sagt er. „Aber ich wollte mich eigentlich mal mit dir unterhalten. Und das geht hier draußen besser, als zu Hause."

Erstaunt sehe ich ihn an und laufe etwas langsamer.

„Kein Problem. Worüber möchtest du denn mit mir sprechen?"

„Ach, nichts Bestimmtes. Du arbeitest sehr viel."

„Ja, aber das wird auch so erwartet", erwidere ich achselzuckend.

„Ich weiß, ich weiß", sagt mein Vater schnell. „Ich frage mich nur, ob deine Magenschmerzen daherkommen oder noch von etwas anderem."

„Von was denn noch?"

„Mit Ria läuft es gut?", fragt mein Vater stattdessen.

„Ach", winke ich ab.

Mein Vater schmunzelt.

„Ach?"

„Da gibt es einfach wenig drüber zu sagen", weiche ich aus.

„Wollt ihr denn heiraten?"

„Wie kommst du denn darauf?", frage ich verblüfft.

„Na ja, so abwegig ist das doch nicht", lacht mein Vater. „Ihr seid seit drei Jahren zusammen und lebt auch schon in einer gemeinsamen Wohnung. Wobei ich mich frage, wieso jemandem wie Ria, so ein Dachboden reicht."

„Das hat mich auch schon gewundert", schmunzele ich. „Ihre Eltern glauben, dass wir heiraten werden, aber ich habe das eigentlich nicht vor und habe auch nie mit Ria darüber geredet."

„Gibt es da vielleicht jemand anderen?", fragt mein Vater vorsichtig. Ich habe meinem Vater natürlich nie von Ari erzählt.

„Nein, im Augenblick nicht", sage ich ausweichend.

„Was hältst du eigentlich von Ari?", fragt mich mein Vater plötzlich. Ich schaue ihn erstaunt an.

„Wieso Ari? Wie kommst du auf Ari?", frage ich und schüttele mit dem Kopf. Er zuckt mit den Schultern.

„Keine Ahnung. Weil ich denke, dass ihr ein gutes Paar abgeben würdet?"

„Ari ist so etwas wie eine kleine Schwester für mich", sage ich amüsiert und hoffe, dass es auch so rüberkommt.

„Ach so. Ja natürlich. Wenn du nur brüderliche Gefühle für sie hast", sagt mein Vater schnell.

„Das meinte ich gar nicht damit", sage ich erstaunt. „Ich meinte nur dadurch, dass ihr beiden, also du und Anna, ein Paar seid, wir ja so etwas wie Geschwister sind."

Mein Vater schaut mich zweifelnd an. Irgendwie hat das Ganze in meinem Kopf immer viel logischer geklungen, stelle ich irritiert fest.

„Habe ich dich richtig verstanden?", fragt mein Vater und sieht mich zweifelnd von der Seite an. „Du fängst nichts mit Ari an, weil ihr zeitweise im selben Haushalt gewohnt habt?"

Er versucht eine Augenbraue hochzuziehen, was er nicht kann, ohne die andere hochzuziehen. Das können nur meine Mutter und ich.

„Da wäre ja auch noch der Altersunterschied", meine ich, allerdings auch für mich wenig überzeugend.

„Max. Du bist sechs Jahre älter als Ari. Als sie zwölf war, war das sicherlich ein Unterschied, aber heute doch nicht mehr!"

Mein Vater blickt mich prüfend an, aber ich schweige. Was soll ich auch sagen? Ich habe einfach Angst, dass mein Vater zu viel über meine Gefühle herausfindet.

„Natürlich kannst du machen, was du willst", fährt mein Vater fort und umgreift meine Schultern. „Aber lass dir gesagt sein: Manchmal sieht man etwas auch zu kompliziert, statt es einfach auszuprobieren."

„Was ist, wenn es nicht funktioniert?", frage ich leise.

„Wenn was nicht funktioniert?"

„Na, wenn ich was mit Ari anfangen würde, also rein hypothetisch natürlich, und es würde nicht funktionieren. Das würde eure Beziehung, also deine und Annas, doch sehr belasten."

„Was hätte denn Annas und meine Beziehung damit zu tun?", fragt mein Vater irritiert.

Mittlerweile sind wir wieder am Auto angelangt. Mein Vater wirft mir die Schlüssel zu.

„Du fährst, ich bin zu erschöpft."

Mein alter Herr macht mir langsam wirklich Sorgen. Ich darf das Auto nur selten fahren und dann nur allein, weil er findet, dass er ein schlechter Beifahrer ist.

„Geht es dir gut?", frage ich wieder.

„Mir geht es gut", beruhigt mich mein Vater. „Ich bin nur etwas müde."

Wir setzen uns ins Auto.

„Also", fährt mein Vater fort, sobald ich den Motor gestartet habe. „Du glaubst, dass, wenn das mit Ari nicht funktionieren würde, dass unsere, also Annas und meine Beziehung, darunter leiden würde?"

Ich nicke vage in seine Richtung und konzentriere mich auf den Verkehr.

„Das ist völlig unnötig, Max", sagt mein Vater und ich spüre ein kleines, amüsiertes Lächeln in seiner Stimme. „Mach dir bloß keine Gedanken über uns."

„Also. Wirst du sie mal fragen?", fragt er einen Moment später.

„Papa, ich habe eine Freundin", erwidere ich und bin plötzlich genervt von dem Gespräch.

„Habe ich ganz vergessen", sagt mein Vater trocken. „Die du aber nicht heiraten willst."

„Max, du solltest dich nicht von irgendwelchen Konventionen leiten lassen. Davon abgesehen, sehe ich gar keine für dich und Ari. Es gibt Paare, die sind 25 Jahre auseinander. Das könnte ich mir für mich persönlich nicht vorstellen, aber wenn es dich glücklich macht, ist das deine Sache." Ich schlucke.

„Ich habe Angst davor, dass sie nicht dasselbe empfindet und dann steht diese Sache zwischen uns", sage ich plötzlich und eigentlich auch mehr zu mir selbst.

„Ich glaube, das Risiko würde ich eingehen", meint mein Vater ruhig und klopft mir auf die Schulter.

Mittlerweile sind wir zu Hause angekommen und ich parke das Auto in der Auffahrt. Gemeinsam gehen wir zum Haus und ich schließe auf.

6. KAPITEL
Ariane

Der Vormittag mit meiner Mutter vergeht wie im Flug. Ich durfte ihr sogar ein wenig in der Küche helfen, Gemüse schnippeln und solche Sachen, wo selbst ich nichts falsch machen kann.

Dann klingelt es auch schon und ich rase zur Tür.

„Hallo, Tante Meli!"

Ich umarme meine Patentante und wir setzen uns an den Tisch. Es gibt einen bunten, gemischten Salat und frisches Baguette, das Tante Meli mitgebracht hat.

„Hallo Meli", sagt Katja und reißt sich gleich ein großes Stück Brot ab.

„Wann kriegen wir denn richtiges Essen, Anna?", fragt sie kauend.

Meine Mutter lacht.

„Katja, Schatz, bitte nimm ein Messer. Die anderen wollen doch auch etwas haben. Ab 15 Uhr gibt es Kaffee. Die Kuchen und Torten stehen im Keller und müssen noch raufgeholt werden."

„Hast du welche bestellt oder hast du die etwa alle selbst gemacht?", fragt Tante Meli fasziniert.

Sie ist, wie ich, besser im Pizza bestellen, als welche zu machen. Die gestern hatte meine Mutter natürlich selbst gebacken und selbstverständlich hat sie großartig geschmeckt. Alles, was meine Mutter macht, wird immer großartig. Nicht, dass ich Komplexe deswegen hätte.

„Mmh! So lecker schmeckt doch Salat normalerweise gar nicht", staunt Katja.

Natürlich hat sie sich als Erstes bedient, ich hoffe, ich bekomme auch noch etwas ab.

Katja wird ihrem Ruf als „kleine" Schwester mehr als gerecht. Sie will immer alles haben und kann ganz schön rumnerven. Max und ich lieben sie abgöttisch und können ihr nur ganz schlecht etwas abschlagen. Sehr zum Leidwesen meiner Mutter, die versucht, ein bisschen Erziehung in den Wildfang reinzubekommen. In der Schule ist es besonders schwierig für Katja, obwohl sie sehr intelligent ist. Leider waren die ADHS-Tests negativ, das wäre vielleicht ganz gut für sie gewesen: Extra Förderung und extra Unterricht.

Ralf hat sie ab der fünften Klasse auf eine private Schule geschickt, zum Glück kann er sich das leisten. Dort ist es wirklich besser geworden. Denn, wie gesagt, Katja ist sehr intelligent. In den kleinen Klassen mit weniger Ablenkung beim Lernen, wird sie wahrscheinlich ein sehr gutes Abitur machen können. Ich hoffe allerdings, dass ihr nicht die Jungs dazwischenkommen, denn die schwärmen bereits alle für sie, das kann man sehen. Doch bis jetzt hat Katja jeden ignoriert. Sie hat zu mir gesagt, dass sie Max als Bruder schon ganz ok findet, aber doch froh über eine große Schwester ist, mit der sie auch Jungskram und so etwas bequatschen kann. Das hat sie zu mir gesagt, als sie acht war und ein Junge sie ständig mit Dreck beworfen hat. Na, den habe ich mir vorgeknöpft! Seitdem habe ich einen Stein im Brett bei ihr. Katja war natürlich traurig, als ich vor drei Jahren nach Hamburg gezogen bin, aber ich habe ihr erklärt, dass ich trotzdem immer für sie da sein werde, egal wo ich bin.

Und schließlich gibt es ja Smartphones! Ich bekomme haufenweise Selfies und Küsschen Gesichter zugeschickt, was mir den Abschied etwas leichter gemacht hat. Anfangs war es auch wirklich gut, in Hamburg zu sein. Max nicht mehr sehen zu müssen, war wirklich angenehm, zunächst.

Sara habe ich übrigens alles anvertraut. Sie ist die Einzige, die weiß, wieso ich nach Hamburg wollte. Sara war es egal, wo sie studiert, Hauptsache nicht in München.

Sara kommt aus einem sehr liebevollen Elternhaus und ist ihren Eltern auch sehr dankbar dafür. Aber gerade deshalb hat sie gemeint, dass es wichtig ist, die Kurve zu kriegen.

„Sonst lebt man noch mit dreißig zu Hause und wird nicht selbstständig", pflegt sie zu sagen.

Na ja, Max lebt ja auch noch zu Hause, trotzdem habe ich eigentlich nicht das Gefühl, dass er unselbstständig ist. Er wirkt immer so selbstsicher, bei allem was er sagt und tut, dass einem der Gedanke gar nicht käme.

Plötzlich klingelt es an der Tür.

Es ist tatsächlich schon viertel nach drei! Ich habe rein gar nichts von den Gesprächen mitbekommen. Katja ist längst nach oben gegangen und um mich herum ist bereits alles aufgebaut. Ein langer Malertisch, bespannt mit Papier, auf dem verschiedene Kuchen und Torten stehen.

„Ich hätte euch doch geholfen", sage ich verdattert.

„Ach was", sagt Tante Meli trocken.

„Das haben wir doch auch ganz gut so geschafft", grinst Ansgar und gibt Tante Meli einen Kuss.

Wann ist denn Ansgar aufgetaucht? Liebes bisschen, ich bin wohl völlig weg gewesen.

Schnell renne ich nach oben und ziehe mir ein partytaugliches Kleid an: apricot mit Spaghettiträgern und knapp übers Knie. Es ist übersäht mit dunkel-apricot farbigen, aufgestickten Blumen. Ich habe es zusammen mit

Tante Meli in Hamburg gekauft, sonst ich hätte ich so etwas gar nicht und wäre in Jeans gegangen.

Dann gehe ich mir noch schnell durch die dunkelblonden, schulterlangen Haare, die immer mehr wie Mamas Haare aussehen, nur dass meine etwas lockiger sind.

Offen oder Pferdeschwanz? Schminke?

Männer haben es da viel einfacher. Die können immer als sie selbst gehen. Wir Frauen dagegen müssen uns immer irgendwie verkleiden. Doch ich entscheide mich gegen die Schminke, denn neben Ria sieht man sowieso immer blass aus.

Ich frage mich ja, ob sie einfach eine Maske aufsetzt, ansonsten müsste sie bei der Menge einen Spachtel benutzen. Was findet Max bloß an der? Ich glaube, wir fragen uns das alle in der Familie.

Dann werfe ich noch einen letzten Blick in den Spiegel. Meine grünen Augen habe ich definitiv von meinem Vater oder von seiner Seite der Familie. Eigentlich das Beste, was ich von meinem Vater bekommen konnte, denn ich mag meine grünen Augen. Außer Mamas Mutter, habe ich keinerlei Großeltern kennengelernt. Ich weiß gar nicht, ob die Eltern meines Vaters bereits tot sind. Eigentlich weiß ich überhaupt nichts über meinen Vater oder seine Familie. Zu seiner Beerdigung ist niemand gekommen, außer ein paar Arbeitskollegen vom Gericht. Sie haben wahrscheinlich gelost, wer kommen muss, um eine allgemeine Kondolenz vorbeizubringen. Natürlich waren Tante Meli und Ansgar da. Niemand hat geweint oder eine Rede gehalten. Hinterher sind wir zusammen Pizza essen gegangen. Ich glaube, das hätte meinen Vater sehr verärgert, denn er wollte nie essen gehen. Er war generell sehr geizig. Wie besessen er von diesem Geiz war, haben wir erst gesehen, nachdem er mir eine halbe Million Euro vererbt hat. Tante Meli hat das so interpretiert, dass mein Vater mir auf diese Art und Weise hat zeigen wollen, dass er mich doch geliebt hat. Keine Ahnung, ob sie recht damit hat. Ich hätte lieber einen fürsorglicheren Vater gehabt.

Verflixt, ich hänge schon wieder meinen Gedanken hinterher!

Es ist bereits vier Uhr nachmittags, als ich runter gehe. Mein Kleid bauscht sich leicht an meiner Strumpfhose. Ich versuche, langsam auf meinen Pumps zu gehen, um nicht die Treppe runter zu segeln. Na, das wäre ja mal ein Auftritt. Viele Gäste sind schon da. Ich weiß gar nicht, wieso meine Mutter auf einmal so viele Bekannte hat. Manche davon habe ich noch nie gesehen. Vielleicht sind es Freunde von Mama und Ralf. Ein paar Lehrer von meiner Schule sind da, aber ich hoffe, dass sie mich nicht erkennen.

Ihren vierzigsten Geburtstag hat sie nicht so groß gefeiert. Aber da waren Ralf und Mama auch noch nicht so lange zusammen. Mittlerweile sind sie seit übe zehn Jahren zusammen. Dadurch, dass ich die letzten Jahre in Hamburg gelebt habe, habe ich sicherlich viele Bekannte nicht kennengelernt.

Meine Schuhe drücken, denke ich seufzend. Typisch Tante Meli, mir diese todschicken, aber leider völlig unbequemen Schuhe aufzuschwatzen.

„Die passen doch super zum Kleid. Du solltest dich ruhig öfter rausputzen, Ari!"

Ich höre ihre Stimme laut und deutlich im Inneren. Schließlich habe ich nachgegeben und die Schuhe gekauft, denn sie passen wirklich sehr gut zum Kleid. Während ich versuche, meinen Schmerz zu unterdrücken, schaue ich mir die Leute an. Die meisten sind bereits mit ihrem Kuchen und Gesprächen beschäftigt.

Mama trägt ein schwarzes Etuikleid und Tante Meli kontert mit dem gleichen, in knallrot. Das machen die beiden oft.

Tante Meli hat dunklere Haare, deswegen trägt sie meistens die knalligere Farbe von den beiden. Aber wahrscheinlich würde meine Mutter auch einfach nie so etwas Buntes anziehen, selbst wenn sie schwarze Haare hätte.

„Hallo Ari!", sagt plötzlich eine tiefe Stimme neben mir.

„Hallo Bernd", sage ich fröhlich und lasse mich an seiner Hand in die Ecke ziehen, in der auch Max und Katja stehen. Neben Katja steht ihre Freundin Bunny. Eigentlich heißt sie Benita. Wegen ihrer Vorliebe für Bugs Bunny als Kind, hat sie einfach jemand mal Bunny gerufen und seitdem hängt dieser Playboy-Name an ihr. Wir haben eben alle unser Päckchen zu tragen.

„Hallo zusammen!", rufe ich.

„Du siehst toll aus", sagt Bernd zu mir und streichelt mir über die Schulter.

Irgendwie ist mir das nicht unangenehm und ich lasse ihn gewähren. Bunny sieht mich jedoch sehr böse an und verfolgt jede Bewegung von Bernd, der das aber anscheinend nicht mitbekommt.

„Wie läuft es in Hamburg, Ari?", fragt Bernd und rückt noch etwas näher an mich ran.

Max räuspert sich, aber das scheint Bernd nicht zu stören.

„Komm Bunny. Lass uns meine neue CD hören", sagt Katja plötzlich und zieht Bunny die Treppen rauf.

„Wir könnten auch irgendwohin gehen, wo es etwas ruhiger ist", schlägt Bernd vor und schaut mich fragend an.

„Na ja", sage ich verlegen. „Ist der Geburtstag meiner Mutter. Ich sollte also vielleicht noch ein bisschen bleiben."

„Kein Problem, der Tag ist ja noch lang", sagt er und legt seinen Arm um mich.

„Ich glaube, ich habe noch etwas zu tun", sagt Max sichtlich verärgert und verschwindet ebenfalls nach oben.

„Was hat Max?", frage ich Bernd erstaunt.

Plötzlich schlägt sich Bernd die Hand an die Stirn.

„Ich Esel, das hatte ich vergessen. Tut mir leid, Ari, aber ich muss schnell rauf zu Max!"

Und dann sind alle plötzlich fort und ich stehe allein dumm rum.

7. KAPITEL
Max

Verdammt!

Mein bester Freund. Wieso hat er das gemacht? Er weiß doch, dass…also ich habe ihm doch erzählt, dass…. Wann habe ich ihm eigentlich davon erzählt? Das muss schon drei Jahre oder so her sein.

Plötzlich klopft es an der Tür. Bevor ich auch nur etwas sagen kann, wird die Tür aufgerissen.

„Was war denn los, Max?", ruft Bernd außer Atem.

„Das weißt du doch ganz genau", zische ich zurück.

„Nein. Das weiß ich nicht ganz genau! Ich weiß nur, dass du mir irgendwann erzählt hast, dass du was für Ari empfindest und dann kurze Zeit später mit dieser schickimicki Braut zusammengekommen bist!"

„Sie heißt Ria", verbessere ich ihn und frage mich sofort, wieso ich das eigentlich tue.

„Egal", sagt Bernd mit wegwerfender Handbewegung. „Seit drei Jahren hast du eine Freundin oder so etwas Ähnliches. Wie soll ich denn dann davon ausgehen, dass du immer noch was von Ari willst?"

Bernd rennt aufgebracht durch das Zimmer.

„Ich weiß auch nicht", sage ich plötzlich unsicher.

„Ari sieht heute so wahnsinnig hübsch aus", findet Bernd. „Da habe ich sie einfach ansprechen wollen."

„Ich weiß", seufze ich. „Sie sieht fantastisch aus."

„Wieso sprichst du sie nicht einfach an, Max?", fragt Bernd ratlos. „Wie lange willst du schon etwas von ihr? Seit drei oder vier Jahren? Du kannst froh sein, dass sie nicht mittlerweile jemanden hat."

„Seitdem ich sie das erste Mal gesehen habe."

„Was? Da ist Ari doch noch ein Kind gewesen", sagt Bernd verblüfft.

„Ich weiß", sage ich hilflos. „Ich habe schon gedacht, dass ich pädophil bin."

„Das könnte man echt meinen", sagt Bernd streng und setzt sich hin. Endlich. Das Herumrennen hat mich genervt.

„Aber es ist nicht so, dass ich angefangen habe, auf kleine Mädchen zu stehen", sage ich schnell.
Bernd schaut mich zweifelnd an.

„Meine Gefühle haben sich immer nur auf Ari bezogen", versichere ich.

„Äh, Max", fängt Bernd an. „Ist vielleicht eine blöde Frage. Aber wieso hast du nicht mal mit Ari darüber gesprochen?"
Ich überlege, wie ich Bernd das begreiflich machen kann.

„Ich glaube, ich habe Angst, sie darauf anzusprechen. Wenn sie nicht

dasselbe für mich empfindet, wird das immer zwischen uns stehen."

„Oder du hast es zumindest versucht", schlägt Bernd vor und schaut

sich ein Bild von Ria an. Sie hat das Bild auf den Couchtisch gestellt. Ich

würde ja kein Bild von mir selbst in meine Wohnung stellen. Aber es ist ja

eigentlich auch nicht ihre Wohnung.

„Bliebe noch dieses kleine Problem hier", sagt er angewidert. „Wieso bist

du doch gleich mit dieser Frau zusammen? Ich meine, redet ihr eigentlich

mal miteinander oder bumst du sie einfach nur?"

„Hey", sage ich und hebe abwehrend die Hände, kann mir aber ein

Schmunzeln nicht verkneifen.

„Das heißt dann wohl: ja", sagt Bernd trocken. „Ist ja nichts dagegen

einzuwenden. Schließlich zahlen andere dafür eine Menge Geld, aber

dann muss man doch keine Beziehung miteinander führen."

„Vielleicht sollte ich mich tatsächlich trennen", überlege ich.

„Du willst dich von mir trennen!", kreischt Ria los.

Sie steht noch mitten in der Tür, hat aber anscheinend alles mit angehört.

Ich schaue sie verblüfft an, weil ich einfach gar nicht mit ihr gerechnet

habe. Sie stürmt auf uns zu und baut sich vor uns auf.

„Da bin ich extra früher von meinen Eltern wiedergekommen, die übrigens sehr enttäuscht waren, dass du nicht da warst und dann muss ich so etwas hören! Das kannst du doch nicht machen, Max", heult sie.

Bernd schaut betreten auf den Boden und sagt:

„Ich glaube, ich muss jetzt los."

Und schon ist zur Tür raus. Mist. Und ich bin allein mit dieser Furie.

„Es tut mir leid, Ria, aber ich glaube, dass es besser so ist. Wir haben doch nichts gemeinsam."

Ria schluchzt und steht einfach im Raum. Ganz verloren wirkt sie und fast tut sie mir leid.

„Wie kommt denn das auf einmal?", fragt sie sauer und mit erstaunlich fester Stimme.

„Wir haben doch nichts gemeinsam", wiederhole ich.

„Wir sind seit drei Jahren zusammen und das fällt dir jetzt auf?", fragt sie entgeistert und steht immer noch wie ein Baum im Zimmer.

„Ria. Es war wirklich ganz nett mit uns", fange ich an und fühle mich wie ein riesiges Arschloch dabei. „Aber das mit uns hat doch keine Zukunft."

Ria starrt mich immer noch an, als ob ich vom Ausbruch des dritten Weltkriegs erzählt hätte.

„Ich verstehe das immer noch nicht. Gibt es jemand anderes? Und wo kommt diejenige plötzlich her? Wie lange geht das schon mit euch?", schreit sie mich plötzlich hysterisch an.

Ich schaue sie entgeistert an.

„Da läuft nichts."

„Also hast du eine Andere", ruft sie empört.

Zum Glück hat sie aufgehört, zu heulen.

„Ja", sage ich, obwohl ich gar nicht weiß, ob etwas daraus wird. Aber das sollte nicht entscheidend sein, denn ich liebe Ria nicht. Weiterhin mit ihr zusammen zu sein, wäre ihr gegenüber unfair.

„Ich wusste es doch! Wer ist sie?"

„Ria, das spielt keine Rolle. Ich liebe dich nicht. Wir haben keine Zukunft. Bitte geh", sage ich jetzt schärfer, als ich es beabsichtigt habe und sehe, dass Ria zusammenzuckt. Schweigend fängt sie an, ihre Sachen zu packen.

„Den Rest hole ich später", schnieft sie und stiefelt mit zwei großen Koffern zur Tür raus. Ich hatte keine Ahnung, dass sie so viel Zeugs hier hatte.

Plötzlich stehe ich einer leeren, stillen Wohnung. Ich atme tief durch. Dann durchfährt mich ein Gedanke: Ich habe mich tatsächlich soeben von Ria getrennt!

Eine riesengroße Erleichterung macht sich in mir breit.

Ok, das war der erste Schritt. Der zweite Schritt wird, befürchte ich, jedoch viel schwieriger werden. Und schon ist die Erleichterung wieder weg.

Ich fahre mir vor dem Spiegel durch die Haare, aber da kann man nicht viel machen. Mein Gesicht sieht furchtbar blass aus. Ich wünschte, ich könnte mir etwas Farbe ins Gesicht schminken, um etwas natürlicher zu wirken. Frauen haben es da besser. Sie können sich immer etwas schöner machen.

Seufzend schließe ich die Tür ab und gehe die Treppen runter. Es ist bereits nach sechs Uhr abends. Mittlerweile haben die Leute Häppchen auf ihren Papptellern. Aber Ari kann ich nirgends sehen. Sie ist doch nicht etwa mit Bernd weggegangen? Dieser Mistkerl!

„Papa. Hast du Ari gesehen?"

„Ach, deshalb ist Ria mit zwei Koffern verschwunden", sagt er grinsend.

„Ich habe mich von Ria getrennt, weil das mit ihr keine Zukunft hatte", stelle ich klar.

„Und jetzt suchst du nach Ari", nickt mein Vater erfreut. „Ich habe Ari schon eine ganze Weile nicht mehr gesehen", wundert er sich. „Und Bernd hat sich bereits verabschiedet. Habt ihr euch etwa gestritten?"

„Nein, nein. Aber deswegen habe ich mich von Ria getrennt."

„Was, Bernd will was von Ria?", fragt mich mein Vater entsetzt.

„Nein, nein. Aber das erkläre ich dir später. Ich muss jetzt dringend mit Ari sprechen."

Ich lasse ihn stehen und drängele mich zwischen den Leuten durch, aber Ari kann ich einfach nicht finden.

8. KAPITEL
Ariane

Was für eine doofe Party, denke ich und ziehe mich in mein Zimmer zurück.

Als wir noch zwischen den Wohnungen gependelt sind, habe ich immer im Wohnzimmer auf der Couch geschlafen. Seitdem Max auf den Dachboden gezogen ist, schlafe ich in Max Zimmer, obwohl das nicht gerade angenehm für mich ist.

Ich nehme mir ein Buch aus meiner Tasche. Eigentlich habe ich immer ein Buch dabei, wenn ich unterwegs bin. Wenn ich lese, kann ich alles um mich herum vergessen. Deshalb höre ich das leise Klopfen auch erst gar nicht.

„Herein!", rufe ich erstaunt.

Die Tür öffnet sich.

„Hallo Ari", sagt Max und spaziert einfach rein.

Bin ich vielleicht über meinem Buch eingeschlafen und träume das Ganze? Ich versuche mich zu kneifen.

„Tut dir etwas weh?", fragt mich Max besorgt.

„Nein, nein", sage ich schnell.

Max bleibt unbeholfen im Raum stehen.

„Kann ich dir helfen?"

„Nein, nein", sagt Max schnell. „Ich wollte nur…. Ich wollte nur

fragen…. Ich wollte nur fragen, ob…."

Ich verstehe nur Bahnhof.

„Was möchtest du mich denn fragen?"

„Wie lange bleibst du in München, Ari?"

Eine warme Welle schießt durch meinen Bauch. Es ist so schön, wenn er

meinen Namen sagt, denke ich verträumt.

„Bis morgen wahrscheinlich, dann wollte ich wieder fahren."

„Ach so."

„Warum fragst du?"

Mein Herz hämmert und ich habe Schwierigkeiten, zu atmen.

Plötzlich setzt Max sich neben mich aufs Bett. Mein Herz setzt jetzt

endgültig aus, vielleicht werde ich gleich ohnmächtig.

„Na, weil ich dachte, dass…. Also, wenn du noch länger bleiben

würdest, könnten wir, also du und ich…."

Ok, jetzt muss ich mich doch wieder kneifen. Das ist ganz bestimmt ein

Traum!

„Du und ich?"

„Natürlich nur, wenn du willst", sagt Max schnell.

„Durchaus. Also, vielleicht. Was würden du und ich dann tun?", frage ich vorsichtig.

Plötzlich müssen wir beide über diese krampfige Situation lachen. Max sieht mich an und streichelt mir über meine Haare.

„Ist das ok für dich, Ari?", fragt er und hält in der Bewegung inne.

„Ja", sage ich leise.

Max rückt noch näher an mich ran. Unsere Gesichter treffen sich beinah an der Nasenspitze.

Und dann gehe ich aufs Ganze und küsse ihn.

Erst ist er überrascht und ich habe schon Angst, dass ich zu schnell war. Doch bevor ich meine Lippen wieder von seinen lösen kann, nimmt Max mein Gesicht in beide Hände und erwidert den Kuss. Seine Lippen sind warm und weich und langsam öffne ich meine Lippen. Der Kuss wird immer intensiver und wir sinken dabei langsam aufs Bett.

Langsam fängt Max an, an meinem Kleid herum zu fummeln.

„Verdammt. Wie bekommt man das auf?"

Ich lache und versuche, aufzustehen, indem ich ihn von mir runter schiebe. Dann suche ich den Haken hinten am Kleid und öffne langsam den Reißverschluss und lasse das Kleid runterfallen. Gottseidank habe ich gute Unterwäsche angezogen, denke ich erleichtert und lege mich wieder zu Max. Das Ganze ist immer noch sehr unwirklich, aber ich will auf gar keinen Fall, dass es aufhört.

„Wie wäre es mit Gleichberechtigung?", frage ich schelmisch.

Er grinst und steht auf.

„Und könntest du die Tür bitte abschließen? Nur für alle Fälle", sage ich etwas atemlos, nach unserem Superkuss.

Max läuft schnell zur Tür und dreht den Schlüssel um.

„Gute Idee", sagt er und sieht mich direkt an, während er seine Hose öffnet.

Natürlich schießt mir bei dem Anblick die Hitze ins Gesicht, aber Max lacht nur und legt sich zu mir ins Bett. Doch irgendwie ist plötzlich die Stimmung weg und mir ist es auf einmal peinlich, nur in Unterwäsche hier neben ihm zu liegen.

„Ist dir kalt?", fragt Max und zeigt auf meine Gänsehaut.

„Ein bisschen", gebe ich zu.

Wir schlüpfen beide unter die Decke. Das scheint auch Max wieder etwas selbstsicherer zu machen, denn er legt sich auf mich und fängt erneut an, mich zu küssen. Plötzlich spüre ich etwas Hartes in der Lendengegend.

„Hast du etwas da?", fragt Max rau.

„Nein, leider nicht."

„Wir müssen ja auch nicht", sagt Max zärtlich und küsst mich wieder.
Dann fängt er an, mir die Unterwäsche auszuziehen und mich überall zu
küssen. Mein ganzer Körper kribbelt und ich bedauere jetzt doch, dass ich
keine Kondome dabeihabe. Andererseits wäre das vielleicht auch ein
wenig schnell. Plötzlich durchfährt mich ein heißer Schreck und ich setze
mich auf.

„Was ist mit deiner Freundin, Max?"

„Äh, wir haben uns getrennt. Äh, heute", fügt Max hinzu und versucht,
mich weiter zu küssen.

Ich schiebe ihn weg und setze mich auf.

„Hat sie dich verlassen?", frage ich und habe Angst vor der Antwort.

„Was spielt das für eine Rolle?", fragt Max und blickt mich erstaunt an.

„Wenn sie dich verlassen hat und du dann sofort zu mir kommst, wirkt
es so, als ob du mich nur zur Bestätigung brauchst", sage ich heftig.
Plötzlich will ich einfach nur weg. Ich klaube die Bettdecke um mich
herum und sage:

„Bitte geh, Max. Ich glaube, das wird nichts mit uns."

Max sieht mich entgeistert an. Dann steht er auf, schnappt sich seine
Sachen und geht aus dem Zimmer. Ich warte bis er die Tür zugemacht hat.

So, denke ich. Vielleicht fange ich jetzt an zu weinen, aber es kommen einfach keine Tränen. Jetzt bin ich wieder in der Realität angekommen. Als ob jemand wie Max sich jemals für jemanden wie mich interessieren könnte. Wie habe ich so naiv sein können, ich könnte mich ohrfeigen.

Ich stehe auf und ziehe mir eine Jeans und ein T-Shirt an. Das Kleid hänge ich in den Schrank zu meinen Wintersachen. Dann packe ich die paar Sachen zusammen, die ich mithabe. Schnell checke ich die Zugverbindung. Zum Glück fährt um kurz vor elf noch ein Zug nach Hamburg. Wegen meiner Bahncard kann ich eigentlich immer jede Zugverbindung nehmen, ohne ein Vermögen ausgeben zu müssen. Allerdings ist es bereits zehn Uhr, mit dem Bus brauche ich bestimmt eine halbe Stunde und ich weiß gar nicht, ob noch einer fährt.

Die Frage ist jetzt, wie ich so schnell zum Hauptbahnhof komme. Dann kommt mir eine Idee und ich greife erneut zum Handy.

„Kannst du mich abholen?"

„Natürlich, ich bin sofort da."

Ich schnappe mir meine Sachen, husche die Treppe runter. Es bemerkt mich niemand, die Leute sind in Begriff zu gehen. Schnell laufe ich weiter runter in den Keller, schließe die Tür auf und schlüpfe unbemerkt nach draußen.

Zehn Minuten später kommt Bernd angefahren und wir brausen los.

„Was ist denn passiert?"

„Frag nicht", sage ich nur und er bohrt auch nicht weiter nach.

Kurze Zeit später sind wir auch schon am Bahnhof.

„Danke, Bernd!", rufe ich noch und schnappe mir meine Tasche.

„Gern geschehen", sagt er freundlich und braust davon.

Ich gehe zum Bahnsteig und nur kurze Zeit später fährt mein Zug ein. Ich setze mich hin und endlich kommen die Tränen. Zum Glück sitze ich allein im Abteil.

9. KAPITEL

Max

Verdammt, verdammt!

Ich glaube, das habe ich gehörig vermasselt. Ich weiß nur nicht, wieso.

Also ich weiß natürlich wieso, aber ich weiß nicht, wieso ich ihr nicht
einfach alles erzählt habe. Schließlich habe doch ich mit Ria Schluss
gemacht. Aber hätte es wirklich etwas geändert? Wahrscheinlich schon
oder auch nicht.

Ari zu berühren war wie eine Offenbarung, denke ich verträumt.

Ich raufe mir die Haare. Es ist bereits halb elf. Vielleicht sollte ich einfach
noch mal mit ihr reden? Oder vielleicht schläft sie ja schon? Morgen früh
ist besser, überlege ich. Trotzdem laufe ich wieder nach unten und sehe,
dass die Tür offensteht. Vorsichtig, um Ari nicht zu erschrecken, gehe ich
ins Zimmer, aber Ari ist nicht da. Das Bett ist ordentlich gemacht.
Überhaupt wirkt das Zimmer recht verlassen auf mich. Ich schaue mich
um und bemerke erst jetzt, dass Aris Tasche nicht mehr da ist. Ich renne
nach unten.

Die letzten Leute verabschieden sich gerade, die Party ist zu Ende.

„Anna. Hast du Ari gesehen?", frage ich und habe Angst vor der Antwort.

„Nein, vielleicht hat sie sich schon schlafen gelegt. Sie ist recht früh heute wach gewesen", meint Anna.

„Sie ist nicht in ihrem Zimmer und ihre Tasche ist fort", sage ich tonlos.

„Ist irgendwas zwischen euch vorgefallen?", fragt mich Anna alarmiert.

„Was ist denn los?", fragt Sensationsreporterin Meli.

War ja klar, Meli entgeht absolut nichts.

„Ari ist weg", sagt Anna bestürzt.

„Was wolltest du denn von Ari?", fragt Meli.

„Wieso?", frage ich zögerlich.

„Na, du bist in ihr Zimmer gegangen und jetzt suchst du sie. Was wolltest du denn von ihr?", will Meli wissen.

„Lass doch die jungen Leute in Ruhe", sagt Ansgar beschwichtigend.

„Wir müssen jetzt auch so langsam gehen. Kommst du bitte, Schatz?"

Und dann ist es plötzlich still um uns herum.

Mein Vater und Anna schauen mich prüfend an.

„Hat das was mit dir zu tun?", fragt mein Vater ruhig.

„Ich befürchte, ja", sage ich zerknirscht.

Plötzlich klingelt es an der Tür.

„Hat bestimmt noch jemand etwas liegen gelassen", sagt Anna und rennt zur Tür.

Sie kommt mit Bernd wieder.

„Was machst du denn hier?", frage ich verärgert.

„Ich habe gerade Ari zum Bahnhof gebracht", sagt er ruhig. „Und jetzt will ich wissen, was du angestellt hast Max!"

„Wir räumen schon mal auf", sagt Anna zu meinem Vater, der so aussieht, als ob er lieber weiter zuhören möchte. Aber schon zieht mich Bernd die Treppe rauf.

„Hey, lass das", sage ich ärgerlich und schließe die Tür auf. Oben setzen wir uns auf meine Couch. Déjà-vu, denke ich.

„Verdammt Max. Was hast du gemacht? Ari war völlig aufgelöst!", schnauzt mich Bernd an.

„Also?", fragt mich Bernd wieder als ich nicht sofort antworte.

„Ich war bei ihr und wollte ihr vorschlagen, dass wir mal zusammen ausgehen könnten", fange ich an.

„Und was hat sie gesagt?", fragt Bernd ungeduldig.

„Ich glaube, sie war nicht abgeneigt. Und dann haben wir uns geküsst und ein bisschen rumgemacht."

„Ok, die Details brauche ich jetzt nicht", sagt Bernd und verzieht das Gesicht. „Aber was ist dann passiert?"

„Na ja, ihr ist eingefallen, dass ich eine Freundin habe", sage ich und irgendwie schäme ich mich plötzlich.

Bernd nickt.

„War ja klar. Jetzt denkt sie, dass du dir nur etwas beweisen wolltest, nachdem die Beziehung mit Ria zu Ende war", stellt er fest.

Soviel Scharfsinnigkeit hätte ich Bernd gar nicht zugetraut.

„Aber du hättest doch sagen können wie lange du schon Gefühle für sie hast", stöhnt er, nachdem ich ihn einfach nur stumm anschaue.

„Ich weiß ja gar nicht, wie ihre Gefühle für mich aussehen. Da wollte ich nicht gleich mit so einer Keule kommen", sage ich verzweifelt.

„Stattdessen hast du sie jetzt ganz verloren", stellt Bernd sachlich fest.

„Ari wird so schnell nicht wiederkommen, befürchte ich."

Das ganze Gespräch nervt.

„Du nervst", sage ich.

„Wofür sind Freunde schließlich da?", grinst Bernd.

„Willst du hierbleiben?"

„Klar, danke. Hier ist es gemütlicher, als in meiner Bude", antwortet er sofort.

Obwohl ich natürlich nicht allein in diesem Haus wohne, bin ich doch froh, dass ich heute Nacht nicht allein in meiner Wohnung schlafen muss.

„Danke, dass du noch vorbeigekommen bist. Ich bin echt froh, dass Ari dich gebeten hat, sie zum Bahnhof zu fahren."

„Kein Problem. Ich hoffe, ihr bekommt das wieder hin. Sonst frage ich sie vielleicht doch mal, ob sie mit mir ausgeht", sagt Bernd streng.

„Und ich überlege mir schon mal einen Ort für deine Leiche", sage ich grimmig und gehe in mein Bett.

„Das wird nichts mit uns", hallt Aris Stimme noch in meinem Inneren nach und versetzt mir einen schmerzhaften Stich im Magen.

10. KAPITEL
Ariane

Ich bin erleichtert, dass ich wieder in Hamburg bin. Meiner Mutter habe

ich alles erzählt, allerdings nur die die jugendfreie Fassung.

„Das ist doch bestimmt nur ein Missverständnis, Ari. Max ist doch

eigentlich nicht so", versucht sie zu vermitteln.

„Nun, vielleicht doch", tue ich das Ganze ungeduldig ab.

Es ist einfach zu schmerzhaft, um weiter darüber zu sprechen.

Leider fängt das Semester erst in drei Wochen an, sonst könnte ich meinen

Kummer in Arbeit ertränken.

Sara habe ich wirklich alles erzählt, auch wenn es mir etwas peinlich war,

dass ich mich so schnell habe hinreißen lassen. Doch irgendwie ist ihre

Reaktion nicht so, wie ich sie gerne gehabt hätte.

„Max ist doch eigentlich nicht so."

Ich hatte keine Ahnung, dass es so viele Mitglieder im Max Fanclub gibt.

„Keine Ahnung", sage ich unwirsch. „Aber man hätte auch nicht

gedacht, dass er mit jemandem wie Ria zusammenkommen würde."

„Ja, das stimmt allerdings", pflichtet mir Sara bei. „Gut, dass er die jetzt

los ist. Irgendwie hat die etwas Falsches, wenn nicht sogar Irres an sich",

mutmaßt Sara. Psychologiestudentin, natürlich.

„Was machst du denn heute, Ari?"

„Ich wollte mal wieder nach neuen Büchern schauen. Und du? Kommt

dein Typ vorbei?", frage ich stirnrunzelnd, weil ich Karl immer noch nicht

besonders mag. Und das nicht nur wegen seines Namens.

„Er ist nicht mein Typ. Ich glaube, ich trenne mich von ihm. Seit er

angefangen hat, zu arbeiten, behandelt er mich wie ein kleines Kind. Dabei

ist er gerade mal vier Jahre älter, als ich", sagt sie naserümpfend.

„Arroganter Idiot!", sage ich sofort. Schließlich macht man so etwas als

Freundin.

„Willst du mitkommen?", frage ich wieder.

„Nee, lass mal." Sara liest nämlich nur E-Books.

Ich denke auch immer darüber nach, kann mich aber bis jetzt noch nicht

dazu entschließen, denn ich mag den Geruch von Büchern und ich kann

mir irgendwie nicht vorstellen, einen Roman am Computer zu lesen.

Ich schlendere durch die Stadt, auf der Suche nach einem Buchladen. Ich

lese keine speziellen Sachen, Belletristik bzw. Liebesromane halt und ja, ich lese auch die ganzen Vampir Dinger. Ich meine, die meisten Vampirromane sind ja auch Liebesromane, nur dass die Hauptperson halt ein Vampir ist. Theoretisch ziemlich ekelig, aber Sara und ich haben trotzdem beinah alles, was es so gibt, gelesen. Schließlich handelt es sich meistens um gutaussehende Typen und Frau braucht auch mal etwas zum Träumen.

Plötzliche sehe ich ein Plakat: Heute Abend Lesung von Ether Willig. Max Mutter ist also in der Stadt. Natürlich kenne ich ihr Pseudonym „Ether Willig", denn Katja hat jedes ihrer Bücher zu Hause liegen, handsigniert. Nicht weil sie sie lesen würde, aber Esther schenkt ihr halt immer ein signiertes Erstexemplar. Sie hat schon oft überlegt, ob sie sie bei Ebay verschachert, aber irgendwie konnte sie es bis jetzt dann doch nicht übers Herz bringen.

Seitdem Katja fünf Jahre alt ist, lebt sie bei Ralf in München. Esther schreibt seitdem Fantasyromane und scheint damit auch äußerst erfolgreich zu sein, denn ihre Bücher gibt es mittlerweile in vielen verschiedenen Sprachen. Vielleicht würde ich sie auch lesen, tue das aber aus Prinzip nicht, weil sie ihre Kinder im Stich gelassen hat. Ich schaue auf die Uhr: Es ist sieben Uhr abends.

Irgendwie habe ich Lust, dorthin zu gehen.

Esther wird aus ihrem neuen Roman vorlesen und anschließend kann man ein signiertes Buch erwerben. Auch wenn ich ihre Bücher nicht kenne, bin ich doch noch nie bei einer Lesung gewesen. Das könnte ganz interessant werden.

Das letzte Mal habe ich Esther Weihnachten gesehen. Ich frage mich, ob sie mich überhaupt erkennen wird. Ohne es wirklich zu wollen, gehe ich in den Buchladen und schnappe mir ein Buch von Esther.

„Oh hallo! Wirst du auch gleich bei der Lesung sein?", spricht mich plötzlich ein Mädchen in meinem Alter an.

„Wir sind ganz große Fans von Ether", sagt eine jüngere Ausgabe von ihr und spricht das <th> natürlich hart aus.

„Das wird wie im Englischen ausgesprochen", regt sich das ältere Mädchen auf. „Es-ser."

„Ich überlege, ob ich da hin gehe. Ich habe tatsächlich noch kein Buch von ihr gelesen", sage ich vorsichtig.

„Du musst bleiben!", sagen die beiden gleichzeitig und prusten los.

Sie scheint ja verschiedene Altersstufen zu begeistern, nicht schlecht. Aber natürlich habe ich eine negative Meinung über Esther. Für Katja und Max ist das damals so plötzlich gekommen, ich glaube sie fragen sich immer noch, wieso Esther das getan hat. Klar sehen sie sie ab und zu, aber ich glaube nicht, dass Esther das Ganze jemals mit ihnen besprochen hat. Ich habe da Gefühl, dass Esther ziemlich zurückgezogen lebt. Wenn sie mal da ist, redet sie nicht viel und schreibt viel in ihr Handy.

Allmählich füllt sich der Buchladen und ich suche mir einen Platz. Neben mir sitzen die beiden Mädels von vorhin.

„Super, dass du auch da bist", freut sich die Ältere. „Wie heißt du?"

„Ariane. Und du?"

„Silvia. Und das ist meine kleine Schwester Donna. Ihr Vater ist Italiener. Wir haben verschiedene Väter. Lange Geschichte. Ich werde bestimmt mal ein Buch darüberschreiben", lacht sie.

So genau wollte ich das gar nicht wissen, stöhne ich innerlich, versuche aber trotzdem, die beiden freundlich anzulächeln.

Und dann marschiert auch schon Esther an uns vorbei, setzt sich vorne hin und fängt an, ohne Umschweife vorzulesen. Die Leute hören tatsächlich gebannt zu.

Also ich hätte ja eine Begrüßung ganz nett gefunden, scheint aber außer mir niemand erwartet zu haben. Ich versuche mich auf die Lesung zu konzentrieren, finde aber irgendwie keinen Zugang.

Plötzlich klingelt mein Handy. So ein Mist!

Schnell drücke ich es aus und stelle es auf lautlos. Ich sehe nur, dass Sara versucht hat, mich anzurufen. Plötzlich läuft jemand auf Esther zu und flüstert ihr etwas ins Ohr. Sie wird blass.

„Es tut mir leid", sagt sie zitternd. „Ein Notfall in der Familie. Ich werde die Lesung leider abbrechen müssen."

Ein Notfall in der Familie? Esther hat nur ihre Kinder. Also ist es etwas mit Katja oder mit Max!

Ich renne nach vorne, während alle in Richtung Ausgang wollen.

„Esther, Esther!", rufe ich laut.

Esther dreht ihren Kopf erstaunt in meine Richtung.

„Ari! Ich wusste gar nicht, dass du meine Bücher liest."

„Tue ich sonst auch nicht. Aber was ist das für ein Notfall?", frage ich aufgeregt.

„Max ist im Krankenhaus. Er musste operiert werden. Näheres weiß ich leider nicht. Ralf hat nur kurz meinem Assistenten Bescheid gesagt. Ich muss sofort nach München."

„Kann ich bitte mitkommen?", frage ich, ohne nachzudenken.

Ich sehe zwar, dass sie erstaunt schaut, erwidert aber nichts, sondern spricht schnell zu dem Mann, der ihr etwas ins Ohr geflüstert hat:

„Hanno, bitte buch uns zwei Flugtickets. Das geht schneller, als mit dem Zug."

Besagter Hanno nickt nur und zückt sein Handy.

In meinem Kopf fühlt sich alles wie Watte an. Schnell rufe ich Sara zurück.

„Hallo Ari, deine Mutter hat angerufen. Max hat wohl ein durchgebrochenes Magengeschwür oder so etwas Ähnliches und musste operiert werden", sagt sie.

„Danke Sara! Ich werde gleich mit Esther nach München fliegen."

„Wer ist Esther?", fragt Sara erstaunt, während ich hinter Esther hinterherlaufe.

„Max Mutter. Ich habe sie zufällig getroffen."

„Musst du mir alles erzählen, wenn du wieder da bist. Ich hoffe Max kommt wieder in Ordnung", sagt Sara besorgt.

„Das hoffe ich auch", sage ich grimmig. „Es wäre schade, wenn ich ihm nicht mehr sagen könnte, was für ein riesiger Idiot er ist!"

Und schon sitze ich mit Esther und Hanno im Taxi. Wir sind, glaube ich, beide angespannt. Esther telefoniert gerade wieder.

„Es tut mir leid, Esther, aber so spät geht kein Flug mehr. Morgen früh erst wieder oder du fährst die Nacht mit dem Zug durch", höre ich Hanno, der neben ihr sitzt, zu ihr sagen.

„Zug", sagt Esther kurz.

Hanno nickt nur, er kennt das wohl schon von Esther.

„Zum Hauptbahnhof", ruft er dem Taxifahrer entgegen.

Der schüttelt nur den Kopf und fährt eine scharfe Kurve.

Ich schaue durch die Frontscheibe des Taxis, aber ich habe keine Ahnung, wo wir sind.

11. KAPITEL
Ariane

Wir nehmen in unserem Abteil Platz. Zum Glück war es an einem Dienstagabend nicht schwer, ein Abteil zu bekommen.

„In Köln werden wir umsteigen müssen", sagt Esther bedauernd. „Aber die nonstop-Verbindung wäre erst in einigen Stunden wieder gefahren und so lange wollte ich nicht warten."

Ich nicke.

„Ja, so ist es besser. Man tut zumindest etwas."

„Ja genau. Am Bahnhof rumzusitzen, hätte ich keine Minute durchgehalten. Schade, dass wir keinen Flieger mehr bekommen haben." Dabei schaut Esther zum wiederholten Male auf ihre Uhr.

„Magst du vielleicht deine Mutter noch einmal anrufen, Ariane? Ralfs Handy ist aus. Bestimmt sitzt er im Krankenhaus und vielleicht ist deine Mutter ja jetzt erreichbar", bittet sie.

„Natürlich", sage ich und greife sofort zu meinem Handy. Auch meine Mutter habe ich die letzten zwei Stunden nicht erreichen können, aber mittlerweile ist es zwölf Uhr abends und vielleicht ist sie jetzt wieder zu Hause.

„Hallo Ari!", sagt meine Mutter. „Die OP ist gut verlaufen, Ralf hat gerade angerufen." Bei diesen Worten spüre ich Erleichterung in mir aufsteigen.

„Die OP ist gut verlaufen", sage ich schnell zu Esther.

„Ein Glück", sage ich zu meiner Mutter.

„Was ist denn überhaupt passiert?"

„Wir haben zusammen Abendbrot gegessen, als Max plötzlich meinte, dass das Essen komisch schmecken würde. Kurze Zeit später hat er sich übergeben, es war ganz schrecklich. Alles war ganz schwarz", erzählt meine Mutter entsetzt.

„Schwarz? Aber wieso?"

„Die Ärzte vermuten ein durchgebrochenes Magengeschwür. Das habe ich auch Sara gesagt. Hat sie dich erreicht?"

Ich nicke, obwohl das meine Mutter nicht sehen kann.

„Ja, das hat sie mir erzählt, war sich aber nicht sicher, ob sie das richtig verstanden hatte."

„Er muss das schon eine ganze Weile gehabt haben. Seine Blutwerte sind wohl auch sehr schlecht. Aber jetzt konnten sie erst mal die Blutung stoppen. Die Nacht ist wohl noch kritisch, aber danach wird er hoffentlich auf die normale Station kommen."

„Ich bin schon auf dem Weg", erzähle ich.

„Wohin?", fragt meine Mutter erstaunt.

„Na, nach München", sage ich ungeduldig.

„Verstehe. Ihr seid natürlich nicht im Guten auseinander gegangen. Wann kommst du an, Ari? Ich hole dich ab."

„Wir kommen gegen neun Uhr früh an. Es gab auf die Schnelle leider nur eine Verbindung, bei der wir in Köln umsteigen müssen."

„Wir? Ist Sara mitgekommen?"

„Ich fahre mit Esther. Ich habe sie zufällig getroffen und jetzt fahren wir gemeinsam nach München. Ich erzähle dir alles ausführlich zu Hause", sage ich knapp, um kein endloses Gespräch daraus machen zu müssen. Zum Glück merkt meine Mutter das sofort und sagt nur:

„Gut. In Ordnung Ari. Später fahren wir dann gemeinsam zum Krankenhaus."

„Bis später, Mama."

„Die OP scheint gut verlaufen zu sein", wiederhole ich, nachdem ich aufgelegt habe. „Die Nacht ist jedoch kritisch, meinte meine Mutter."

„Also können wir erst mal nur abwarten. Nicht gerade meine Stärke", sagt Esther trocken.

„Oh nein", sage ich bestürzt. „Du bekommst noch das Geld für mein Zugticket, Esther!"

Esther winkt ab.

„Das kann ich mir gerade noch leisten, Ariane. Ich bin froh, dass ich nicht die ganze Zugfahrt allein mit meinen Gedanken verbringen muss."

„Was ist mit dem Typen im Auto?", frage ich neugierig. „Ist das dein Freund? Wieso ist er nicht mitgekommen?"

„Ach, der", lacht Esther und ist kein bisschen verlegen wegen meiner Fragerei.

„Hanno ist nur mein Assistent, ein absoluter Goldschatz und leider schwul", fügt sie bedauernd hinzu. „Ich wusste gar nicht, dass du so ein gutes Verhältnis zu Max hast."

Ich werde natürlich prompt rot.

„Verstehe", sagt Esther und lächelt leicht, wodurch sie beinah sympathisch wirkt.

„Unser letztes Zusammentreffen war leider nicht so gut", gebe ich zu.

„Was ist passiert?"

Ich versuche, die Geschichte kurz zusammen zu fassen, aber irgendwie erzähle ich ihr doch alles und vor allem, wie lange mir Max bereits etwas bedeutet. Esther hört einfach nur zu und unterbricht mich nicht.

„Als du gesagt hast, dass Max im Krankenhaus liegt, habe ich einen Heidenschreck bekommen", schließe ich zitternd. „Ja, ich bin einfach abgehauen, aber ich wollte natürlich noch mal mit ihm reden, also irgendwann. Sagen, dass er ein Idiot ist. Sagen, dass ich ein Idiot bin, so was in der Art halt. Ich hoffe, ich bekomme noch Gelegenheit dazu", schließe ich und kämpfe plötzlich mit den Tränen.

„Das wird schon. Unkraut vergeht nicht, pflegte meine Mutter zu sagen", lächelt sie und verdreht dabei die Augen.

Wir hängen unseren Gedanken nach, bis ich Esther unvermittelt frage:

„Hat es sich eigentlich gelohnt, alles aufzugeben?"

Esther schaut mich mit einem klaren Blick an und sagt:

„Keine Ahnung. Aber so, wie es damals war, so konnte ich einfach nicht mehr weiter machen. Das wäre für uns alle in einer Katastrophe geendet."

„Aber, wieso so plötzlich?"

Sie erzählt mir, dass sie mit achtzehn schwanger geworden ist. Durch den One-Night-Stand mit Ralf, ist sie ganz unerwartet und völlig unvorbereitet Mutter geworden.

„Meine Mutter hat damals darauf bestanden, dass wir heiraten. Sie meinte, dass Kinder ein Elternhaus bräuchten und das ginge halt nur so.

Ich bin bestimmt nicht stolz auf meine Entscheidung, aber den Kindern geht es doch gut bei Ralf."

„Warum hast du das so plötzlich gemacht?", frage ich zweifelnd, weil ich das Ganze immer noch nicht nachvollziehen kann. Seine Kinder zu verlassen, das kann ich mir einfach nicht vorstellen.
Aber Esther zuckt nur mit den Schultern.

„Ich habe nur noch funktioniert. Ralf war die meiste Zeit nicht da. Max Pubertät war sicherlich weniger schwierig, als die von anderen Kindern, aber mit einem Baby trotzdem nicht gerade einfach. Katja ist die ersten fünf Jahre quasi ohne Vater aufgewachsen. Ralf hat ihr nicht gefehlt, aber Max hat seinen Vater ganz schrecklich vermisst."

„Max ist sehr ruhig, das war er schon immer. Aber nachdem Ralf den neuen Job hatte und andauernd unterwegs gewesen ist, hat er kaum noch mit mir geredet. Er hatte keine Freunde und war nur in seinem Zimmer. Zum Glück hat er irgendwann Bernd kennengelernt. Mit ihm ist er wenigstens mal raus gegangen."

„Dann ist meine Mutter zu uns gezogen, also in unsere Nähe, in ein betreutes Wohnen und das war leider nicht besonders toll, für niemanden von uns", sagt sie und klingt auf einmal sehr traurig.

„War deine Mutter denn nicht nett zu Max und Katja?"

Dabei fällt mir auf, dass beide nie von ihrer Großmutter erzählt haben.

„An Katja hat sie immer nur herumgezupft und ihr alle Spielsachen weggenommen, die nicht mädchenhaft genug sind. Katja hat gerne mit Max Sachen gespielt, aber das fand meine Mutter inakzeptabel. Also musste ich eine Puppenküche und lauter so ein Zeugs kaufen. Meine Mutter und ich sind uns pausenlos auf die Nerven gegangen, trotzdem ist sie jeden Tag vorbeigekommen. Und dann ist sie plötzlich gestorben", sagt Esther und ich spüre, dass sie sich deswegen immer noch schuldig fühlt. Vielleicht habe wir mehr gemeinsam, als ich dachte. Und vielleicht war die Entscheidung doch nicht kalt und berechnend, sondern nur der letzte Ausweg aus einer ausweglosen Situation.

„Ich war einfach nur erleichtert", sagt sie leise.

„Das kann ich verstehen", sage ich sanft. „Ich konnte um meinen Vater auch nicht trauern."

„Warum?", fragt Esther erstaunt.

„Ach, mein Vater war leider nicht sehr liebevoll in seinem Umgang mit Menschen. Die meiste Zeit hat er eigentlich gearbeitet. Ich kannte ihn kaum", sage ich vage, denn mehr kann ich darüber auch nicht sagen.

„Schade. Mein Vater ist gestorben, als ich noch klein war. Meine Mutter hat sich nie in Hattingen wohl gefühlt und ist, nachdem ich mit Ralf nach

Hamburg gezogen bin, nach Polen zu ihrer Schwester gezogen. Aber auch da hat sie sich nicht mehr heimisch fühlen können. Es ist schwierig, an einen Ort wieder zurück zu ziehen, denn auch der Ort hat sich weiterentwickelt und passt nicht mehr zu der Vorstellung, die man von ihm hat. Das war schwer zu begreifen für meine Mutter. Deshalb habe ich mich um einen Platz in Hamburg für sie bemüht, denn ich dachte, dass es gut für die Kinder sei, mehr Zeit mit ihrer Oma zu verbringen, aber es war einfach nur furchtbar."

„Dann habe ich kurz nach dem Tod meiner Mutter eine Kreditkartenabrechnung von Ralf gefunden", sagt sie plötzlich. „Er hatte die Nacht in Koblenz in einem Hotel verbracht und für zwei Einzelzimmer mit seiner privaten Kreditkarte bezahlt."

„Hast du ihn deswegen zur Rede gestellt?", frage ich aufgebracht und ohne weiter darüber nachzudenken, für wen er bezahlt hat.

„Nein. Es war mir eigentlich egal. Es hat mir nur allzu deutlich gezeigt, was eigentlich schon immer klar war: Dass wir uns nicht lieben und ich wollte einfach nicht mehr so weiter machen."
Ich atme sichtlich aus und schlucke, denn ich weiß plötzlich, dass es sich wohl um meine Mutter gehandelt haben muss. Ich hoffe es zumindest, denn sonst wäre es noch furchtbarer.

„Aber deine Kinder zu Ralf zu schicken, war ein sehr drastischer Schritt", sage ich vorsichtig.

„Natürlich", gibt Esther unumwunden zu. „Hanno hat damals zu mir gesagt, dass ich einfach mehr Promotion machen muss und das kostet Zeit, aber dann würden sich die Bücher noch besser verkaufen und vielleicht auch international bekannt werden. Ich wollte einfach auch mal etwas aus meinem Leben machen", sagt Esther kleinlaut.

„Vor mir brauchst du dich nicht zu rechtfertigen", sage ich ernst. „Aber Katja hat es, glaube ich, nie besonders gut verarbeitet, obwohl sie jahrelang zu einem Psychologen deswegen gegangen ist." Esther wird blass.

„Sie war bei einem Psychologen? Das wusste ich gar nicht!"

„Hat Ralf dir das nicht erzählt?", frage ich erstaunt.

„Nein. Ich hätte mit Katja sprechen sollen. Vielleicht muss ich es jetzt versuchen. Besser spät, als gar nicht", sagt sie unruhig.

„Hat das auch immer deine Mutter gesagt?"

„Ja, sie hatte lauter solche Sprüche auf Lager. Auch ein absoluter Entnervungsfaktor", stöhnt sie und wir beide müssen unwillkürlich grinsen.

12. KAPITEL
Max

Schmerzen, jede Menge Schmerzen und dann: Nichts.

Ich spüre gar nichts mehr, sondern bin federleicht.

Als ich die Augen öffne, sehe ich meinen Vater. Besorgt beugt er sich über mich.

„Wie geht es dir, Max?", flüstert er.

Du brauchst nicht zu flüstern, will ich sagen, bringe aber keinen Ton heraus, weil mein Mund zu trocken ist.

„Hier", sagt mein Vater und gibt mir etwas, das aussieht wie Watte.

„Lutsch es aus, du darfst noch nichts trinken."

Ich lutsche und sauge, es schmeckt süßlich.

„Die OP ist gut verlaufen. Und die Nacht ist auch ganz ruhig gewesen, sagt die Schwester."

Ich versuche meinem Vater zu folgen. In seiner Stimme schwingt ein Ton mit, den ich noch nie von ihm gehört habe. Eine Mischung aus Angst und Erleichterung.

„Ich lasse dich jetzt wieder schlafen", sagt er und drückt sanft meine Hand.

Ich schließe die Augen. Dank der Schmerzmittel spüre ich immer noch nicht viel. Es ist angenehm, mal keine Magenkrämpfe zu haben.

Ich muss wieder eingeschlafen sein, denn ich öffne meine Augen. Aber, als ich sehe, wer neben meinem Bett sitzt, glaube ich sofort, dass ich noch träume.

„Hallo Max", flüstert Ari.

Wieso flüstern denn heute alle.

„Du brauchst doch nicht zu flüstern", krächze ich.

„Gut", lacht Ari und nimmt meine Hand.

Kleine Stromstöße gehen durch meinen Körper und tun beinah weh. Aber es ist ein guter Schmerz.

„Ich bin so froh, dass es dir wieder besser geht!"

„Es tut mir leid", sage ich schlicht.

„Mir auch. Ich habe völlig überreagiert. Ich hatte Angst, dass ich dir das nicht mehr werde sagen können."

„Unkraut vergeht nicht", grinse ich.

„Ich weiß", seufzt Ari. „Hat deine Oma immer gesagt."

„Woher weißt du das denn?"

„Ich bin über zehn Stunden mit deiner Mutter Zug gefahren, da spricht man über dieses und jenes", sagt Ari, als ob es das Normalste von der Welt sei, mit meiner Mutter Zug zu fahren.

„Äh, wann hast du meine Mutter getroffen?"

Unglaublich. Wie lange habe ich eigentlich geschlafen? Hundert Jahre? Und selbst dann, hätte ich nicht an so etwas gedacht.

„Moment mal. Heißt das, dass meine Mutter hier ist?"

Das alles wird immer merkwürdiger. Wahrscheinlich wird mir Ari gleich sagen, dass wir beide die letzten Überlebenden auf diesem Planeten sind. Ari lacht. Was für ein schöner Laut.

„Ich habe sie zufällig in Hamburg auf einer Lesung getroffen. Als sie gehört hat, dass du im Krankenhaus liegst, hat sie alles stehen und liegen gelassen. Ihr Assistent hat uns die Zugtickets besorgt, weil so spät kein Flieger mehr ging."

„Meine Mutter ist sofort losgefahren? Das klingt gar nicht nach ihr", sage ich und kann das Ganze immer noch nicht glauben.

„Wir sind beide sofort losgestürmt", sagt Ari schüchtern und mir wird ganz warm ums Herz.

„Du auch? Ich dachte, du willst mich nie mehr wiedersehen."

„Es tut mir leid, Max. Irgendwie konnte ich nicht wirklich glauben, dass du nach all den Jahren wirklich ein Interesse an mir hast. Deshalb erschien es mir viel wahrscheinlicher, dass du andere Beweggründe hast."

„Ich habe schon sehr lange ein Interesse an dir, Ari", sage ich vorsichtig.

„Und ich bin ein wenig entsetzt darüber, dass du mir solche Beweggründe zutraust."

„Du hast ein Interesse an mir?" Ich könnte gar nicht sagen, ob es eine Frage oder eine Feststellung ist.

„Ja, ich bin schon ganz lange in dich…, ähm, also schon sehr lange", schließe ich verlegen den Satz.

„Du hattest immer eine Freundin", sagt Ari und runzelt die Stirn dabei.

„Ich weiß", sage ich beschämt, denn schließlich bin ich auf die Ria-Geschichte auch nicht stolz.

„Und du bist irgendwie auch wie eine kleine Schwester für mich", sage ich plötzlich, ohne nachzudenken.

„Ja, das habe ich befürchtet, dass du mich so siehst!", sagt Ari heftig. Ich könnte mich wirklich ohrfeigen.

„Aber das stimmt nicht, Ari!", rufe ich, zucke aber wegen des Schmerzes zusammen und schraube meine Stimme etwas runter. „Spätestens beim letzten Mal, ist mir das bewusst geworden. Ich meine, äh, niemand sollte so empfinden, wenn er seine Schwester küsst." Danach hole ich erst mal

tief Luft, was ziemlich weh tut.

„Du hast also etwas empfunden."

„Hat man das nicht gemerkt?", frage ich erstaunt.

„Männer können doch immer."

„Hey!", sage ich entrüstet. „Na gut, ist etwas dran. Aber meine Gefühle

für dich sind absolut echt."

„Du wolltest dir also nicht nur etwas beweisen?", fragt sie und schaut

mich prüfend mit diesem Lehrerblick an.

„Erst mal möchte ich klarstellen, dass *ich* mit Ria Schluss gemacht habe."

„Und zweites würde ich mir niemals so etwas beweisen wollen oder

zumindest würde ich mir nicht dich für so etwas aussuchen!"

Meine Stimme ist etwas lauter geworden und Ari zuckt zusammen.

„Tut mir leid", entschuldige ich mich sofort. „Aber du musst mir das

glauben!"

„Ok, ok", lacht Ari. „Ich nehme deine Entschuldigung an."

„Das war keine Entschuldigung", sage ich empört. „Du bist einfach

abgehauen. Ich finde, du solltest dich bei mir entschuldigen."

„Ja, wie gesagt, ich habe überreagiert", sagt Ari kleinlaut, hält meinem Blick allerdings stand und schaut mich mit ihren grünen Augen eher schelmisch an.

Verdammt. Sie ist so süß, egal was sie tut. Am liebsten möchte ich sie den ganzen Tag festhalten und streicheln. Überall.

„Im Grunde genommen, habe ich erst festgestellt, dass ich etwas tun muss, nachdem Bernd mit dir geflirtet hat."

„Also wolltest du dir doch etwas beweisen?", fragt Ari ärgerlich.

„So ein Blödsinn! Ich stehe schon ewig auf dich. Aber dich mit jemand anderes zu sehen, hat mir einen gehörigen Tritt verpasst."

„Gut so. Erinnere mich daran, Bernd eine Dankeskarte zu schicken", grinst Ari.

„Er könnte mein Trauzeuge werden", sage ich schelmisch.

„Jetzt mach mal halblang, Max!"

Ari sieht mich so entsetzt an, dass ich doch etwas beunruhigt bin.

„Willst du mich etwa nicht heiraten, Ari?" Ich spüre einen kleinen Stich im Bauch, denn schließlich brauche ich gar nicht darüber nachzudenken. Ich weiß genau, dass ich Ari heiraten will. Lieber gestern, als morgen!

„Max! Über so etwas sollte man ernsthaft sprechen und es nicht nur so daher sagen. Und außerdem würde ich dich gerne erst etwas besser kennenlernen, wenn du nichts dagegen hast", sagt sie mit plötzlich rauer

Stimme.

„Ari, wir kennen uns seit über zehn Jahren!"

„Du weißt doch was ich meine!"

„Nein, ich weiß nicht… oh, ok, ich weiß was du meinst. Gut, sobald ich

wieder fit bin, lernen wir uns besser kennen. In jeder Hinsicht!"

13. KAPITEL
Ariane

Natürlich verbringe ich die restliche Semesterferienzeit in München. Max geht es zum Glück von Tag zu Tag besser.

Esther ist direkt am nächsten Tag wieder nach Hamburg gefahren, um ihre Lesungen nach zu holen. Doch ich glaube, Max hat es ihr hoch angerechnet, dass sie überhaupt gekommen ist. Ob sie mit Katja gesprochen hat, weiß ich allerdings nicht.

Glücklicherweise wird Max schon nach wenigen Tagen entlassen. Ralf hat sich Urlaub genommen bzw. arbeitet von zu Hause, um sich etwas um Max zu kümmern. Was unnötig ist, denn vorerst bin ich ja da und auch Katja. Irgendwie scheint Katja wie ausgewechselt, sie wirkt viel ausgeglichener. Also hat Esther vielleicht tatsächlich mal ehrlich mit ihr gesprochen.

Irgendwie ist es, als Max wieder zu Hause ist, komisch, plötzlich so viel mit ihm zu sprechen. Die letzten Jahre habe ich es eher vermieden, mit ihm zu reden und anscheinend ist er mir auch eher aus dem Weg gegangen. Im Nachhinein betrachtet, ein eher kindisches Verhalten, denke ich seufzend.

„Ari. Hättest du vielleicht Lust, heute spazieren zu gehen?", fragt mich Max plötzlich unvermittelt, als wir am Frühstückstisch sitzen. Unsere Familie ist bereits unterwegs. Ralf ist, nachdem er gesehen hat, dass niemand ihn braucht, wieder ins Büro gefahren.

„Na klar", antworte ich und hole sofort meine Jacke.

Zusammen gehen wir raus, laufen aber nur durch die Siedlung in der Ralfs Haus steht. Es ist unglaublich, wieviel Max und ich uns bereits nähergekommen sind, in der kurzen Zeit. Wir reden meistens bis spät in die Nacht und schlafen dann irgendwann zusammen ein, allerdings erst Mal ohne körperliche Sachen. Ich glaube, es ist uns immer noch peinlich, dass wir beim ersten Mal sofort so weit gegangen sind, deshalb sind wir froh, dass wir uns jetzt erst Mal Zeit lassen können.

Natürlich rede ich auch viel mit meiner Mutter. Sie ist froh, dass ich mal so lange am Stück zu Hause bin, auch wenn ich jetzt meistens mit Max zusammen bin. Aber zum Glück hat sie Verständnis dafür, denn irgendwie scheinen unsere Eltern schon lange gewusst zu haben, was Max und ich für einander empfinden. Das wird uns klar, als wir von unseren Gesprächen mit unseren Eltern erzählen.

„Ach, du hattest auch so ein Gespräch?"

„Ja", lache ich. „Anscheinend waren unsere Gefühle doch offensichtlicher für andere."

„Nur für uns nicht", grinst Max und küsst mich. Stromstöße fahren durch meinen ganzen Körper.

„Sucht euch ein Zimmer!", brüllen ein paar Radfahrer, die an uns vorbei brettern. Das stört uns aber nicht und wir schlendern weiter.

„Was für ein Verhältnis hast du eigentlich zu Esther?", frage ich plötzlich.

„Ah, ja richtig, ihr seid ja zusammen Zug gefahren", sagt Max trocken. Dann wird er nachdenklich.

„Meine Mutter ist immer für mich da gewesen, aber ich hing irgendwie immer viel mehr an meinem Vater. Wahrscheinlich, weil er eben nicht da war. Wenn er mal Fußball mit mir gespielt hat, dann war das das Größte für mich. Natürlich ist das undankbar gegenüber meiner Mutter gewesen, ich weiß, aber damals habe ich mir keine Gedanken darüber gemacht." Wir gehen weiter an den Häusern vorbei, obwohl es mittlerweile leicht regnet. Aber das macht uns nichts aus. Max hält mich im Arm und mir wird dabei ganz warm.

„Dann hatte mein Vater den neuen Job und war so gut wie gar nicht mehr da. Und meine Großmutter war jeden Tag da und meine Mutter war einfach nur noch genervt, hat sich aber auch nicht dagegen gewehrt. Und beide waren den ganzen Tag um Katja rum. Katja mochte das am Anfang, glaube ich, durchaus. Die ganze Aufmerksamkeit und die neuen Spielsachen. Aber nach kurzer Zeit ist es ihr doch auf die Nerven gegangen, weil sie plötzlich nicht mehr selbst entscheiden durfte, mit was sie spielen wollte. Dazu musste sie auf die feinen Kleidchen achtgeben, die unsere Oma ihr gekauft hat, denn damit durfte sie nicht in die Sandkiste."

„Das hat Esther übrigens auch genervt", werfe ich ein.

„Echt? Dann hat sie es aber sehr gut vor uns versteckt", meint Max trocken.

„Die ganze Situation hat sie genervt."

„Ich glaube, wir waren alle nur genervt, aber man konnte es schließlich nicht ändern. Meine Mutter konnte ihrer Mutter ja nicht einfach sagen, dass sie sich aus allem raushalten soll und man konnte auch Papas berufliche Situation war nun mal so", sagt Max resigniert.

„Klingt irgendwie ziemlich ätzend", sage ich und drücke ihn liebevoll.

„Ich bin letztendlich froh, dass Katja und ich nach München gegangen sind. Katja hat viel mit mir geredet, sie hat mir erzählt wie sehr ihre Oma sie nervt. Ich hatte mich an verschiedenen Unis beworben. Heute weiß ich gar nicht mehr, wieso. Ich hätte Katja niemals dort allein gelassen. Nachdem meine Oma gestorben war, war meine Mutter zunächst wie ausgewechselt. Sie war liebevoller und hat auch aufgehört, ständig an Katja herum zu zupfen. Eigentlich hatte ich gedacht, dass es jetzt besser laufen wird, bis sie Katja mitgeteilt hat, dass sie nach München zu ihrem Vater muss. Katja war damals völlig aufgelöst, hat rumgeschrien und geweint. Esther hat das gar nicht interessiert. Und dann bekam ich die Zusage für München und habe mit Katja ausgemacht, dass ich mitkomme. Dadurch wurde Katja ruhiger und eigentlich lief es auch ganz gut.

„Und dann kamen wir auch noch dazu!"

Max lacht mich zärtlich an.

„Ja, weißt du, das war ganz komisch. Plötzlich hatte ich zwei kleine Schwestern. Aber für die eine hatte ich so gar keine brüderlichen Gefühle."

Ich schlucke.

„Nicht?" Max lacht.

„Nein, gar nicht. Ich dachte schon ich wäre pädophil."

„Ich habe immer gedacht, dass ich nicht in deiner Liga spiele. Dass du mich nur als kleine Schwester wahrnimmst."

„Oh bitte", sagt Max verächtlich. „Du hast schon mit 12 in einer höheren Liga gespielt, als ich oder als jeder andere Junge, den ich kenne, Ari! Du bist einfach etwas ganz Besonderes", schließt er zärtlich und nimmt mich in den Arm. Ich spüre sofort Hitze in meinen Wangen aufsteigen, aber glücklicherweise sieht Max das nicht. Lange stehen wir da, bis ich anfange zu zittern.

„Ist dir kalt?", fragt Max erschrocken und zieht seine Jacke aus. Bevor ich auch nur protestieren kann, zieht er mir sie mir über.

„Aber Max, was ziehst du denn jetzt an?", frage ich besorgt. Schließlich ist die OP erst eine gute Woche her, aber Max winkt ab.

„Lass uns lieber schnell zum Bus laufen. Wollen wir vielleicht etwas essen gehen?"

Ich nicke und schnell laufen wir zur Haltestelle. Wegen des Regens hat es sich sehr abgekühlt, bestimmt ist Max kalt, auch wenn er es nicht zugeben will. Zum Glück kommt auch schon bald der Bus und bringt uns zum Hauptbahnhof. Dort laufen wir ein kleines Stückchen zu unserem Stamm-Italiener.

„Ein Glück ist es hier warm", sage ich und gebe Max seine Jacke zurück.

„Du brauchst sie doch später wieder", wehrt er ab.

Max bestellt nur etwas Brot, aber ich habe richtig Hunger und bestelle mir Nudeln.

„Hast du gar keinen Hunger, Max? Wir waren doch ewig draußen!", nuschele ich mit vollem Mund.

„Ach, noch nicht so richtig", sagt Max lächelnd. „Und ich muss auch sehr aufpassen, was ich esse, zumindest in der ersten Zeit, meinten die Ärzte."

„Du Ärmster", sage ich bedauernd.

Wir reden den ganzen Abend und vergessen völlig die Zeit. Max ruft uns zum Glück ein Taxi, dadurch sind wir schnell wieder zu Hause.

Als wir wieder zu Hause sind, sehe ich, dass er ganz schön blass um die Nase aussieht, aber natürlich lässt er sich nichts anmerken. Typisch Männer.

„Gute Nacht, Ari", sagt er und küsst mich noch mal. „Tut mir leid, aber ich muss morgen wieder arbeiten."

„Bist du sicher?", frage ich erstaunt.

Auf mich macht Max noch einen reichlich wackeligen Eindruck, aber wenn er meint.

„Träum was Schönes, Max."

„Das werde ich, denn bestimmt träume ich von dir", schleimt er und grinst dabei, weil das Ganze so kitschig ist.

Und auch weil es so unsagbar schön ist.

14. KAPITEL
Max

Ich lese schnell noch ein paar E-Mails, um für morgen vorbereitet zu sein.

Dann ziehe ich mich um und lege mich ins Bett. Es dauert eine ganze

Weile, bis ich endlich einschlafen kann.

Heute und auch die ganzen letzten Tage waren so schön mit Ari. Ich

vermisse sie richtig, denn die letzten Tage sind wir immer zusammen

eingeschlafen. Jetzt liege ich allein in meinem viel zu großen Bett und

sehne mich nach ihrer Wärme.

Was Ari jetzt wohl macht? Bestimmt schläft sie schon. Ob sie von mir

träumt? Vielleicht.

Schade, dass ich morgen wieder arbeiten muss, aber allzu lange kann ich

es mir einfach nicht leisten, zu fehlen. Natürlich habe ich trotzdem

gearbeitet, sonst wäre zu viel liegen geblieben. Aber allein morgen wieder

weit weg von Ari zu sein, gibt mir ein wehmütiges Gefühl. Und schon

bald wird sie wieder in Hamburg sein. In nur einer Woche.

Ich hoffe, dass ich nicht zu lange morgen arbeiten muss. Wir könnten

wieder spazieren gehen, denke ich noch und kuschele mich in mein

Kissen. Dieser Gedanke lässt mich endlich einschlafen.

„Guten Morgen, Ari", sage ich erstaunt, als ich am nächsten Morgen runterkomme. „Wieso bist du denn schon auf?"

„Ach irgendwie konnte ich nicht schlafen, also bin ich einfach irgendwann aufgestanden."

„Wollen wir heute Nachmittag wieder spazieren gehen?", frage ich schüchtern.

Für mich ist es immer noch neu, Ari so etwas zu fragen. Und auch Ari errötet schon wieder ganz leicht, was ich total süß finde.

„Natürlich. Gerne. Soll ich dich von der Arbeit abholen? Du könntest mich anrufen, wenn du so weit bist."

„Ja gerne", sage ich und küsse sie zum Abschied.

Auf dem Weg zum Bus denke ich, dass ich das gut und gerne die nächsten 100 Jahre haben möchte. Ari als das Erste und das Letzte was ich vom Tage sehe. Das wäre schon etwas, denke ich und steige ein.

„Hallo Max", strahlt mich Ari an.

Sie ist tatsächlich gekommen.

„Hallo Ari", sage ich und drücke sie. „Wollen wir zum Englischen Garten laufen?" Sofort nehme ich ihre Hand und langsam schlendern wir dorthin.

„Bist du gar nicht müde, Max?", fragt Ari besorgt.

Wie aufmerksam Ari ist, denke ich zärtlich.

„Nein, nein. Die Arbeit war anstrengend, aber ich könnte nie zu müde sein, um mit dir spazieren zu gehen."

Ari schaut mich von der Seite an, sagt aber nichts, kuschelt sich aber stattdessen an mich, was ein unglaubliches Wärmegefühl in mir auslöst.

„Sag mal", fange ich an.

„Ja?"

„Was war eigentlich mit deinem Vater? Du hast noch nie wirklich über ihn geredet", sage ich zögerlich, weil ich die schöne Stimmung eigentlich nicht zerstören will, aber Ari das schon immer hatte fragen wollen. In den ganzen zehn Jahren, haben weder Anna noch Ari diesen Mann jemals erwähnt. Ich kann mich noch nicht einmal an seinen Namen erinnern.

„Ach", sagt Ari achselzuckend. „Da gibt es einfach nicht viel zu erzählen. Wir hatten kein besonderes Verhältnis zueinander."

„Wie war er denn so?", frage ich neugierig.

„Na ja. Ziemlich selbstgerecht. Er vertrat die Ansicht, dass man an seiner Lage immer selbst Schuld hat. Als Staatsanwalt natürlich eine nette Sache, aber für mich ziemlich anstrengend. Er hat eigentlich immer nur gearbeitet. Selbst in den Urlaub sind wir meistens ohne ihn gefahren, weil er doch plötzlich arbeiten musste. Ich kannte meinen Vater eigentlich kaum", sagt sie abschließend.

„Aber hatte dein Vater denn keine Verwandte? Eltern, Geschwister oder Freunde?", frage ich erstaunt.

„Ich glaube schon, aber ich kenne sie nicht. Oder vielleicht sind sie auch schon lange vorher gestorben. Auf dem Dachboden habe ich ein paar alte Fotos entdeckt, aber die waren wirklich schon uralt. Meine Mutter hat auch nie etwas erwähnt. Na ja, sie hatte ja auch nicht das tollste Verhältnis zu ihrer Mutter", meint Ari trocken.

„Tja, ignorieren kann die Sache wesentlich einfacher und weniger nervig machen", grinse ich und puffe sie liebevoll in die Seite.

„Hey", lacht sie und zieht mich näher an sich ran.

„Da wäre noch eine Sache offen und ich muss nächsten Montag wieder in der Vorlesung sitzen", flüstert sie.

„Das habe ich nicht vergessen, keine Sorge", lache ich und küsse sie.

„Hey! Sucht euch ein Zimmer ihr beiden!", sagt plötzlich eine vertraute Stimme hinter mir.

„Theo!", rufe ich. „Du bist wieder im Lande habe ich gehört!"
Ich lasse Ari los und umarme einen großen, untersetzten Mann.

„Hallo Claudia", sage ich zu der Frau neben Theo, seiner Freundin.

„Hallo Max", sagt Claudia und drückt mich. „Geht es dir wieder besser?"

„Ach ja", lache ich. „Unkraut vergeht nicht." Beide lachen.

„Darf ich euch meine Freundin Ari vorstellen? Die Tochter von Anna", füge ich erklärend hinzu und sehe, wie es bei Theo dämmert.

„Hallo Ari", sagt Theo und schüttelt ihr die Hand.

„Schade, dass wir nicht auf dem Geburtstag deiner Mutter waren", sagt Claudia bedauernd. „Aber da waren wir noch auf Ibiza."

„Ist es da schön?", frage ich interessiert.

Vielleicht könnten Ari und ich mal zusammen verreisen, denke ich und stelle sie mir sofort im Bikini vor. Das wäre schon etwas. Wahrscheinlich hat sie meine Gedanken erraten, denn sie lächelt schüchtern, sagt aber nichts.

„Traumhaft", schwärmt Claudia.

„Ja sehr schön", sagt jetzt auch Theo und strahlt Claudia an.

„War schön, dich wieder gesehen zu haben, Max", sagt Theo. „Aber wir müssen nach Hause. Die Arbeit, du weißt ja", seufzt er.

Ich nicke. Ja ich weiß. Ich schaue auf die Uhr. Es ist bereits nach sechs.

„Ich befürchte, ich muss auch noch etwas tun."

„Kein Problem", sagt Ari sofort und wieder geht mir auf, wie anders und angenehm die Beziehung mit Ari ist, im Gegensatz zu der Zeit mit Ria. Als wir im Bus sitzen, sagt Ari unvermittelt:

„Ich bin also deine Freundin?"

„Natürlich bist du das."

„Na ja", grinst sie. „Wir haben da bisher nicht so drüber gesprochen. Aber schön, wenn wir das jetzt geklärt haben."

„Äh, bist du sauer?", frage ich bestürzt.

„Unsinn. Ich habe schon die ganze Zeit überlegt, wie ich unseren Status bezeichnen soll, aber ich war mir nicht sicher."

„Ich bin mir da sehr sicher", versichere ich ihr und küsse sie.

Zuhause gehe ich rauf und fange an, zu arbeiten. Irgendwann klopft es an der Tür und Ari tritt ein.

„Hallo Max. Ich bringe dir ein Brot. Du musst mal etwas essen", schilt sie mich.

„Danke Ari", sage ich und beiße hinein. „Willst du bleiben?"

„Ja gerne, wenn du nichts dagegen hast."

Ich lege das Brot beiseite.

„Ich muss nur die Präsentation eben noch abschicken, dann bin ich sofort bei dir."

„Ist gut, dann komme ich gleich wieder", sagt Ari und ist weg, bevor ich auch nur blinzeln kann.

Ich lese mir noch einmal in Ruhe alles durch, bevor ich es abschicke. Dann putze ich mir die Zähne und ziehe mir eine Schlafanzughose an. Dann klopft es auch schon und Ari kommt im Morgenmantel rein.

„Hi", sagen wir gleichzeitig und grinsen uns an.

Dann küssen wir uns und ich ziehe Ari langsam den Morgenmantel aus. Sie trägt ein schlichtes weißes Nachthemd mit Spitzenträgern. Wesentlich unaufdringlicher, als Rias Fähnchen und doch so viel wirksamer, denke ich seufzend. Ob es heute dazu kommt? Ich glaube, letztendlich waren wir beide froh darüber, dass wir nicht einfach sofort miteinander Sex hatten, als uns klar war, dass wir uns nicht gleichgültig sind. Aber dadurch haben wir mittlerweile beide auch irgendwie Hemmungen aufgebaut, glaube ich. Na ja, wir haben Zeit.

Wir legen uns ins Bett und ich kuschele mich an sie. Wir schmusen ein wenig, aber ich schon bald, höre Aris gleichmäßige Atemzüge. Eigentlich schön, dass sich Ari so schnell entspannen kann, denke ich. Aber ein bisschen mehr wäre schon schön gewesen. Ich streichele ihre Haare und

sage leise:

„Ich liebe dich, Ari."

15. KAPITEL
Ariane

Ich werde ganz steif vor Schreck, als ich höre, was Max da im Schlaf vor sich hinmurmelt.

Er kuschelt sich an mich und ich liege mit meinem Rücken warm an seinem Bauch. Es ist nicht so, dass Jungs so etwas zu mir noch nie gesagt hätten. In einem Alter wo man das andauernd sagt und sei es nur, um jemand ins Bett zu bekommen.

Vielleicht hat er gedacht, dass ich schon schlafe, denke ich und versuche, die Augen zu zumachen.

Aber mein Herz klopft so laut, dass ich befürchte, dass Max oder das ganze Haus aufwachen werden. Aber alles ist still um mich herum.

Ob ich Max liebe?

Ich denke schon. Niemand ist zehn Jahre in jemanden verknallt, ohne ihn zu lieben.

Es könnte natürlich auch einfach nur eine Schwärmerei für jemand Älteres sein. Aber das ist Blödsinn, das weiß ich.

Ich liebe Max, mit jeder Faser meines Körpers. Ich drehe mich vorsichtig um und sage:

„Ich liebe dich auch, Max."

Dann kuschele ich mich wieder an ihn und schlafe endlich ein.

Leider klingelt Max Wecker bereits um sechs Uhr.

„Entschuldige", murmelt er. „Ich gehe dienstags häufig joggen."

Joggen. Nicht gerade meine Lieblingssportart.

Das Problem ist, dass ich jetzt wach bin. Also verlasse ich das warme Bett und schaue mich in Max Wohnung um. Zweckmäßig, nicht über die Maße aufgeräumt. In der Mitte steht ein gemütliches Sofa mit einem kleinen Tisch davor. Das Bett befindet sich quasi am Eingang, direkt am großen linken Giebelfenster mit Blick auf die Siedlung. Eine kleine Küche ist gegenüber vom Sofa und am anderen Giebelfenster steht ein etwas größerer Küchentisch mit vier Stühlen, die unterschiedlich aussehen und nicht zum Tisch passen. Die Wohnung ist eine Mischung aus Yuppie Wohnung und Studentenbude, denke ich und suche nach Kaffee. Natürlich ist nichts da. Der Kühlschrank ist leer. Also doch eher Junggesellenbude, denke ich seufzend. Das Bad erinnert an eine Campingtoilette. Es wurde vor ein paar Jahren zusätzlich in eine kleine Nische eingebaut, so wie ich es in einem Hotel in Hamburg gesehen habe, als ich ein paar Tage dort war, um mich einzuschreiben und auf mein Wohnheimzimmer zu warten.

Ich hätte lieber eine eigene Wohnung mit höchstens Sara als Mitbewohnerin. Die 9 m^2 Zimmer mit Bett und Schrank sind sicherlich zweckmäßig, werden mir aber bestimmt nicht fehlen. Natürlich hätte ich auch eine Wohnung mieten können. Das Geld, das mir mein Vater vererbt hat, würde locker dafür reichen, aber ich finde das unnötig.

Meine Mutter ist damals mit mir zu verschiedenen Banken gegangen und wir haben das Geld in unterschiedliche Wertanlagen investiert. Breitaufstellen, um das Risiko zu minimieren, meinte der Bankmensch damals. Aber ein kleines Risiko sollten Sie schon eingehen (er hat mich tatsächlich gesiezt, obwohl ich erst zwölf war), denn es gibt für den gewöhnlichen Sparer einfach keine Zinsen. Da können Sie das Geld auch unters Kopfkissen legen und auf die Inflation warten, meinte er zu uns in einem amüsierten bayerischen Akzent. Also haben wir einen Teil angelegt, aber einen Teil auf ein Sparbuch gelegt. Von diesem Geld sind wir beispielsweise alle, also Mama, Tante Meli und ich, nach New York zum Greenday Konzert geflogen. Das war wirklich aufregend!

Natürlich bin ich dankbar für solche Erlebnisse, die ich mir mit diesem Geld ermöglichen kann, aber ein fürsorglicher Vater wäre mir dann doch lieber gewesen.

Zum Glück hat meine Mutter unser Haus gut verkaufen können. Ich bin ehrlich erleichtert darüber, dass wir diesen Kasten los sind. Ich mag unsere kleine Wohnung. Der einzige Nachteil war, dass ich länger zu Sara gebraucht habe. Ich habe allerdings keine Ahnung was meine Mutter mit dem Geld aus dem Hausverkauf gemacht hat, denn das Haus hatte mein Vater meiner Mutter allein vermacht. Doch überraschenderweise hat meine Mutter mit mir gesprochen, bevor sie es verkauft hat.

„Ari", meinte sie damals zu mir, kurz nachdem mein Vater gestorben war. „Ich würde das Haus gerne verkaufen. Es ist zu groß und zu teuer. Ich hoffe du verstehst das."

Ich war damals erstaunt, dass meine Mutter überhaupt mit mir darüber geredet hat, aber ich fühlte mich auch geschmeichelt dadurch.

„Wir haben doch eine Wohnung", meinte ich damals erstaunt.

„Na ja, aber das hier ist dein Zuhause. Ich wollte es nicht ohne deine Zustimmung verkaufen", meinte meine Mutter darauf.

Das ist das Merkwürdige bei Erwachsenen, dachte ich damals. Denn eigentlich hatte meine Mutter ja gesagt, dass sie es verkaufen muss und trotzdem wollte sie meine Meinung dazu hören.

„Das ist schon ok, Mama", hatte ich beteuert.

Und ich meinte es auch so. Ich hing nicht an dem Haus. Mein Vater war darin gestorben und meine Mutter hatte ihn zusammen mit Tante Meli dort gefunden. Ich war froh, dass ich damals nicht dabei gewesen war. Diese Tatsache haben wir dem Makler dann damals auch hübsch verschwiegen und er hat das Haus tatsächlich für einen guten Preis verkaufen können, hatte meine Mutter Tante Meli erzählt und ich hatte es nur zufällig mitbekommen. Über die genaue Summe hat meine Mutter nie mit mir geredet. Oder auch nur erwähnt, wofür sie es ausgegeben hat. Vielleicht hat sie auch einen Teil davon Ralf gegeben, als er den Dachboden hat umbauen lassen, mutmaße ich, während ich mir die Zähne putze. Dann gehe ich im Morgenmantel nach unten. Zum Glück habe ich immer ein paar Sachen hier. Größtenteils meine Winterklamotten und damit auch einen warmen Frotteebademantel, den ich im Wohnheim eh nicht brauche. In der Küche koche ich erst mal Kaffee.

Kurze Zeit später stiefelt Max bereits fertig angezogen nach unten.

„Ohne dich hat es keinen Spaß gemacht, im Bett liegen zu bleiben",

schmollt er und nimmt mich in den Arm.

Er duftet nach Aftershave und ist ganz glattrasiert. Ich drücke mich an

seine Brust und atme tief seinen Geruch ein.

„Wollen wir uns heute Nachmittag wieder treffen?", nuschele ich in

seinen Bauch.

„Ich werde heute erst spät nach Hause kommen. Tut mir leid", sagt Max

bedauernd. „Schlimm?"

Dabei streichelt er behutsam meinen Rücken.

„Natürlich nicht. Wir müssen doch nicht jeden Tag zusammenhocken.

Ich wollte ohnehin mal ein paar Freunde anrufen und fragen, wie es ihnen

geht."

Na ja, ich würde am liebsten jede Sekunde mit Max verbringen, aber

klammern will ich auch nicht.

Max trinkt schnell seinen magenfreundlichen Kräutertee.

„Schmeckt das?", frage ich angewidert.

„Man gewöhnt sich dran", behauptet Max, aber das sagt man ja immer

über ekelige Sachen, die einem gut tun sollen. Schon der Fenchelgeruch,

der aus der Tasse aufsteigt, verursacht mir Übelkeit. Wenn ich Magen-

Darm-Grippe hatte, habe ich immer lauwarmes Wasser trinken müssen. Von den Kräutertees ist mir nur noch mehr schlecht geworden.

„Bis heute Abend."

„Bis heute Abend, Ari", lächelt Max und schon ist er weg.

Ich seufze und nehme mir noch eine Tasse Kaffee.

„Guten Morgen", sagt meine Mutter erstaunt. Ich habe sie gar nicht kommen hören.

„Ich konnte nicht schlafen", sage ich nur.

Meine Mutter grinst mich an, nimmt sich eine Tasse Kaffee und fängt an, sich zwei Brote zu schmieren. Dann quatschen wir noch in Ruhe über Dies und Das, bis sie schließlich zur Schule aufbricht.

Anfangs sind wir wegen der Schule in unserer Wohnung wohnen geblieben und haben nur am Wochenende hier geschlafen, weil sie einfach direkt um die Ecke war. Später sind wir einfach gemeinsam mit dem Auto dorthin gefahren und waren zeitweise die ganze Woche hier bei Ralfs Familie. Ich wusste, dass sich meine Mutter wohl dort fühlte, also bin ich auch geblieben. Und da ich viel Zeit mit Katja verbracht habe und Max häufig an der Uni war, war es eigentlich gar nicht so schlimm. Trotzdem bin ich, sobald mich meine Mutter für alt genug befand, lieber in unserer Wohnung geblieben.

Plötzlich höre ich Ralf die Treppen runter gehen, recht spät für ihn.

„Wie in alten Zeiten", schwärmt er und greift zum Kaffee.

„Genau wie in alten Zeiten", mosert er und stellt die leere Kanne wieder hin.

„Ich koche schnell neuen", sagt meine Mutter und steht auf.

„Du musst doch los, Mama. Das kann ich doch machen", sage ich schnell und hole den Kaffee.

„Danke mein Schatz", sagt meine Mutter und düst zur Tür raus.

„Schön, dass du noch geblieben bist", sagt Ralf und gießt sich den frischen Kaffee ein.

Ich werde etwas verlegen. Ralf schmunzelt amüsiert.

„Du tust Max gut, Ari", sagt er sanft und geht kurze Zeit später ebenfalls, ohne seine Worte weiter zu vertiefen. Aber ich weiß auch so, was er meint.

Nanu, es ist bereits halb acht. Ich laufe nach oben in Katjas Zimmer.

„Hey, aufstehen Schlafmütze!", rufe ich.

Ganz genau wie in alten Zeiten, denke ich wehmütig und scheuche Katja ins Bad. Dann renne ich nach unten und schmiere ihr schnell ein Brot und packe eine Banane dazu. Als sie unten ankommt, drücke ich ihr die Frühstücksbox in die Hand und sage:

„Abmarsch! Dein Bus kommt in fünf Minuten!"

Puh. Und plötzlich ist das Haus still und verlassen.

Ich gehe mich anziehen und schaue meine Handynummern durch. Ich überlege, bei wem ich mich melden könnte. Natürlich stehe ich mit vielen lose in Verbindung. Es gibt ja genügend Kommunikationskanäle. Aber getroffen hat man sich vielleicht ein, zweimal die letzten Jahre, nachdem die Schule zu Ende war.

Natürlich habe ich direkt mit Sara telefoniert, um ihr alles über Max und mich zu erzählen. Ich überlege, ob ich sie heute anrufe und ihr von der letzten Nacht erzähle. Allerdings hat sie sich gewundert, dass wir noch keinen Sex hatten. Aber ich denke, das muss Max entscheiden, schließlich habe ich keine Ahnung, wie es ihm körperlich geht. Ich würde schon ganz gerne. Seit dem ersten körperlichen Kontakt, hatten wir nicht einmal Petting. Aber wir haben ja Zeit, beruhige ich mich. Und das Kuscheln letzte Nacht war wirklich wunderschön.

Ich tippe dann doch erst mal Saras Nummer ein.

„Ja hallo? Wer stört meinen wichtigen Schönheitsschlaf?", nuschelt eine verschlafene Sara in den Hörer.

„Tut mir leid. Habe ich dich geweckt?", frage ich überflüssigerweise.

„Nö, denn jetzt bin ich ja wach", sagt Sara trocken. „Was gibt es denn so Wichtiges mitten in der Nacht?"

„Max hat im Schlaf gesagt, dass er mich liebt", platze ich heraus.

„Wie im Schlaf? Als ihr miteinander geschlafen habt? Das ist aber nicht sonderlich romantisch."

„Nein, als wir beide zusammen in seinem Bett eingeschlafen sind, hat er letzte Nacht plötzlich gesagt: „Ich liebe dich Ari."

„Oh", haucht Sara.

„Oh?", frage ich verwundert.

„Na ja, er hatte vielleicht einen Traum von dir", kichert sie.

„Vielleicht", schmunzele ich.

„Was hast du darauf erwidert?"

„Ich habe gesagt, dass ich ihn auch liebe."

Plötzlich kommt mir das Ganze mehr als albern vor.

„Aber er hat nichts erwidert", stellt Sara amüsiert fest. Gut, dass sie mir nicht gegenübersitzt, ich würde ihr jetzt gehörig weh tun. Naja, ein bisschen.

„Nein. Denn er hat ja bereits geschlafen", sage ich ungeduldig. „Aber es war schon schön, es von ihm zu hören", sage ich träumerisch.

„Na ja", lacht Sara. „Während er schlief. Ich hoffe, ihr tauscht das nächste Mal Liebesbekundungen mit offenen Augen aus."

„Ist denn bei euch alles in Ordnung?", frage ich und wechsele damit das Thema.

„Ach", sagt Sara ausweichend. „Vielleicht trenne ich mich von Karl."

„Das hast du schon vor zwei Wochen gesagt", sage ich erstaunt. „Was hält dich ab?"

Doch Sara druckst nur rum, völlig untypisch für sie und wir verabschieden uns ungewöhnlich rasch.

Ich nehme mir vor, sie zu Hause darauf anzusprechen. Persönlich ist das einfacher, als über eine lange Leitung. Ich ziehe mich an und beschließe, mit dem Bus in die Stadt zu fahren. Einfach mal gemütlich bummeln.

Es ist allerdings kalt und regnerisch. Der Herbst ist ziemlich schnell angekommen. Fröstelnd laufe ich durch die Innenstadt.

„Hallo Ari!", ruft plötzlich eine tiefe Stimme hinter mir.

Ich drehe mich um und schaue direkt in Bernds Gesicht.

„Hallo Bernd! Musst du nicht arbeiten?", frage ich erstaunt.

„Ich habe Mittagspause. Isst du etwas mit mir? Eine halbe Stunde habe ich noch."

„Ok. An was hast du gedacht?", frage ich und bin immer noch überrascht, dass er mich gefragt hat.

„Wie wäre es mit Fisch aus der Tüte?", fragt er und bleibt vor einem Fischladen stehen.

Wir kaufen uns Fisch und Kartoffelecken und spazieren durch den Regen.

„Wie geht es dir, Ari? Bist du nur kurz da?"

„Hat Max nicht mit dir gesprochen?", frage ich erstaunt.

„Ich weiß, dass er im Krankenhaus war. Ich habe ihn auch besucht, aber seitdem haben wir nicht mehr miteinander gesprochen", erzählt Bernd. Merkwürdig.

„Habt ihr euch gestritten?"

„Nein, nein", sagt Bernd zu schnell. „Seid ihr jetzt so etwas wie…, ich meine seid ihr?", fragt Bernd vorsichtig.

„Sind wir", sage ich vorsichtig.

Bernd gibt mir Rätsel auf, ich verstehe sein Verhalten nicht.

„Dann ist es ja gut", sagt er erleichtert.

Plötzlich klingelt mein Handy.

„Hallo Max", sage ich erfreut.

„Hallo Ari. Ich kann gleich eine kurze Mittagspause einschieben. Hast du Lust, mich in der Stadt zu treffen?"

„Das trifft sich gut, denn ich bin schon in der Stadt. Gegessen habe ich allerdings schon mit Bernd. Ich stehe hier um die Ecke vom Hauptbahnhof vor einer Fischbude."

„Bernd? Hast du dich heute etwa mit Bernd verabredet?", fragt er sauer und ich zucke zusammen.

„Nein, ich habe ihn zufällig getroffen. Er macht auch gerade Mittagspause", sage ich erstaunt.

Max Verhalten gefällt mir nicht.

„Ich bin gleich da", sagt er kurz und legt auf.

„Max kommt gleich?", fragt Bernd überrascht.

„Ja. Ist das ein Problem für dich?", frage ich erstaunt.

„Für *mich* ist das kein Problem", erwidert Bernd und betont das Wort „mich."

„Ich muss allerdings jetzt gehen", sagt Bernd mit Blick auf seine Uhr. „War schön, dich getroffen zu haben, Ari. Man sieht sich. Bitte grüß Max von mir", sagt er noch. Und schon ist Bernd fort.

Ok, also scheint das Problem eher einseitig zu bestehen. Aber wieso hat Max ein Problem mit Bernd?

16. KAPITEL
Max

Wütend lege ich auf. Eigentlich haben Bernd und ich uns gar nicht wegen

Ari gestritten.

Warum auch? Bernd respektiert schließlich meine Gefühle für Ari, oder

zumindest habe ich das gedacht. Ich weiß auch gar nicht, wieso ich jetzt so

sauer auf Bernd bin. Ich war ihm dankbar, dass er Ari zum Bahnhof

gebracht hat. Aber nachdem mir Ari erzählt hat, dass sie beide zusammen

Zeit verbracht haben, hat sich sofort wieder meine Eifersucht in mir

geregt.

Schnell laufe ich in die Stadt, zum Glück ist mein Büro nicht weit vom

Bahnhof entfernt.

„Hallo Ariane", rufe ich und küsse sie.

„Hallo Max", strahlt mich Ari an und umarmt mich.

Trotz des kalten Regens wird mir ganz warm.

„Bernd ist schon weg."

„Gut für ihn", sage ich und stelle jetzt erst fest, dass ich laut gedacht

habe.

Ari starrt mich entgeistert an.

„Habt ihr euch gestritten?", fragt sie streng und macht die Augen schmal.

Ich kenne diesen Ausdruck von Anna, wenn Katja oder Ari Mist gebaut haben, aber ich war gottseidank nie Opfer dieses Blicks.

Bis heute. Prompt bekomme ich ein schlechtes Gewissen.

„Ach, gar nichts. Komm lass uns was essen", sage ich und ziehe Ari weiter.

„Ich habe bereits gegessen", sagt Ari ärgerlich. „Und erzähl mir jetzt endlich, was zwischen dir und Bernd vorgefallen ist!"

Ich druckse und stammele rum. Eigentlich habe ich gedacht, dass man so etwas als Erwachsener hinter sich lässt, aber weit gefehlt.

„Bernd steht auf dich", sage ich schließlich und kaue lustlos auf einem trockenen Brötchen rum. Ich habe plötzlich keinen Hunger mehr.

„Was soll das heißen: Bernd steht auf mich?", fragt Ari und zieht eine Augenbraue hoch.

Ich wusste gar nicht, dass sie das auch kann.

„Na, so wie ich es gesagt habe", sage ich ungeduldig und stopfe die Tüte mit dem Brötchen in meine Jackentasche.

„Hat er dir das so gesagt?"

„So ähnlich", druckse ich rum.

„Und weshalb genau bist du jetzt sauer auf Bernd?"

„Ist das nicht offensichtlich?"

Nur noch zehn Minuten Pause und wir reden über so etwas

Unerfreuliches.

„Für mich nicht, Max. Und für Bernd anscheinend auch nicht. Er lässt

dich übrigens grüßen. Er musste leider wieder los. Was spielt das für eine

Rolle, dass Bernd auf mich steht? Schließlich kann er doch nichts für seine

Gefühle!"

„Er hat dich auf der Geburtstagsfeier angebaggert. Vor allen Leuten!"

„Ganz ehrlich", sagt Ari und verdreht dabei die Augen. „Ich habe mich

geschmeichelt gefühlt, aber mehr war das doch gar nicht zwischen uns.

Und schließlich konnte er doch nichts von deinen Gefühlen wissen."

„Doch, das wusste er", sage ich sauer.

„Seit wann?", fragt Ariane argwöhnisch. Was für ein Verhör.

„Seit ein paar Jahren."

„Seit ein paar Jahren?", wiederholt Ari langsam.

„Hör zu Ari. Ich muss jetzt leider wieder zurück. Lass uns heute Abend

weiter darüber sprechen."

„Na gut", sagt Ari.

Ich lasse sie stehen und renne zum Büro.

Abends komme ich jedoch erst sehr spät nach Hause. Trotzdem wartet Ari im Wohnzimmer auf mich.

„Hallo Max."

„Hallo Ari", sage ich und drücke sie. Sofort löst sich meine ganze Anspannung auf.

„Mein Gefrage heute Nachmittag tut mir leid. Das ist eine Sache zwischen dir und Bernd."

„Danke Ari. Mir tut es leid, dass ich dich einfach so stehen gelassen habe", sage ich zerknirscht und küsse sie.

Gemeinsam gehen wir nach oben. Das ganze Haus ist dunkel, die anderen schlafen bereits. Oben angekommen, frage ich erstaunt:

„Hast du auf mich gewartet?"

„Vielleicht", sagt Ari verlegen mit leicht pinken Wangen. Diese Reaktion verliert einfach nie an Charme, denke ich zärtlich.

„Du solltest trotzdem mal mit Bernd reden. Ich glaube für ihn ist eigentlich alles in Ordnung."

„Ach, es gibt ja eigentlich nichts zu bereden", sage ich beschämt. „Ich war einfach ein wenig…", druckse ich rum.

„Eifersüchtig?"

„So etwas in der Art."

„Das ist total süß", grinst Ari.

Ich knipse das Licht an. Dann nehme ich ihr Gesicht in meine Hände und küsse sie. Zum Glück küsst sie mich zurück, sie scheint wirklich nicht mehr sauer zu sein. Wir ziehen uns aus und kuscheln uns im Bett aneinander. Komischerweise will ich noch gar nicht weiter gehen. Ich genieße die Wärme, die von Ari ausgeht und lege mich wieder mit meinem Bauch an ihren Rücken.

„Hast du eigentlich gemeint, was du letzte Nacht gesagt hast?", fragt Ari plötzlich leise.

Mein Herz bleibt stehen und ich räuspere mich.

„Äh, was genau?", frage ich, um Zeit zu schinden.

„Dass du mich liebst", flüstert Ari.

Ich spüre, wie sie den Atem anhält und halte es nicht mehr aus. Ich umgreife sie und drehe sie zu mir um.

„Ari", sage ich verzweifelt. „Ich liebe dich schon so lange, dass man ein neues Wort dafür erfinden muss, um auszudrücken, was ich für dich empfinde. Natürlich habe ich das so gemeint!"

Ich merke, dass Aris Gesicht plötzlich nass ist.

„Ari! Habe ich etwas falsch gemacht?", frage ich bestürzt und streichele ihr Gesicht.

„Nein", schluchzt Ari.

Ich habe Ari tatsächlich noch nie weinen gesehen und kaum mache ich ihr

eine Liebeserklärung, öffnet sie die Schleusen!

„Bitte sag mir, was los ist", flehe ich.

„Es ist nur. Es ist für mich immer noch so merkwürdig zu sehen, dass du

dasselbe wie ich die letzten Jahre durchgemacht hast. Alles fühlt sich so

unwirklich an", sagt sie mit rauer Stimme.

Zum Glück hat sie aufgehört, zu weinen.

„Dasselbe? Soll das heißen, dass du…?"

„Ja", sagt Ari schlicht. „Ich liebe dich, Max."

In einem Liebesfilm hätte ich jetzt wohl umgeschaltet, weil ich so kitschige

Szenen einfach immer als sehr albern empfinde. Aber selbst in so einer

Situation zu sein, hat so gar nichts Kitschiges an sich.

Ich küsse Ari und streichele sie überall. Aber ich will einfach nichts

überstürzen und kuschele mich an sie. Ein wenig Hemmungen habe ich

auch, das muss ich zugegeben. Ja, an unserem ersten Abend bin ich quasi

über sie hergefallen, aber eigentlich bin ich gar nicht so draufgängerisch.

Im nach hinein ist mir mein Verhalten beinah peinlich. Und ehrlich

gestanden bin ich bereits so lange in Ari verliebt, dass ich mich erst mal

daran gewöhnen muss, dass wir jetzt ein Paar sind. Das Ganze fühlt sich immer noch unwirklich an. Zum Glück drängt Ari nicht. Bei Ria war das ganz anders. Sie wollte direkt am ersten Abend mit mir ins Bett und wieso auch nicht. Für sie habe ich nichts empfunden, wie auch für die meisten anderen Frauen, mit denen ich geschlafen habe, also von Lisa mal abgesehen, meine erste Freundin. Aber auch die Gefühle zu ihr sind kein Vergleich zu meinen Gefühlen für Ari. Mittlerweile ist Ari eingeschlafen und ich lausche ihren regelmäßigen Atemzügen.

Wenn sie mit dem Studium fertig ist, könnte sie wieder nach München kommen, überlege ich. Wenn wir weiterhin hier leben würden, hätten wir bald genügend Ersparnisse für ein eigenes Haus.

Ich seufze. Am liebsten würde ich Ari sofort bitten, mich zu heiraten.

Wieso soll man warten, wenn man sich sicher ist?

Aber Ari hat mehr als deutlich gemacht, dass sie es damit nicht so eilig hat. Hatte ich mit 22 auch nicht, wenn ich ehrlich bin. Vielleicht ist ein großer Altersunterschied doch problematisch, aber na ja, wir haben ja Zeit. Hauptsache wir sind zusammen.

Nächste Woche wird Ari wieder in Hamburg sein. Die nächsten zwei Jahre werden wir eine Fernbeziehung führen müssen oder ich bewerbe mich in Hamburg. Ich grübele und grübele und finde keinen Schlaf.

17. KAPITEL
Ariane

Morgens wache ich ausgeschlafen, noch vor Max Wecker, auf. Ich fühle mich so leicht, seitdem ich weiß, dass Max dasselbe empfindet, wie ich.

Ich gehe nach unten in die Küche und koche erst mal Kaffee. Kurze Zeit später kommt Max runter, fix und fertig angezogen und rasiert. Ich frage mich, wie er das immer so schnell schafft. Und wieso Katja das nicht kann.

„Guten Morgen, Ari", sagt er und küsst mich. „Kommst du heute Abend gegen sechs Uhr rauf? Ich versuche, heute früher Schluss zu machen."

„Ja gerne", sage ich, mache mich los und reiche ihm seinen Tee. Überrascht nimmt er die Tasse entgegen.

„Danke", lächelt er erstaunt.

Nachdem er ihn getrunken hat, verschwindet er auch schon.

Die letzten Abende ist Max immer spät nach Hause gekommen. Es würde ihm guttun, mal etwas kürzer zu treten, denke ich und trinke in Ruhe meinen Kaffee.

Er ist immer noch blass und viel zu dünn, denke ich besorgt.

Es ist bereits Freitag. Es wird das letzte Wochenende sein, bevor ich

zurück nach Hamburg muss. Aber irgendwie mag ich noch nicht daran

denken.

„Guten Morgen, Mama!", sage ich, als sie runterkommt.

„Guten Morgen, Ari. Soll ich Brötchen holen gehen? Ich muss erst zur

dritten Stunde in die Schule."

„Ach, das kann ich doch machen, Mama", sage ich und düse auch schon

los. Der Bäcker ist zum Glück nicht weit und als ich wiederkomme, hat

meine Mutter bereits den Tisch gedeckt.

„Geht es dir gut, Ari?", fragt meine Mutter und mustert mich kritisch.

Ralf ist schon weg und hat die Schlafmütze Katja mitgenommen.

„Ja. Ich habe nur Angst, dass ich aufwache und feststellen muss, dass

doch alles nur ein Traum war."

„Ich weiß genau was du meinst, Ari", lacht meine Mutter leise. „Mir geht

es teilweise mit Ralf immer noch so."

„Ging es dir mit Papa denn nie so? Auch nicht am Anfang?"

Meine Mutter räuspert sich und sagt:

„Ich glaube, dein Vater und ich, haben einfach anders für einander

empfunden. Anfangs hat das ausgereicht und dann kamst du und ich war

einfach nur glücklich."

Ich habe plötzlich einen Kloß im Hals und wir reden über andere Dinge, bis meine Mutter aufbricht.

Die nächsten Stunden verbringe ich mit Faulenzen.

Später am Nachmittag quatsche ich noch etwas mit Katja, bis plötzlich Max den Kopf ins Zimmer reinsteckt.

„Ach, hier bist du", sagt er zärtlich. „Kommst du gleich nach oben?"

Ich lache schüchtern.

„Ja, ich komme gleich", sage ich und werde rot. Man ist das peinlich, ärgere ich mich.

„Hihi, ihr seid ja total ineinander verknallt", lacht Katja.

Genervt gebe ich ihr einen kleinen Nasenstüber und gehe rüber in mein Zimmer.

Was ziehe ich bloß an? Ob Max etwas geplant hat? Na ja, bloß nicht zu viel aufrüschen und ihn verunsichern, denke ich und schlüpfe einfach in ein sauberes T-Shirt. Dann gehe ich nach oben.

Mein Herz klopft. Zaghaft poche ich an die Tür.

Irgendwie fühle ich mich komisch. Max hat so sonderbar geklungen. Was er wohl vorhat?

Max öffnet mir die Tür und strahlt mich an.

„Hallo Schönheit. Tritt ein."

Schönheit? Haben Kerle eigentlich alle ein Buch mit den tausend doofsten Anmachsprüchen, das von Generation zu Generation weitergegeben wird? Argh!

Ich muss wohl ziemlich die Nase gerümpft haben, denn Max reibt sich schuldbewusst das rasierte Kinn.

„Das kam wohl nicht so gut an."

Mein Blick fällt staunend auf den Tisch und ich vergesse zu antworten.

„Hast du das etwa alles allein gemacht?", frage ich verblüfft.

Auf dem Tisch stehen Antipasti, Nudeln, eine rote Sauce, grünes Pesto und ein gemischter Salat.

„Ach das. Nein, das Meiste ist doch gekauft und warm gemacht."

„Sieht aber toll aus", sage ich anerkennend und setze mich hin.

Ich würde das trotzdem nicht so hinbekommen. Bei mir brennt sogar das Wasser an!

Wir setzen uns und ich nehme mir Salat. Die Walnüsse und das leichte Dressing schmecken fantastisch.

„Wow Max, ich wusste nicht, dass du kochen kannst!", sage ich kauend.

„Kann ich auch nicht. Wie gesagt, alles Fertigprodukte."

„Aber das Salatdressing schmeckt toll!"

Max grinst verlegen.

„Kleines Geheimrezept aus meiner Küche."

Könnte dieser Typ eigentlich noch perfekter sein?

„Ich habe allerdings keinen Nachtisch gemacht. Was hältst du von mir stattdessen?"

Doch, er kann noch perfekter sein! Ich stehe auf und setze mich auf seinen Schoß.

„Eine sehr gute Idee", grinse ich und küsse ihn.

Er lässt mich von seinem Schoß gleiten und zieht mich rüber zu seinem Bett.

So ein Loft hat durchaus Vorteile, denke ich und lege mich auf ihn. Wir schmusen und langsam zieht er mich aus.

Ich fange an, seine Hose zu öffnen.

Dann liegen wir wieder in Unterwäsche übereinander.

„Ok", sagt er feierlich. „Soweit waren wir ja schon."

„Ja. Hast du was da?"

Er grinst und zieht die Schublade von seinem Nachttisch auf. Eine riesige Kondompackung liegt dort.

„Na, da hast du dir ja etwas vorgenommen", lache ich und ziehe seine Unterhose aus.

„Ari, langsam. Ari. Oh Ari!", stöhnt er, als ich mich weiter unten zu schaffen mache.

„Verdammt Ari, ich dachte immer, Mädchen wie du würden so was nicht machen!"

Ich tauche wieder auf und frage empört:

„Was soll das heißen? Mädchen wie ich?"

„Na ja, anständige Mädchen halt."

„Tja, du weißt ja, was man über gute und böse Mädchen sagt."

„Du darfst gerne weitermachen", sagt er und zieht mich an sich.

Er zupft an meinen Knospen und saugt daran. Ich habe Mühe, leise zu bleiben.

Dann geht plötzlich ein Handy.

„Ist das deins?", frage ich Max und er nickt.

„Aber das kann ja nichts Wichtiges sein", sagt er und beschäftigt sich weiter mit mir. Aber das Handy hört nicht auf, zu klingeln. Genervt geht steht Max auf und geht doch dran.

„Ja bitte?"

Pause.

„Du bist was?"

Ich decke mich mit Max Decke zu und versuche, nicht zu lauschen.

„Bist du ganz sicher?"

Dann legt Max auf und starrt ins Leere.

„Was ist los? Was ist passiert?"

Aus Max Gesicht ist die komplette Farbe gewichen.

„Sie ist schwanger."

„Wer ist schwanger?"

„Ria. Sie ist schwanger. Sie hat es heute erfahren."

Ich merke, wie in mir etwas zerreißt.

„Was hast du jetzt vor?", frage ich und habe Mühe, zu atmen.

„Ria kommt gleich vorbei und dann besprechen wir alles Weitere", sagt Max mit leerer Stimme.

Ich stehe auf, klaube alles zusammen und renne aus der Tür. Max hält mich nicht auf. Natürlich tut er das nicht.

18. KAPITEL

Max

Ich sehe, wie Ari davonstürmt. Doch ich halte sie nicht auf.

Ich ziehe mich an, setze mich an den Tisch und warte.

Nur kurze Zeit später klopft es an meiner Tür. Ria spaziert rein.

„Hallo Max. Ich war heute beim Arzt. Es ist alles in Ordnung. In neun Monaten werden wir Eltern sein!", strahlt sie mich an.

„Du freust dich über das Baby?", frage ich entgeistert.

Für mich bricht gerade eine Welt zusammen und Ria strahlt wie ein Honigkuchenpferd.

Eine gemeinsame Zukunft mit Ari hat sich soeben in Luft aufgelöst!

„Wir haben uns getrennt, wie kannst du so begeistert darüber sein?"

„Du hast dich von mir getrennt", sagt Ria zornig. „Ich wollte mit dir zusammen sein. Und jetzt werden wir wieder zusammen sein und sogar eine Familie gründen. Mich macht das sehr glücklich!"

Sie setzt sich neben mich und krault mir den Rücken.

„Freust du dich denn kein kleines bisschen, Maxi?"

Ich hasse diesen Spitznamen. Aber mit einer Sache hat Ria Recht. Wir werden eine Familie gründen. Also muss ich mich zusammenreißen. Mein

Vater hat meine Mutter auch nicht geliebt, das ist mir mehr als bewusst geworden, seitdem ich ihn mit Anna gesehen habe. Also habe ich doch keine andere Wahl, ich muss für Ria und das Baby da sein.

„Aber wie sollen wir das alles machen?", frage ich und schaue sie ratlos an.

„Was gibt es da noch zu diskutieren?", fragt Ria verständnislos. „Wir bekommen ein Baby. Fürs Erste könntest du mich fragen, ob ich wieder hier einziehen will. Schließlich sollten wir nicht in getrennten Wohnungen leben, wenn wir eine Familie werden."

Das stimmt, denke ich seufzend. Es gibt keine andere Möglichkeit.

„Willst du wieder hier einziehen?"

„Na klar", strahlt sie. „Meine Koffer stehen vor der Tür. Holst du sie rein?"

Ich stehe auf und hole die beiden Koffer. Ihre anderen Sachen hat Ria noch alle hier, sie hatte sie noch gar nicht abgeholt. Eine Stunde später sieht es so aus, als ob sie nie ausgezogen ist.

Im Bett will sie natürlich sofort, aber ich schiebe sie weg.

„Ich bin müde, Ria. Bitte lass uns einfach schlafen." Schmollend presst sie sich an mich.

Ich liege die ganze Nacht wach.

Ob ich morgen noch mit Ari sprechen soll? Verdient hätte sie es ja. Es ist furchtbar gewesen, wie wir auseinander gegangen sind.

Aber was soll ich ihr sagen?

Die ganze Situation ist wie sie ist und dafür wird sie Verständnis haben müssen. Ich kann Ria schließlich nicht im Stich lassen und ich will, dass unser Kind bei uns zusammen aufwächst. Heiraten, mal schauen, aber wir würden zusammenleben müssen, ob ich das nun will oder nicht. Wir werden auch eine größere Wohnung brauchen, schließlich können wir dieses Kind nicht im Haus meines Vaters großziehen.

Irgendwann stehe ich auf und hole mir ein Glas Wasser. Ria schläft bereits tief und fest.

Dann schaue ich auf die Uhr. Es ist zwei Uhr morgens. Ich knipse das kleine Licht am Küchentisch an und fange an zu arbeiten. Morgens wache ich an meinem Schreibtisch auf. Es ist sieben Uhr. Ich wasche mich und gehe nach unten. Ria schläft immer noch.

„Oh Gott, Max!", ruft Anna besorgt. „Du siehst ja schrecklich aus. Was ist passiert?"

Ich erzähle Anna ohne Umschweife von gestern. Sie gießt mir Milch mit einem kleinen Schluck Kaffee ein. Es ist rührend, wie gut sie sich um mich kümmert.

„Und was hast du jetzt vor, Max?", fragt sie vorsichtig. Ich zucke mit den Schultern.

„Ich denke, wir brauchen jetzt eine größere Wohnung. Der Dachboden ist zu klein für drei Personen. Und dann werden wir heiraten. Ich will, dass das Baby eine Familie hat."

„Oh Max", sagt Anna und schluckt. „Heiraten macht einen nicht zu einer Familie, sondern das gemeinsame Gefühl füreinander. Hast du denn noch Gefühle für Ria?"

„Ich hatte noch nie Gefühle für Ria, aber das Baby braucht Eltern", sage ich mit fester Stimme, damit ich es selbst glaube.

„Hast du mit Ari darüber gesprochen?"

„Ich war ziemlich schroff zu ihr. Ich werde später mit ihr reden." Zumindest nehme ich es mir fest vor. Doch als ich später in Aris Zimmer gehe, finde ich es nur leer vor. Natürlich ist sie bereits abgereist, ich kann es ihr nicht verdenken.

Und es bringt auch nichts, denke ich wieder bei mir. Nichts was ich sage, kann auch nur irgendetwas an der Situation ändern.

Das Wochenende zieht sich zäh wie Kaugummi dahin. Ria plappert die ganze Zeit etwas über Kinderzimmer und nachmittags gehen wir zu ihren Eltern.

Ich kann Rias Eltern nicht leiden, sie sind einfach nur aufgeblasene Leute, die das Glück hatten, viel Geld zu erben. Und daher meinen sie, dass sie etwas Besseres sind, als Leute, die für ihr Geld arbeiten müssen. Merkwürdigerweise hat Ria ihnen noch nichts von dem Baby erzählt.

„Wir müssen noch zwei Monate warten. Du hast doch deinen Eltern noch nichts davon erzählt, oder?", fragt sie, als wir wieder zu Hause sind.

„Äh doch, natürlich", sage ich erstaunt. „Schließlich fällt es doch auf, dass du wieder hier wohnst."

„Hättest du nicht einfach sagen können, dass wir es uns noch mal überlegt haben?" Ich zucke mit den Schultern.

„Ich wusste nicht, dass das ein Geheimnis ist." Ria kuschelt sich an mich.

„Seitdem ich schwanger bin, könnte ich andauernd", stöhnt sie und versucht, mir meine Klamotten auszuziehen.

„Ich muss noch arbeiten, Ria. Jetzt nicht", sage ich grob und setze mich an den Tisch.

Ich könnte beim besten Willen nicht mit Ria schlafen, auch wenn ich es wollte. Alles stößt mich an ihr ab.

Wenn ich nicht arbeite, oder mich mit Ria über das Baby unterhalte, schweifen meine Gedanken zu Ari ab. In Gedanken lausche ich ihrer

Stimme und versuche mir vorzustellen, wie ich sie berühre. Aber ich muss das tun, erinnere ich mich dann jedes Mal.

Aber ich muss das tun, auch wenn ich keine Gefühle für Ria habe. Ich glaube nicht, dass Ria für irgendjemanden Gefühle hegt, außer für sich selbst. Ich warte so lange, bis sie schmollend eingeschlafen ist und lege mich dann zu ihr. Wenn ich versuche, mir uns als Eltern vorzustellen, kann ich das nicht. Noch nicht, hoffe ich.

Am nächsten Morgen sitze ich wieder mit Anna beim Frühstück. Die anderen schlafen noch.

„Du siehst schrecklich aus, Max", sagt sie besorgt. Wahrscheinlich hat sie Recht, denn ich fühle mich auch schrecklich. Trotzdem tue ich das Richtige, ganz bestimmt. Zumindest versuche ich pausenlos, es mir selbst einzureden.

„Guten Morgen", trällert Ria und kommt die Treppe runter.

„Guten Morgen", sagt Anna freundlich. „Möchtest du ein Glas Milch oder einen Tee haben?"

„Also ich brauche morgens erst mal einen starken Kaffee", sagt Ria und bedient sich an der Kanne.

Anna runzelt die Stirn, sagt aber nichts.

„Hast du ein Ultraschallbild dabei, Ria?"

„Äh nein, es ist noch zu früh, meinte die Ärztin. Beim nächsten Mal wird sie eins machen."

„Oh, wie schön", sagt Anna herzlich. „Wann ist denn dein Termin?"

„Max", sagt sie und schaut mich eindringlich an. „Nimm dir frei und ihr geht zusammen hin."

„Ich habe noch gar keinen Termin. Und Max braucht auch nicht extra mitzukommen. Ich weiß doch, wieviel du arbeiten musst, Maxi."

„Ich würde aber gerne", entgegne ich stirnrunzelnd. „Sag mir Bescheid, dann arbeite ich von zu Hause. Das ist gar kein Problem."

Ich meine es ernst damit, ich will unbedingt ein guter Vater sein.

„Wir sollten uns nach Wohnungen umsehen, Ria."

„Wieso?", fragt Ria erstaunt. „Das Baby wird am Anfang winzig sein. Lass uns lieber auf ein Haus sparen."

„Da muss ich Ria zustimmen", meint Anna nachdenklich. „Außerdem könnt ihr bestimmt auch Hilfe brauchen am Anfang."

„Ja", sagt Ria erleichtert. „Ich habe gar keine Ahnung, was man alles beachten muss."

Ich glaube die beiden reden noch weiter, aber ich höre einfach nicht mehr zu. Meine Gedanken schweifen ab zu Ari. Was sie jetzt wohl tut, frage ich mich wehmütig.

19. KAPITEL
Max

„Er hat was?", fragt Sara entgeistert.

Ich nicke nur. Es fällt mir immer noch schwer, darüber zu sprechen.

Mir tut alles weh, vielleicht bekomme ich eine Grippe.

„Verdammt", sagt Sara. „Was für ein Mistkerl!"

Sara regt sich noch eine Weile auf und es tut gut, dass sich jemand anderes

aufregt. Denn ich habe einfach nicht mehr die Energie dazu.

„Was hältst du davon, wenn wir shoppen gehen", sagt Sara plötzlich

und zieht mich aus der Tür ihres Zimmers.

Die Herbstluft tut tatsächlich gut, denke ich und schaue in die Sonne.

„Wir könnten uns schminken lassen", schlägt Sara vor. Eigentlich stehen

wir da beide nicht so drauf, aber Sara hat noch einen Gutschein dafür.

Nach zwei Stunden und fertig aufgehübscht laufen wir zum Hafen. Sara

futtert bereits ihr drittes Stück Kuchen.

„Willst du auch?", fragt sie kauend und reicht mir ein Stück.

„Nein Danke", sage ich.

„Mehr für mich", grinst sie.

Sie scheint es gut verkraftet zu haben, dass sie sich von dem Typen getrennt hat.

„Man, bin ich froh, dass ich diesen Typen los bin", sagt sie mit vollem Mund. „Kuchen hat der gar nicht angerührt, voll auf Öko stand der! Puh, war das anstrengend!"

Ich denke an das Essen am Freitagabend. Seitdem habe ich nichts mehr gegessen, es ging einfach nicht. Na ja, ich habe ja Reserven.

„Ich bin echt froh, dass das Semester wieder angefangen hat. Und es sind so süße Typen von anderen Unis jetzt da", schwärmt Sara. „Vielleicht können wir ja einfach mal ein Viererdate arrangieren."

„Hast du jemanden im Blick?", frage ich argwöhnisch.

Sara ist immer sehr schnell mit allem, sie denkt erst hinterher nach. Da ich mich meistens von ihr bequatschen lasse, steckten wir beide ziemlich oft in Schwierigkeiten zu Schulzeiten.

„Nö, aber für Spaß brauchen wir ja nicht wählerisch zu sein", meint sie trocken.

Auch das noch. Also diese Art von Date. Genau diese Art von Date hat mir damals mein erstes Mal beschert, als wir uns damals mit 16 auf eine Studentenparty geschlichen haben. Hey, ich bin auch nicht stolz darauf! Aber vielleicht ist es genau das, was ich brauche. Ein Date mit einem wildfremden Typen, bei dem ich mich nicht zu verstellen brauche, weil ich ihn eh nicht wiedersehen muss.

„Ok", sage ich schwach.

„Jetzt wirklich?", fragt Sara erstaunt.

„Ja", sage ich ungeduldig. „Ich brauche was Belangloses. Irgendwas, was mich ablenkt."

Und schon hängt sich Sara an die Strippe. Projektmanagement wäre sicherlich auch etwas für sie, denke ich amüsiert.

„Äh, weißt du zufällig wie der Eine heißt?", fragt sie gerade jemanden. Und nach zehn Anrufen hat sie, ein zwei drei, ein Doppeldate für uns arrangiert.

„Vielleicht solltest du eine Partnervermittlung aufmachen", schlage ich vor.

„Vielleicht mache ich das auch. Ist bestimmt lukrativer, als diese Seelenklempnerei", seufzt sie.

„Wann treffen wir die beiden?", frage ich lustlos.

„In zwei Stunden. Dachte, wir sollten unser Makeup ruhig ausnutzen, deshalb habe ich alles für heute arrangiert. Für Kerle ist das schließlich kein Problem, die sind ja froh, wenn wir mit ihnen ausgehen."

„Ich befürchte, dass du damit Recht hast", stöhne ich und frage mich,

worauf ich mich diesmal wieder eingelassen habe! „Und was machen wir

bis dahin?"

„Na ja, wir könnten nach Hause gehen oder wir gehen noch weiter

shoppen", zählt Sara auf.

Beim Gedanken an mein leeres Zimmer, sage ich sofort:

„Lass uns weiter shoppen gehen."

Sara quietscht vergnügt auf und wir gehen ins Europa Center. Und dann

ist es auch schon Zeit, in die U-Bahn zu springen.

Vor dem Restaurant warten bereits zwei Typen, die gar nicht mal so

schlecht aussehen.

„Hallo Mädels", sagt der Mutigere von den beiden.

„Hallo Jungs", sagt Sara und fängt sofort an, mit dem Typen zu flirten.

Der Stillere daneben schaut mich an und verdreht die Augen.

„Na, wurdest du auch mitgeschleppt?", fragt er mich grinsend.

Ich nicke einfach nur in seine Richtung.

Die eigentliche Erklärung mit: „Der Typ, in den ich seit Jahren verknallt

bin und der anscheinend auch in mich verknallt ist, hat leider seine

Exfreundin, die er nicht liebt, geschwängert und macht jetzt eine Familie mit ihr auf. Deshalb brauche ich etwas Unverbindliches", schenke ich mir dann mal.

Wir gehen zusammen rein. Da Montag ist, sind die meisten Tische nicht besetzt. Ich bestelle ein Bitter Lemon, um ein bisschen Zucker zu bekommen, der Rest bestellt Alkohol.

Da lasse ich besser die Finger von, denke ich.

„Trinkst du nicht?", will der Stillere sofort wissen.

„Nicht so oft. Wie heißt du eigentlich?", frage ich erstaunt, weil wir bis jetzt noch gar keine Informationen ausgetauscht haben. Er lacht.

„Jörg. Und das ist auch Jörg, ohne Witz. Und wir heißen beide Schmid, nur ich mit d und Jörg mit dt."

Sara lacht, der Alkohol scheint sofort zu wirken.

„Und habt ihr auch noch am selben Tag Geburtstag?", fragt sie trocken.

„Nee", grinst jetzt der lautere Jörg. „Das zum Glück nicht. Wir kennen uns auch erst seit heute. Wir haben unseren Bachelor an unterschiedlichen Unis gemacht und erst jetzt gemeinsam hier angefangen."

„Und studiert ihr auch Psychologie?", frage ich ohne wirkliches Interesse.

„Ja. Wie gesagt im ersten Mastersemester", sagt der stillere Jörg. „Aber

dich habe ich noch gar nicht dort gesehen. Studierst du auch

Psychologie?"

„Nein. Ich studiere Lehramt", antworte ich.

Das Gespräch nervt mich. Lieber würde ich mich in ein Mauseloch

verkriechen und nie wieder rauskommen.

„Respekt", sagt der lautere Jörg. „Bei den Kindern heute, stelle ich mir

das sehr herausfordernd vor!"

Sara nickt wieder.

„Ja normalerweise schon. Aber Ari macht das schon. Sie hat unsere

ganze Stufe durchs Abi gepaukt. Ich glaube, sie kommt mit jedem klar."

Das macht mich prompt verlegen. Eine schlagfertige Antwort fällt mir

leider nicht darauf ein.

„Du bist echt süß", sagt der stillere Jörg und nimmt noch einen weiteren

Zug aus seinem Glas, irgendwas Rotes und wahrscheinlich sehr

Hochprozentiges.

„Willst du wirklich nichts trinken?", fragt mich der forschere Jörg

enttäuscht.

„Ach nein", sage ich abwehrend. „Heute nicht."

„Wollt ihr noch zu uns ins Wohnheim kommen?", fragt plötzlich der stillere Jörg.

Im Laufe des Abends ist er gar nicht mehr so still und zurückhaltend. Sara hat schon ziemlich einen im Kahn und nickt sofort begeistert.

Oh je, besser ich komme mit und passe auf sie auf.

„Ok. Ist es weit von hier?"

„Nein, nein", grinsen die beiden.

Wir stiefeln zu viert zur U-Bahn, Sara ist etwas wackelig auf den Beinen und kichert andauernd. Das Wohnheim ist ähnlich wie unseres, auch die Zimmer sind ähnlich aufgebaut.

„Woher kommt ihr eigentlich?", fragt der forschere Jörg, nachdem wir uns alle in sein Zimmer gequetscht haben.

„Aus München und ihr?", frage ich.

„Ich komme aus Heidenheim und Jörg kommt aus Wiesbaden", sagt der nicht mehr so stille Jörg.

Er hat sich dicht neben mich gesetzt und fängt an, seine Hände auf mein Bein zu legen. Ich warte etwas ab, dann schiebe ich die Hand fort.

„Willst du etwa nicht?", fragt er verärgert.

„Lass mal", sage ich ruhig. „Ist auch schon spät. Sara kommst du?"

Ich ziehe Sara mit und wir fahren zu unserem Wohnheim zurück.

Ich bringe sie ins Bett und gehe dann in mein Zimmer.

Obwohl es bestimmt zwanzig Grad draußen sind, ist mir kalt. Ich kuschele mich mit einer Wolldecke in mein Bett und versuche, einen Roman von Esther zu lesen, aber irgendwie ist das nicht meins. Alles ziemlich düster. Ich greife zu einem Buch mit pinkfarbenem Einband und lese, bis mir die Augen zufallen.

20. KAPITEL
Max

„Hallo zusammen!", ruft Ria uns zu.

„Du kommst aber spät", wundere ich mich.

„Ach, die Ärztin hat mich überraschenderweise noch drangenommen."

„Ist alles in Ordnung?", frage ich besorgt.

„Ja natürlich, aber ich wollte endlich ein Ultraschallbild haben. Hier ist es", sagt sie stolz und fischt ein loses Bild aus ihrer Handtasche.

„Zeig mal her", ruft Katja sofort.

Das Bild wird rumgereicht und begutachtet. Allerdings sieht man kaum etwas darauf, außer einem Bläschen und einem schwarzen Punkt.

„Das ist unser Baby", strahlt mich Ria an.

Ich fange langsam an, so etwas wie Vorfreude zu entwickeln und strahle sie ebenfalls an.

Zwei Wochen sind bereits vergangen. Seit zwei Wochen nehme ich mir immer wieder vor, mit Ari zu sprechen, lasse es aber jedes Mal bleiben, weil ich mich nicht traue.

Ria will jeden Tag Sex mit mir, aber ich blocke es ab.

Jeden Abend arbeite ich bis spät in die Nacht, bis Ria eingeschlafen ist.

Dann lege ich mich vorsichtig neben sie, um sie ja nicht aufzuwecken.

Es ist ein merkwürdiges Gefühl zu wissen, dass etwas in Ria wächst, was

wir beide gemacht haben. Irgendwie scheue ich mich davor, mit ihr zu

schlafen. Ich habe einfach keine Lust auf sie bzw. es fühlt sich an, als ob

ich Ari betrügen würde.

Ari hat sich auch nicht mehr gemeldet. Sie telefoniert täglich mit Anna,

aber sie kommt nicht vorbei. Ich bin eigentlich froh, dass sie nicht

vorbeikommt. Ich könnte es nicht ertragen, sie nur ansehen zu dürfen,

während sich Ria an mich schmiegt. Ich fühle mich wie ein riesiges

Arschloch, weiß aber auch nicht, was ich sonst tun soll.

„Schieß sie ab", meint Bernd.

Er ist vorbeigekommen, nachdem ich ihm versichert habe, dass Ria nicht

da ist. Ist sie auch nicht. Sie ist zu ihren Eltern gegangen.

Nachdem mir Ari vor ein paar Wochen die Standpauke gehalten hatte,

habe ich Bernd sofort angerufen und mich bei ihm entschuldigt. Zum

Glück ist er nicht nachtragend.

„Das kann ich nicht", sage ich verzweifelt.

„Doch, das kannst du", sagt Bernd kühl. „Finanziell könnt ihr schließlich alles regeln. Dem Kind wird es an nichts fehlen, du verdienst ja gut. Aber wieso musst du mit ihr zusammen sein?"

„Das Kind soll einfach nicht ohne mich aufwachsen. Meine Eltern sind meine ganze Kindheit zusammen gewesen, aber als mein Vater den Projektmanagement Job angenommen hat, war er trotzdem nicht da und ich fand das furchtbar. Ich will für mein Kind da sein und das geht am besten, wenn Ria und ich zusammenbleiben. Vielleicht heiraten wir nächstes Jahr", überlege ich.

„Das ist doch eine völlig antiquierte Vorstellung", regt sich Bernd auf. „Mein Vater hat alles gebumst, was nicht bei drei auf den Bäumen war und meine Mutter hat es mit Alkohol kompensiert. Das hat meine Kindheit nicht besser gemacht, obwohl meine Eltern offiziell zusammengelebt haben."

„So etwas würde ich nicht tun", sage ich ärgerlich.

„Ein Mann hat schließlich seine Bedürfnisse", sagt Bernd lakonisch und schenkt sich noch ein Bier nach, das er selbst mitgebracht hat. Natürlich haben wir keine alkoholischen Sachen zu Hause.

„Im Moment geht es doch auch", versuche ich mich zu beruhigen.

„Ja, im Moment", sagt Bernd trocken. „Aber hältst du das die nächsten 18 Jahre durch? Und denk dran. Ari wird wohl kaum 18 Jahre auf dich warten."

„Ari wird ganz bestimmt nicht auf mich warten, so wie ich mich benommen habe!"

„Rede mit ihr", sagt Bernd eindringlich.

Plötzlich geht die Tür auf.

„Ich dachte, du musst arbeiten", sagt Ria giftig und schaut Bernd hasserfüllt an.

Die Antipathie beruht bei den beiden auf Gegenseitigkeit.

„Ich bin zufällig vorbeigekommen", sagt Bernd ärgerlich.

„Dann gibt es ja nichts Wichtiges und du kannst jetzt wieder gehen!"

„Bernd kann so lange bleiben, wie er möchte", sage ich scharf.

„Habe ich hier denn gar nichts zu sagen?", sagt Ria spitz. „Schließlich wohne ich auch hier!"

„Ich denke, ich gehe dann mal", sagt Bernd kurz und verschwindet.

„Das war unnötig", zische ich Ria zu, nachdem die Tür ins Schloss gefallen ist.

„Ach ja? Ich brauche meine Ruhe. Schließlich bin ich schwanger."

Plötzlich sieht Ria ganz bleich aus.

„Ist alles in Ordnung?", frage ich besorgt.

„Ich glaube, ich muss mich mal hinsetzen, mir ist ganz schwindelig."

„Bist du denn noch mal beim Arzt gewesen? Wann ist denn die nächste Untersuchung", frage ich besorgt.

„Erst in zwei Wochen."

Zum Glück kommt wieder etwas Farbe in ihre Wangen.

„Vielleicht gehst du schon früher. Soll ich mitkommen?"

„Ach, lass mal, Max", sagt sie schnell.

Komisch, ich habe immer gedacht, dass Frauen das möchten, dass der Mann sich einbringt.

Allerdings kenne ich kein Paar, das bereits Kinder hat und Ria scheint nicht zu wollen, dass ich mitkomme.

„Versprich mir, dass du dich vernünftig durchchecken lässt."

Sie nickt und trinkt auch brav das Glas Wasser, das ich hier hinhalte.

Ich blicke sie an und wieder kommen mir Bernds Worte in den Sinn.

Werde ich das wirklich die nächsten 18 Jahre durchhalten können?

Und wäre das wirklich fair, denke ich plötzlich und frage mich, woher dieser Gedankengang herkommt.

Ich habe mich nie gefragt, wieso mein Vater und meine Mutter geheiratet haben, denn die ungeplante Schwangerschaft war immer ein offenes Geheimnis. Ich habe das nie in Frage gestellt und vielleicht habe ich deshalb so gehandelt, so wie ich geglaubt habe, dass mein Vater es von mir erwartet.

Aber was für meinen Vater richtig war, muss nicht für mich richtig sein!

„Ich kann das nicht, Ria", sage ich und blicke sie direkt an.

Schon diese Worte lassen mich etwas entspannen. Ich tue das Richtige, beruhige ich mich wieder und wieder.

Du kannst was nicht, Maxilein?", fragt Ria und schmiegt sich an mich. Ich schiebe sie weg.

„Das Alles, Ria. Ich will keine Beziehung mit dir!" Ria schaut mich entsetzt an.

„Du willst unser Baby nicht!", ruft sie mit erstickter Stimme. „Ich werde es nicht wegmachen lassen. Das kannst du nicht von mir verlangen!"

Ein kalter Schauer durchfährt mich.

„Natürlich nicht, Ria!", erwidere ich heftig. „Davon kann doch keine Rede sein. Aber mir ist klar geworden, dass ich das nicht mit dir zusammen machen will. Ich werde immer für das Baby und dich da sein. Aber nicht als Paar." Ich hole tief Luft.

Ria starrt mich an.

„Hat Bernd dir das eingeredet? Ich wusste es doch immer. Er konnte mich noch nie leiden und jetzt versucht er, uns auseinander zu bringen. Aber es geht nicht mehr nur um uns Max, es geht auch um unser Kind!"

„Unser Kind wird nichts davon haben, wenn wir uns den ganzen Tag streiten und nicht verstehen! Und ich liebe dich nicht, Ria!", sage ich mit Nachdruck und sehe, wie sie zusammenzuckt.

„Eines Tages wirst du mich lieben, ganz bestimmt", heult sie.

„Ich werde dich niemals lieben, Ria. Ich liebe jemand anderes."
Ria wird weiß wie die Wand und ich befürchte, dass sie umkippt.

„Wer ist es. Wen liebst du so sehr, dass du dein eigenes Kind im Stich lässt?"
Ich schlucke. Ich will ihr nicht von Ari erzählen, denn das mit Ari wird sich ohnehin erledigt haben, so wie ich mich aufgeführt habe.

„Das geht dich nichts an, Ria. Und ich lasse unser Kind nicht im Stich. Wir werden eine Regelung finden. Aber ich werde nicht mit dir zusammen sein. Nie!"

„Es ist Ari. Stimmt`s?", fragt sie plötzlich und schaut mich triumphierend an, als ich zusammenzucke.

„Woher…?", stammele ich.

„Weil ich euch gesehen habe. Ich wusste die ganze Zeit, dass ihr zusammen seid, aber ich wollte es von dir hören Max! Das mit uns wird nie zu Ende sein!", droht sie und mir wird kalt bei diesen Worten.

„Das mit uns hat nie wirklich angefangen", sage ich hart. „Du warst nur ein Zeitvertreib für mich."

Bei diesen grausamen Worten fühle ich mich ganz elend, aber ich muss Ria klar machen, dass es keine Zukunft für uns gibt. Was bin ich für ein schlechter Mensch, denke ich angewidert. Ich erkenne mich kaum selbst bei diesen Worten.

„Ich kann warten. Notfalls werde ich nachhelfen", droht Ria.

Doch ich schenke diesen Worten keine Beachtung. Ria ist aufgebracht und völlig neben der Spur, ich kann es ihr noch nicht mal übelnehmen. Ich nehme mir vor, später, wenn sie sich hoffentlich etwas beruhigt hat, noch einmal vernünftig mit ihr zu sprechen.

„Ich möchte, dass du jetzt gehst, Ria", sage ich so ruhig, wie ich es mir möglich ist und schnappe mir ihre Sachen, die überall herumfliegen.

„Max", weint sie jetzt wieder, aber ich höre nicht auf, ihre Sachen zusammen zu sammeln. Ich hole die beiden Koffer unter dem Bett hervor und werfe Rias Sachen rein. Dann nehme ich mein Handy und rufe Ria ein Taxi.

„Hier sind deine Koffer. Tu mir bitte einen Gefallen und geh leise!"

Stolz hat Ria, das muss man ihr lassen. Wortlos nimmt sie die beiden Koffer und marschiert hoch erhobenen Hauptes aus dem Zimmer.

„Das mit uns wird niemals zu Ende sein!", wiederholt sie und wirft die Tür zu.

Ich zucke bei dem Geräusch zusammen. Beinah erwarte ich, dass meine gesamte Familie zu mir stürmt, aber alles bleibt still. Unten höre ich noch die Haustür klicken und dann breitet sich Stille aus. Auch in mir ist es still, auch wenn ich nicht weiß, wie es weitergehen wird.

Das Baby wird mich immer an Ria binden, ob ich es will oder nicht. Aber keine Sekunde hätte ich so weiterleben können. Ich habe keine Ahnung, wie mein Vater das fertig gebracht hat. Für ihn war es wohl der richtige Weg, aber für mich ist er das nicht. Morgen werde ich mir einen Plan überlegen, wie ich Ari zurückgewinnen kann. Aber große Hoffnung habe ich keine.

21. KAPITEL
Ariane

Zwei Wochen ist das Ganze jetzt her. Max hat sich nicht gemeldet.

Zum Glück nimmt mich das neue Semester völlig in Anspruch.

Ich muss mich für ein vierwöchiges Schulpraktikum anmelden und eine

Hausarbeit für ein Didaktik Seminar schreiben.

Abends hocke ich bis spät nachts über den Büchern, bis ich todmüde ins

Bett falle.

Natürlich telefoniere ich viel mit Mama. Dass Ria wieder eingezogen ist,

ist für alle nicht gerade angenehm. Sie lässt alles stehen und liegen und

geht auch nicht einkaufen oder beteiligt sich ansonsten finanziell an den

Ausgaben. Das hatte sie vorher wenigstens getan, aber jetzt scheint sie zu

glauben, dass ihre Schwangerschaft genug Beitrag darstellt. Über Max

reden wir gar nicht. Ich bin froh, dass meine Mutter das Thema gar nicht

erst anschneidet, es täte zu weh.

Ab und zu telefoniere ich auch mit Katja. Sie hat mir erzählt, dass Esther

tatsächlich mit ihr gesprochen hat. Auch wenn es nichts ändert, hat es

Katja die Sache etwas verständlicher gemacht und das ist gut für ihr

Verhältnis zu ihrer Mutter. Nach Weihnachten wird sie für ein paar Tage nach Hamburg kommen und selbstverständlich wird sie auch bei mir vorbeischauen.

„Oder hast du etwas dagegen?", hatte sie mich plötzlich schüchtern gefragt.

„Natürlich nicht Katja. Du bist mir doch immer willkommen!", meinte ich überrascht zu ihr.

„Na, ich dachte wegen Max hast du vielleicht genug von uns."

„Quatsch. Ich habe auch nicht genug von Max. Er hat eine Entscheidung getroffen und das muss ich akzeptieren."

„Auch wenn die Entscheidung total blöd ist?"

„Auch dann."

„Na ja. Also. Ich glaube, dass Ria gar nicht schwanger ist!"

„Wie kommst du denn darauf, Katja?"

„Ich weiß auch nicht", hatte Katja leise geantwortet. „Es ist nur so ein Gefühl, das ich habe."

„Aber Katja, wie kannst du Ria so etwas unterstellen!"

„Na ja, sie hatte erst gar kein Ultraschallbild."

„Mit so etwas kenne ich mich nicht aus", sagte ich kurz und wollte das Gespräch einfach nur beenden.

„Die Schlange ist falsch!"

„Vielleicht ist sie das. Aber eine Schwangerschaft zu erfinden, wäre doch ein starkes Stück."

Gleichzeitig hatte ich mich gefragt, was das für Max und mich bedeuten würde. Würde Max zu mir zurückkommen? Und würde ich ihn zurückhaben wollen?

„Wir können das Ganze nicht ändern. Das gehört zum Erwachsenwerden dazu, solche Dinge zu akzeptieren", versuchte ich sie und auch mich zu überzeugen.

„Erwachsenwerden ist echt ätzend", stöhnte Katja.

„Wem sagst du das", pflichtete ich ihr bei.

Ich rede gerne mit Katja. Es ehrt mich, dass sie mich als ihre große Schwester ansieht. Das sieht man gerade daran, dass sie mit mir über diesen Verdacht gesprochen hat. Sie hätte niemals mit ihrem Vater darüber geredet.

Gerade am Wochenende fehlt mir das Zusammensein mit der Familie. Hier treffe ich höchstens Sara, aber auch die hat viel mit ihrem Studium zu tun.

Ein neues Date hatten wir beide seit diesem Abend nicht mehr. Sara ist mir immer noch dankbar dafür, dass ich sie nach Hause gebracht habe. Wer weiß, was sonst noch passiert wäre. Leider muss sie die Typen öfter sehen, allerdings ignorieren sie sie.

Mein Leben zieht sich hin, indem ich versuche, jeden Tag irgendwie hinter mich zu bringen. Docht oft stiehlt sich Bitterkeit hinein.

Max aus der Ferne anzuhimmeln, ist das Eine gewesen. Jetzt zu wissen, wie es sich anfühlt, mit Max zusammen zu sein, ist viel schlimmer. Ich wünschte, wir wären nicht bis dahin gekommen. Das macht es so viel grausamer für mich. Aber ich muss seine Entscheidung akzeptieren. Manchmal ertappe ich mich dabei, wie ich den Fahrplan studiere und mich dann frage, wieso ich das tue. Ich kann ja schlecht Max anflehen, seine schwangere Freundin wegen mir zu verlassen. Aber träumen darf man doch wohl.

Allmählich geht mir die Paukerei dann doch auf die Nerven und ich rufe Sara an.

„Es ist Samstagabend und wir studieren noch. Wir müssen ausgehen", fordere ich Sara auf.

„Ich bin in einer Minute da und dann bretzeln wir uns auf!"
Und tatsächlich klopft sie nur wenige Minuten später an meine Tür, in der Hand zwei enge Tops und einen Beutel mit Schminksachen.

„Wo wollen wir denn hingehen?", frage ich grinsend und leihe mir ihren Lippenstift.

„Ach da soll so ein Club aufgemacht haben, nähe Pauli oder so. Ich hoffe, wir kommen so rein."

Wir begutachten uns im Spiegel. Nicht essen können hat durchaus seine Vorteile, denke ich traurig. Das enge Top von Sara passt super und meine dunklen Ringe geben mir ein interessantes, verdorbenes Aussehen.

„Man, was sehen wir heiß aus", sagt Sara zufrieden.

Wir nehmen die nächste Bahn und reihen uns in die lange Schlange ein. Der Typ mustert uns jedoch nur kurz und lässt uns sofort rein. Wir quietschen ein bisschen, um uns erkenntlich zu zeigen und marschieren rein.

Der Club ist super. Wir tanzen stundenlang und lassen uns auch ein bisschen angraben.

Nach dem dritten spendierten Drink merke ich jedoch, wie mir schwindelig wird.

„Lass uns mal frische Luft schnappen!", rufe ich Sara zu. Zum Glück kommt sie sofort mit, allein würde ich mich nicht trauen, einfach vor der Disco rumzustehen. Wir lassen uns Stempel verpassen, kämpfen uns durch die Raucher vor der Tür und stehen dann endlich in frischer Luft.

„Der Club ist echt super!", rufe ich begeistert.

„Ja", nickt Sara, aber sie sieht traurig aus.

„Was ist los?", frage ich.

„Er fehlt mir", sagt Sara leise.

„Wer? Der arrogante Idiot?"

„Ich habe dir nicht die Wahrheit gesagt", gibt Sara kleinlaut zu. „Er hat sich von mir getrennt. Er meinte, ich sei zu jung für ihn. bzw. ich würde mich noch sehr kindisch benehmen. Ich war so sauer darüber, dass ich einfach gelogen habe. Es tut mir leid", sagt sie zerknirscht.

„Das muss dir doch nicht leidtun", sage ich herzlich und drücke sie. „Das ist aber auch wirklich eine doofe Begründung, um mit jemandem Schluss zu machen!"

Danach lasse ich Sara erst mal alle negativen Eigenschaften von Karl aufzählen.

„Da wäre ja erst mal der Name", fange ich an und Sara kichert.

„Ja und dieser Ökotick ist absolut unsexy", grinst sie.

Natürlich fallen uns noch viele Sachen ein und Sara ist fängt sich schnell wieder. Dann gehen wir wieder rein und tanzen noch stundenlang. Wir nehmen die erste Bahn am nächsten Morgen.

Ich schaffe es noch, mich auszuziehen und falle ins Bett. Endlich schlafe ich für ein paar Stunden tief und fest, bis mich ein Klingeln aus dem Schlaf reist.

„Ja?", frage ich verschlafen.

22. KAPITEL
Max

„Hallo Ari", sage ich und halte die Luft an.

Zuerst höre ich nichts und denke schon, dass Ari vielleicht aufgelegt hat.

„Hallo Max", sagt sie endlich.

„Wie geht es dir?", frage ich, um Zeit zu schinden.

Ari räuspert sich.

„Was willst du, Max?"

Natürlich. Immer geradeheraus. So ist Ari eben, sie hasst Schwafeleien.

„Ich habe mit Ria Schluss gemacht."

„Ich verstehe nicht ganz, Max. Ist Ria nicht mehr schwanger?"

„Natürlich ist sie noch schwanger." Ich räuspere mich.

„Aber mir ist klar geworden, dass das allein nicht reicht. Also für mich zumindest nicht."

„Aber wie werdet ihr das machen?"

Immer noch klingt sie kühl und emotionslos und mein Mut verlässt mich.

„Das weiß ich nicht, Ari. Ich habe mich erst letzte Nacht von Ria getrennt. Selbst mit meiner Familie habe ich noch nicht darüber geredet. Ich…"

Mir fehlen die Worte, ich weiß einfach nicht, was ich sagen soll.

„Es tut mir leid, Ari."

„Was genau?"

„Alles. Wie ich mich benommen habe und dass ich erst jetzt mit dir rede."

„Was hättest du schon sagen sollen", erwidert Ari kühl.

„Dass ich zwar für das Baby da sein werde, aber nur dich lieben werde. Für immer. So etwas ungefähr."

Stille.

„Ari?", frage ich leise, weil ich nichts höre.

„Max, ganz ehrlich. Das ist doch alles völlig überstürzt. Komm doch erst zur mal Ruhe. Und so am Telefon ist das schwierig. Woher soll ich denn wissen, dass du es diesmal ernst meinst? Du hast nicht einmal über weitere Dinge mit Ria gesprochen, nicht dass mich das etwas angehen würde. Aber das mit uns sollten wir langsam angehen, wenn überhaupt. Denn falls du es nicht mitbekommen haben solltest: Du wirst Vater, Max!"

Dann höre ich nur noch ein Besetztzeichen.

Langsam lege ich auf. Ich weiß nicht, was ich erwartet habe. Es war klar, dass Ari nicht sofort wieder in meine Arme zurückspringen würde. Und trotzdem habe ich irgendwie mehr Wärme erwartet. Aber wieso sollte sie es mir auch leicht machen. Ich werde mich ins Zeug legen müssen, nur wie?

Ich ziehe mich an und gehe runter.

„Guten Morgen", sagt mein Vater und schaut mich prüfend an. Katja scheint noch zu schlafen. Anna sieht mich etwas beunruhigt an.

„Ria und ich haben uns getrennt", fange ich an.

„Das war nicht zu überhören", erwidert mein Vater trocken.

„Ich hoffe, du bist nicht enttäuscht von mir."

„Ich könnte niemals von dir enttäuscht sein, mein Sohn. Ich hoffe nur, dass du das mit Ari wieder hinbekommst", sagt er und sieht mich dabei prüfend an. Auch Anna sieht mich unverwandt an.

„Wie bist du mit Ria und dem Baby verblieben, Max?", fragt sie ruhig.

Ich schlucke.

„Da werden wir eine Regelung finden. Vorerst ist es noch nicht mal auf der Welt."

„Ihr werdet ganz bestimmt einen Weg finden", sagt mein Vater herzlich. Dann steht er auf, um zu arbeiten. Katja schläft noch, es ist ja Sonntag. Ich bleibe allein mit Anna im Esszimmer.

„Hast du eine Idee, wie ich mit Ari reden soll?"

„Ach Max. Lass Ari etwas Zeit. Und dir auch."

„Aber was ist, wenn ich sie bereits für immer verloren habe?"

„Das glaube ich nicht", beruhigt mich Anna mit einem kleinen Lächeln.

„Ich denke, du solltest am Ball bleiben, aber halt nicht zu überstürzt. Lass das Ganze erst Mal sacken. Hast du noch Mal mit Ria gesprochen?"

„Wir haben uns erst letzte Nacht getrennt. Und das Baby ist noch nicht einmal auf der Welt. Ich wollte uns etwas Zeit lassen."

„Das verstehe ich", sagt Anna zu meinem eigenen Erstaunen. „Aber du solltest dich bald wieder melden Max, bei beiden. Denn am besten du bleibst sowohl mit Ria als auch mit Ari in Kontakt, damit sie sehen, dass es dir ernst damit ist, die Verantwortung zu übernehmen."

Dann kommt plötzlich Katja die Treppe runtergepoltert.

„Guten Morgen!", ruft sie und Anna und ich zucken zusammen. Sie stürzt sich auf das Frühstück und brabbelt irgendwas von

„…treffe mich gleich mit Bunny. Kann mich jemand fahren?"

Anna steht auf, drückt mich ganz leicht und geht dann mit Katja gemeinsam zur Tür.

Ich laufe nach oben, setze mich in meiner Wohnung an meinen Küchentisch und fange an, zu arbeiten. Zumindest habe ich das vor, aber es funktioniert einfach nicht. Ständig schweifen meine Gedanken zu Ari ab. Dann schreibe ich meinem Chef eine Mail, dass ich wegen einer

Familienangelegenheit dringend für den nächsten Tag Urlaub brauche.

Zum Glück ist er da recht flexibel und genehmigt ihn sofort.

Als nächstes rufe ich sowohl Ria als auch Ari an.

„Max. Wenn du nicht gerade anrufst, um mir zu sagen, dass wir eine Familie sein werden, dann lass mich in Ruhe!", schreit mich Ria an und legt auf.

„Max. Was willst du, wir haben erst heute Morgen geredet. Ich denke, ein wenig mehr Zeit zum Nachdenken solltest du dir schon nehmen", sagt Ari brüsk und legt ebenfalls auf.

Entnervt gehe ich früh schlafen.

23. KAPITEL
Ariane

Wütend lege ich auf und gehe schlafen.

Aber eigentlich bin ich nicht wütend, nur traurig. Ja, ich denke wir

brauchen Zeit, aber was dann? Irgendwann würde Max Kind geboren

werden und dann würden die drei ganz viel Zeit miteinander verbringen

müssen. Auf der anderen Seite hat mir Max versichert, dass er nur mit mir

zusammen sein will.

Die Situation kommt bestimmt in vielen Familien vor. Schließlich war

Katja auch noch klein, als sich Esther und Ralf getrennt haben und wir

haben das alle zusammen hinbekommen. Nur ist meine Mutter wesentlich

sympathischer als Ria, denke ich zweifelnd. Dass Max auf ewig mit ihr

verbunden sein wird, schmerzt, aber das sollte mir wirklich egal sein.

Früh wache ich wieder auf und starre die Decke an. Dann ziehe ich mich

an und fahre zur Uni. Heute geht jedoch alles an mir vorbei, mein

Kolloquium vermassele ich dann auch gründlich, doch glücklicherweise

hat mein Laborpartner sich besser vorbereitet und haut uns beide raus.

Dann hilft er mir sogar noch bei der Laborarbeit.

„Kurze Nacht oder Liebeskummer?"

„Beides", seufze ich.

Zuhause versuche ich, mich auf die Protokolle fürs Praktikum zu konzentrieren. Allerdings ohne Erfolg.

Ich schaue auf die Uhr, es ist nach sieben Uhr abends.

Dann wähle ich Max Handynummer.

„Ari?", fragt Max sofort.

Im Hintergrund ist irgendein Lärm und ich verstehe Max kaum.

„Woher weißt du, dass ich es bin", frage ich erstaunt.

„Ich habe deine Nummer eingespeichert", sagt er trocken.

„Ich wollte mit dir sprechen, Max."

Pause. Plötzlich komme ich mir albern vor. Schließlich habe ich Max gesagt, dass wir uns Zeit lassen sollen und jetzt rufe ich nur 24 Stunden später an.

„Äh, ich dachte wir reden vielleicht noch Mal", wiederhole ich mich, weil mir immer noch nichts Besseres eingefallen ist.

„Das trifft sich gut", sagt Max.

Dann klopft es an meiner Tür.

„Entschuldige Max, aber irgendjemand hat an der Tür geklopft", sage ich und laufe zur Tür. Dann reiße ich die Tür auf.

„Ja, das trifft sich wirklich gut. Ich dachte auch, dass wir noch Mal reden sollten", beginnt Max.

Dann liege ich in seinen Armen. Es tut so gut, in seinen Armen zu sein.

„Max", flüstere ich und fange an, zu weinen.

„Es tut mir leid", flüstert Max.

„Wieso flüstern wir?", heule ich.

„Keine Ahnung", sagt Max mit normaler Stimme und betrachtet mich.

„Ich liebe dich", sagen wir beide gleichzeitig.

Und dann küssen wir uns. Wieder und wieder küssen wir uns. Doch irgendwann, müssen wir beide Luft holen.

„Was machst du denn hier, Max?", frage ich immer noch ungläubig. Träume ich, frage ich mich die ganze Zeit, aber ich spüre Max Wärme an meinem Körper.

„Ich wollte das Ganze persönlich mit dir klären. Ich war auch heute Morgen bei Ria. Ich wollte ihr klar machen, dass wir das beide hinbekommen werden, als Eltern, jedoch nicht als Paar. Ich hoffe, sie hat es verstanden. Und dann bin ich in den Zug nach Hamburg gestiegen", schließt er und blickt sich in meiner Bude um.

„Nett hast du es hier, Ari", sagt er und küsst mich wieder.

„Ich bin froh, dass du hier bist", sage ich ehrlich.

Denn dieser Liebesbeweis lässt mich wieder hoffen. Vielleicht wird es doch einen Weg für uns geben.

„Ich weiß natürlich nicht, wie das alles laufen wird", beginnt Max. „Und es tut mir wirklich leid, dass ich mich so lange nicht bei dir gemeldet habe, Ari und dass ich dich einfach habe gehen lassen. Ich war einfach völlig überfordert."

Jetzt muss ich doch grinsen.

„Schon gut, Max. Ich bin mal wieder sofort weggerannt. Das tut mir leid. Ich finde wir sollten daraus lernen, dass wir immer erst mal miteinander reden sollten", sage ich zerknirscht.

„Ein guter Plan für den Rest unseres Lebens", sagt Max und drückt mich wieder, bis ich keine Luft mehr bekomme.

Die Zeit fliegt dahin und schon packe ich meine Sachen für Weihnachten.

Max und ich haben viel telefoniert, gesehen haben wir uns jedoch nicht

mehr, denn wir hatten beide zu viel zu tun.

Mit Ria hat er kaum Kontakt, eventuell wird es auf eine gerichtliche

Einigung hinauslaufen müssen, wenn das Baby da ist. Ich hoffe sehr, dass

es nicht so weit kommt, sondern dass Ria das Ganze doch noch vernünftig

angehen wird.

Ich sitze im Zug und freue mich wahnsinnig auf Max und unser

gemeinsames Weihnachten, diesmal das erste Mal als Paar. Unsere

Aussprache ist bereits über vier Wochen her, ich vermisse Max.

Ein klein wenig hoffe ich, dass er Ria nicht eingeladen hat, aber dann

schelte ich mich sofort für diesen Gedanken. Ria ist schließlich die Mutter

seines Kindes, sie würde also zukünftig bei solchen Sachen immer da sein.

Da kann ich mich jetzt schon mal daran gewöhnen, denke ich seufzend.

Seit ich mit Mama zusammen mit Ralfs Familie lebe, finde ich

Weihnachten sehr viel schöner, als es vorher der Fall war. Natürlich haben

wir vorher auch einen Weihnachtsbaum gehabt und ein gutes Essen. Aber

da waren nur wir drei bzw. am 25. Dezember kamen Tante Meli und

Ansgar vorbei. Mit einer plappernden Katja war Weihnachten plötzlich so

viel schöner, als das stille, angespannt Abendessen am Heiligabend mit meinen Eltern. Und meine Mutter hat auf einmal alles so wunderschön geschmückt, was sie vorher gar nicht gemacht hat.

„Dein Vater wollte das nicht", hat sie mir mal erzählt.

Das hat mich nicht gewundert. Wie gesagt, mein Vater war komisch. Das kann man nicht anders sagen.

So froh wie ich auch bin, endlich Max wieder zu sehen, habe ich doch gemischte Gefühle wegen Ria. Ob man schon etwas bei ihr sehen kann?

Dass Max Vater werden wird, ist immer noch eine ganz merkwürdige Vorstellung für mich. Dabei ist es eigentlich normal, mit 28 eine Familie zu gründen, bzw. 25, Ria ist ja drei Jahre jünger.

Ich könnte mir nicht vorstellen, eine Familie, ohne eine abgeschlossene Ausbildung zu gründen. Na ja, aber das Ganze wird ja wohl kaum geplant gewesen sein. Obwohl ich Ria alles zutraue.

Vor dem Bahnhof steht meine Mutter. Es ist wahnsinnig kalt in München, bestimmt minus 5°C oder sogar noch kälter. In Hamburg war es etwas milder, aber hier ist es beißend kalt.

„Hallo Mama!"

„Hallo Ari", sagt meine Mutter zitternd vor Kälte, aber sie strahlt mich an und schließt mich in ihre Arme. Sie drückt mich ganz fest.

„Wie schön, dass du da bist", sagt sie und schaut mich prüfend an.

Im Auto sitzen wir schweigend nebeneinander. Ich weiß, dass meine Mutter vor Neugierde platzt, aber irgendwie weiß ich einfach nicht, was ich sagen soll.

„Es ist ganz merkwürdig, nach Hause zu kommen", sage ich und runzele die Stirn.

„Das verstehe ich", sagt meine Mutter sanft. „Aber ich bin froh, dass du und Max es noch einmal versuchen wollt."

Ich werde ganz verlegen. Meine Mutter ist normalerweise nicht so gefühlsbetont, deshalb haben ihre Worte eine so große Wirkung auf mich.

Als wir ankommen, gehen wir langsam Arm in Arm zur Tür. Der Weg ist völlig vereist und wir müssen aufpassen, dass wir nicht hinfallen.

Zu Hause duftet es köstlich nach Keksen und im Wohnzimmer steht ein riesiger Tannenbaum, der nur darauf wartet, geschmückt zu werden.

Das werden wir morgen, am 24. Dezember, machen, alle gemeinsam, wie jedes Jahr.

Ich trage meine Geschenke in Max ehemaliges Zimmer. Dann gehe ich wieder runter. Ich brauche dringend Weihnachtsplätzchen, die meine Mutter glücklicherweise jedes Jahr kiloweise backt.

„Möchtest du einen Kaffee trinken?", fragt mich meine Mutter. „Oder lieber eine heiße Schokolade?"

„Bitte eine heiße Schokolade", sage ich sofort und habe schon den köstlichen Geschmack im Mund.

Belgische Schokolade mit ein wenig Zucker. Zu Weihnachten steckt meine Mutter auch noch eine Zimtstange rein und oben gibt es einen Klecks Schlagsahne. Auch so etwas tut sie erst, seitdem sie mit Ralf zusammen ist.

„Wo sind denn alle?", frage ich erstaunt und schaue mich um.

Wir sind tatsächlich die einzigen im Esszimmer.

„Katja ist bei Bunny", antwortet meine Mutter. „Sie kommt erst später nach Hause. Ralf ist oben bei Max", sagt sie lächelnd.

Vorsichtig nehme ich einen Schluck von der heißen Schokolade, schmecke den köstlichen Geschmack nach Kakao und Zimt und versuche mich, etwas zu entspannen. Es gelingt mir nicht. Der Knoten in meinem Magen zieht sich zusammen und mir wird übel vor Anspannung.

Plötzlich kommen Max und Ralf die Treppe runtergelaufen. Beide sind ganz blass.

„Hallo Ralf, hallo Max", sage ich und blicke die beiden alarmiert an.

„Was ist denn passiert, Ralf?", fragt Anna besorgt.

„Das Krankenhaus hat gerade angerufen. Ria hatte einen Unfall. Ich muss sofort zu ihr", sagt Max und rennt zur Tür.

24. KAPITEL
Max

„Ich fahre dich", sagt mein Vater schnell, während wir bereits unsere

Mäntel anziehen.

Ich bin froh darüber, denn ich kann keinen klaren Gedanken fassen. Am

Telefon hieß es nur, dass Ria eingeliefert worden sei und weil ich als ihr

Notfallkontakt in ihrem Handy stehe, bin natürlich ich angerufen worden.

Merkwürdig, dass keine Verwandten, wie ihre Eltern, drinstehen, aber ich

verwerfe diesen Gedanken schnell wieder.

„Fahrt vorsichtig", sagt Anna besorgt.

„Hallo Ari", sage ich schnell und gebe ihr einen Kuss. „Es tut mir leid,

aber Ria liegt im Krankenhaus."

Es tut mir so leid, dass ich Ari nur so kurz begrüßen kann. Wie habe ich

mich darauf gefreut, sie endlich sehen zu können. Schließlich haben wir

die letzten Wochen nur telefoniert.

„Natürlich Max", sagt sie sofort und haucht mir einen Kuss auf die

Wange.

Kurze Zeit später sitzen wir im Auto. Teilweise sind die Straßen wegen Unfällen gesperrt, wir brauchen ewig, bis wir beim Krankenhaus sind. Gemeinsam gehen wir hinein.

„Guten Tag", sage ich an der Information. „Ich wurde verständigt, dass Frau Maria Weißmüller heute hier eingeliefert worden ist."

Die Dame schaut nach und sagt dann:

„Station 6. Mit dem Aufzug auf die 3. Etage."

Wir laufen zum Aufzug. Doch ich bin mit meinen Gedanken nur bei Ariane, ich kann nicht anders, auch wenn ich mich schuldig deswegen fühle. Schließlich sollte ich an das Baby und auch an Ria denken. Aber die kurze Begegnung mit Ari hat bereits genügt, um meine Sehnsucht zu verstärken. Wie gerne wäre ich jetzt bei ihr.

„Guten Tag", sagt Ralf zu einer Schwester am Tresen. „Wir möchten zu Frau Maria Weißmüller."

„Zimmer 12", sagt sie kurz.

Wir treten ein. Ria liegt in einem privaten Einzelzimmer.

„Ria. Wie geht es dir!", rufe ich besorgt.

Erst jetzt sehe ich, dass ihr Bein eingegipst ist. Ich schnappe mir einen Stuhl und versuche, meinen Vater zu bewegen, sich darauf zu setzen.

Natürlich tut er das nicht, daher bleibt der Stuhl leer und wir stellen uns an Rias Bett auf.

„Hallo Max, hallo Ralf", sagt sie erstaunt. „Es geht. Das Bein ist gebrochen und ich habe mir bei meinem Sturz den Arm geprellt. Wie kommt es, dass ihr hier seid?"

„Das Krankenhaus hat uns angerufen. Du hast mich als dein Notfallkontakt eingetragen, Ria."

„Ach ja stimmt, da habe ich gar nicht mehr dran gedacht", lächelt Ria.

„Ist mit dem Baby alles in Ordnung?", frage ich besorgt. Sie nickt.

„Hast du einen Ultraschall machen lassen, Ria?", fragt mein Vater.

„Nein. Sollte man das?", fragt sie verwirrt.

„Bei Stürzen besteht die Gefahr, dass die Plazenta reißt. Eigentlich hätten die Ärzte das veranlassen müssen, nachdem du ihnen gesagt hast, dass du schwanger bist", meint mein Vater mit einem merklichen Erstaunen in der Stimme, das mich stutzig macht.

„Ich werde sofort einen Arzt holen", sage ich und bin schon fast bei der Tür.

„Vielleicht haben die hier gar kein Ultraschallgerät", meint Ria skeptisch.

„Ich werde nachfragen", sagt mein Vater. „Du solltest bei Ria bleiben, Max."

Und schon ist mein Vater an mir vorbeigestürmt und zur Tür hinausgelaufen.

Es ist furchtbar heiß hier, deshalb ziehe ich meine Jacke aus und setze mich jetzt doch auf den Stuhl.

„Waren deine Eltern schon da, Ria?"

„Sie sind auf Mallorca, wie jedes Jahr", sagt trocken.

Überhaupt scheint sie eher genervt zu sein, überhaupt nicht besorgt, wie ich es bin.

Jetzt, wo ich darüber nachdenke, fällt mir auf, dass Ria immer bei irgendwelchen Freunden gefeiert hat und auch oft wollte, dass ich mitkomme. Was ich natürlich nicht gemacht habe, denn seit Anna unser Weihnachtsfest gestaltet, ist es nichts, was ich verpassen möchte. Meine Mutter hatte einfach keinen Sinn für so etwas. Schon für Annas Essen würde ich jede Einladung ausschlagen.

„Seid ihr früher immer zusammen nach Mallorca gefahren?", frage ich neugierig und wundere mich jetzt, dass wir noch nie darüber gesprochen haben.

„Das machen sie seit ich 16 bin. Vorher haben wir ganz klassisch Weihnachten zu Hause gefeiert. Aber mit 16 konnte ich ja schon allein zu Hause bleiben", erzählt sie ohne eine Wertung in der Stimme.

Wie traurig. Das wäre meiner Mutter nie eingefallen, auch wenn wir nicht mehr viel Kontakt zueinander haben.

Plötzlich kommt Ralf mit einem Arzt rein.

„Guten Tag. Sie sind schwanger? Haben Sie denn das bei der Aufnahme nicht gesagt?", fragt er Ria erstaunt.

„Nein", sagt Ria und ich zucke zusammen.

„Ich werde sofort einen Ultraschall veranlassen", sagt der Arzt und geht wieder.

„Ich fahre nach Hause", sagt mein Vater plötzlich. „Bitte ruf dir ein Taxi, Max, das wird hier bestimmt noch länger dauern."

„Wahrscheinlich. Danke Papa. Ich melde mich."

Nachdem mein Vater gegangen ist, schaue ich Ria unverwandt an.

„Ria. Geht es dir wirklich gut?"

„Na ja. So gut, wie es einem halt mit einem gebrochenen Bein geht", sagt Ria schnippisch.

„Wie ist denn das überhaupt passiert?"

In meinem Magen piekst etwas, irgendetwas stimmt hier nicht.

„Die Straßen sind glatt", sagt sie nur.

Ich nehme ihre Hand.

„Ria. Wann warst du das letzte Mal bei der Ärztin?", frage ich

eindringlich.

Dann halte ich die Luft an, denn ich habe Angst vor der Antwort.

„Das weißt du doch. Ich habe dir doch das Bild gezeigt", sagt sie, doch

ich merke, wie sie nervös wird.

„Ja, aber das ist bereits zwei Monate her. Ich kenne mich mit so etwas

nicht aus, aber solltest du nicht öfter dorthin gehen?"

Ria schweigt. Sie schaut mich an und ich sehe, dass Tränen in ihren Augen

blitzen. Verdammt.

„Du bist gar nicht schwanger Ria, oder?", frage ich zitternd vor Wut.

Wieder halte ich den Atem an. Ich kann gar nicht fassen, dass ich Ria diese

Frage gestellt habe. Sie antwortet nicht, aber ihre Tränen, die jetzt

unkontrolliert ihr Gesicht runterlaufen, sind Antwort genug.

„Aber warum hast du das gemacht?", frage ich verzweifelt.

„Ich habe gedacht, dass, wenn ich schwanger bin, du wieder zu mir

zurückkommst. Und das bist du ja schließlich auch!", ruft sie

triumphierend.

Das Piksen in meinem Magen wird besser. Jetzt, da ich endlich Bescheid

weiß, entspanne ich mich allmählich, aber trotzdem bin ich rasend vor

Wut.

„Aber wir haben uns wieder getrennt, Ria. Spätestens da hättest du mir die Wahrheit sagen müssen. Ich habe mich für Ari entschieden!"

„Sei leise", zischt Ria. „Was, wenn jemand reinkommt!"

„Das ist doch egal!", sage ich hefig.

Dann stehe ich auf und nehme meine Jacke.

„Nein, bitte geh nicht. Bitte!", heult sie und greift nach meinem Arm.

„Nur ein noch, Ria. Woher hattest du das Ultraschallbild?"

Diese Frage ist in mir aufgepoppt, obwohl es eigentlich gar nicht wichtig ist.

„Ich habe es aus dem Internet", schluchzt Ria.

„Ria, ich denke du brauchst Hilfe", sage ich bestimmt und reiße meinen Arm fort, den Ria immer noch wie einen Schraubstock festhält.

„Ich will doch nur, dass wir zusammenbleiben. Solange du geglaubt hast, ich sei schwanger von dir, gab es doch noch Hoffnung für uns!"

Krampfhaft versuche ich mich zu beherrschen. Ria braucht Hilfe und ich mache es nicht besser, indem ich sie anschreie. Obwohl ich das liebend gerne tun würde.

Ich fange an, mir die Haare zu raufen.

Meine Beziehung mit Ari habe ich glücklicherweise wieder kitten können, hoffe ich, aber uns allen hätte so viel Leid erspart bleiben können.

„Ria", sage ich unvermittelt. „Ich werde jetzt gehen. Sonst sage ich nur

Dinge, die ich später vielleicht bereuen werde. Ich will dich nie

wiedersehen."

Ich höre Ria noch schluchzen, blicke mich jedoch nicht mehr um, sondern

gehe hinaus.

Ich würde gerne sagen, dass mir ein Stein vom Herzen fällt, aber in mir ist

nur Leere. Ich bin froh, dass Ria und ich kein Baby bekommen werden,

aber trotzdem ist das Ganze ein Schock für mich.

25. KAPITEL
Ariane

„Hoffentlich ist nichts mit dem Baby", sagt meine Mutter bestürzt, nachdem Ralf und Max gegangen sind.

„Ja", sage ich nur.

Max hat ganz blass ausgesehen, natürlich war er in Sorge wegen des Babys und wegen Ria. Und ich schäme mich, dass ich mir keine Sorgen wegen Ria mache, sondern eigentlich nur an Max denke und daran, wieviel leichter es für uns alle wäre, wenn es kein Baby mehr gäbe.

„Ist alles in Ordnung?", fragt meine Mutter und schaut mich forschend an.

„Gar nichts ist in Ordnung!", sage ich heftig.

„Ich weiß, es ist schwer, aber du wirst das akzeptieren müssen, Ari. Ria und Max werden über das Baby immer verbunden sein. Zum Glück hat Max sich aber trotzdem für euch entschieden", sagt meine Mutter und drückt mich sanft an sich.

„Das habe ich ja auch akzeptiert und ich weiß, dass Max für das Baby da sein wird. Ich bin froh, dass Max und ich es versuchen wollen, trotz allem.

Ich schäme mich nur dafür, dass ich gerade gedacht habe, was wohl wäre, wenn es kein Baby mehr gäbe", sage ich kleinlaut.

Meine Mutter schaut mich entgeistert an.

„Ari", sagt sie fassungslos.

„Ich weiß", sage ich genervt. „Ich fühle mich ja auch schlecht deswegen."

„Musst du nicht", sagt meine Mutter plötzlich und setzt sich hin.

„Natürlich muss ich das", sage ich heftig. „Das ist wirklich ungeheuerlich von mir!"

„Dann ist es das von mir auch", sagt sie kurz.

Sie sieht auf die Uhr.

„Es ist gleich zwölf Uhr nachts. Wo bleiben die beiden denn?"

Ich spüre die Besorgnis, die auch ich habe. Was, wenn sie auch noch einen Unfall hatten.

Plötzlich hören wir die Eingangstür. Nur kurze Zeit später kommt Ralf rein.

„Draußen ist echt die Hölle los", stöhnt er.

„Wo ist Max?", fragt meine Mutter besorgt.

„Er ist bei Ria geblieben. Ich glaube, die beiden haben Einiges zu bereden", sagt er vage.

„Was meinst du damit?", fragt meine Mutter erstaunt.

„Wo ist denn Katja?", fragt er stattdessen.

Dass er das Thema wechselt, fällt uns allen sofort auf.

„Die ist bei Bunny geblieben", sagt meine Mutter.

„Ein Glück."

„Wieso hast du Max im Krankenhaus gelassen? Wie soll er denn wieder nach Hause kommen?", fragt meine Mutter besorgt und schafft es gleichzeitig, Ralf strafend anzusehen.

„Ich glaube, dass die beiden etwas zu besprechen haben", wiederholt Ralf. „Und Max ist erwachsen. Er kann sich ein Taxi rufen. Ihm wird schon etwas einfallen."

„Möchtest du noch etwas essen?", fragt meine Mutter liebevoll.

So ist meine Mutter eben. Die Welt könnte einstürzen und sie würde Schnittchen machen. Ralf lacht sie zärtlich an.

„Nein, danke Anna. Aber wir könnten langsam schlafen gehen. Schließlich ist morgen Heiligabend. Da wird es wieder spät werden, befürchte ich."

„Ich komme gleich, Ralf. Geh schon mal vor", sagt meine Mutter zärtlich.

„Am besten du gehst auch bald schlafen", meint sie noch zu mir, bevor sie Ralf nach oben folgt.

Ich nicke, bleibe jedoch sitzen. Es wird ein Uhr, es wird zwei Uhr.

Wo bleibt Max nur? Vielleicht ist er bei Ria im Krankenhaus geblieben und ich mache mich hier gerade lächerlich! Ich will gerade aufstehen, als ich endlich die Tür höre.

„Max!", sage ich erleichtert und laufe ihm entgegen.

„Ari", sagt er erstaunt. „Wieso bist du noch wach?"

„Ich habe mir Sorgen gemacht. Wie geht es Ria?"

„Sie hat ein gebrochenes Bein und eine Prellung. Das wird schon wieder", sagt Max schroff und zieht seine Jacke aus.

„Geht es dir gut, Max?", frage ich vorsichtig.

Max wirkt verwirrt und ich mache mir Sorgen um ihn.

„Mir geht es nicht gut", sagt er ernst und kommt auf mich zu.

„Hat Ria das Baby etwa…", flüstere ich erschrocken.

„Es gibt kein Baby."

„Ria hat das Baby verloren?" Wie furchtbar, denke ich und fühle mich sofort schuldig für meine Gedanken.

„Nein. Es gab nie ein Baby. Sie konnte kein Baby verlieren, weil es nie eines gab!"

Plötzlich fängt er an zu zittern und ich nehme ihn in den Arm und halte ihn fest.

„Das muss ein riesiger Schock für dich gewesen sein", sage ich entsetzt.

„Was hast du dann gemacht? Wo bist du die ganze Zeit gewesen?"

„Ich bin gelaufen", sagt er, schmiegt sich an mich und versucht mich zu küssen. Ich fühle, wie kalt er ist.

„Max", sage ich streng und versuche ihn wegzuschieben. „Nicht, dass mir das unangenehm wäre, aber ich glaube, du solltest dich erst mal beruhigen."

Max schaut mich gequält an.

„Ich habe mir unseren ersten Abend wirklich anders vorgestellt", seufzt er.

„Max", sage ich schwach. „Du musst das Ganze erst mal verarbeiten. Ich bin für dich da!"

„Danke Ari."

Gemeinsam gehen wir die Treppen rauf. Trotz des schlimmen Vorfalls fühlt sich seine Nähe unendlich gut an. Vor der Tür von Max ehemaligen Zimmer, bleibe ich stehen.

„Vielleicht ist es besser, wenn ich diese Nacht hierbleibe", schlage ich vor und will in das Gästezimmer gehen.

„Ari", sagt er nur und hält mich fest.

„Sollten wir nicht besser Morgen darüber reden?", sage ich ernst, aber bleibe in Max Griff stehen.

Dass Ria gelogen hat, ist schrecklich. Ich kann nur erahnen, wie Max sich fühlt. Und meine innere Stimme sagt mir, dass ich Max Zeit lassen sollte.

„Lass uns nach oben gehen", schlägt Max vor und bei diesen Worten ignoriere ich meine innere Stimme, die immer noch etwas von „überleg dir das gut" flüstert.

Gemeinsam steigen wir die Treppe zum Dachboden rauf und Max öffnet die Tür zu seiner Wohnung.

„Auch wenn du das Baby nicht geplant hast, muss das ein riesiger Schock für dich sein."

„Ja, das ist es auch. Aber ich bin auch erleichtert, so schrecklich das auch klingen mag. Und besonders froh bin ich, dass wir beide alles vorher geklärt haben. Sonst müsste ich befürchten, dass du glaubst, dass ich nicht unter allen Umständen mit dir zusammen sein will", sagt er und küsst mich sanft.

Max hat recht, durchfährt es mich. Dass er zu mir gekommen ist, noch bevor sich das Ganze als Betrug herausgestellt hat, zeigt, wie ernst er es mit uns meint. Wäre er erst jetzt gekommen, hätte das Ganze immer zwischen uns gestanden, befürchte ich.

Erst küsse ich ihn nur zögernd zurück, doch ganz schnell wird der Kuss

heftiger. Ich bin mir nur noch bewusst, wie sehr ich Max vermisst habe.

Meine innere Stimme ist auf einmal sehr ruhig und irgendwie abgelenkt.

Wir umschlingen einander, bis wir kaum noch Luft bekommen.

Ich habe keine Ahnung, wie wir so schnell zu Max Bett gekommen sind.

Küssend lassen wir uns darauf fallen. Max knöpft mir meine Bluse auf. Er

beginnt, mich überall zu berühren und mich dabei weiter auszuziehen.

Gleichzeitig versuche ich, Max T-Shirt nach oben zu schieben. Ungeduldig

zieht er alles aus. Wir küssen uns und legen uns gemeinsam ins Bett.

„Willst du?", fragt er atemlos und knabbert dabei an meinem

Ohrläppchen.

Ich nicke einfach nur und genieße jede seiner Berührungen. Sanft streichelt

er meine Brüste. Dann öffnet er die Schublade und nimmt die riesige

Kondompackung raus. Sie ist noch verschlossen, wie ich erleichtert

feststelle. Er setzt sich auf, fummelt an der Verpackung und flucht leise.

Ich kichere.

„Soll ich das machen?"

„Wenn du willst?", fragt Max erstaunt.

Ich öffne die Packung, was gar nicht so schwierig ist und nehme ein Kondom raus. Max angrinsend öffne ich die kleine Packung und nehme das Kondom raus. Ich puste kurz rein und stülpe es dann über.

„Also das hat noch keine Frau für mich gemacht."

„Einmal ist immer das erste Mal", grinse ich.

Dann liegen wir wieder gemeinsam im Bett.

„Wo waren wir stehen geblieben?", fragt er und streichelt mich dabei zärtlich.

„Ich glaube, du warst mit meinen Brüsten beschäftigt."

„Ach ja", grunzt er und leckt vorsichtig über meine Knospen.

Dabei schmiegt er sich immer enger an mich, bis er schließlich in mich eindringt.

Dann halten wir beide die Luft an. Wir scheinen beide auf etwas zu warten. Schließlich sind wir die letzten Male immer wieder gestört worden.

„Hast du etwas gehört?"

„Nein, nichts", sage ich erleichtert.

Wir lassen uns Zeit. Wir bewegen uns ganz langsam und küssen uns dabei.

26. KAPITEL
Max

Ich muss mich wirklich beherrschen, nicht zu schnell zu machen.

Ich warte schon so lange darauf, mit Ari zusammen zu sein. Dabei meine ich gar nicht in erster Linie den Sex. Und schon die Tatsache, dass ich noch vor kurzer Zeit glaubte, sie für immer verloren zu haben, lässt die Situation zu etwas ganz Besonderem werden.

Mit Ari zu schlafen ist einfach wunderschön. Sie fühlt sich wunderbar an, einfach alles an ihr. Aber das Schönste ist die Vertrautheit, die zwischen uns herrscht. Dieses Gefühl kenne ich auch nur, seitdem ich mit Ari zusammen bin.

Ich streichele ihren Körper, winkele ihr Bein an und versuche so, noch tiefer in sie ein zu dringen, um ihr noch näher zu sein.

Plötzlich spüre ich, dass sich Ari zusammenzieht.

„Max", stöhnt sie leise dabei.

Ich fange an, etwas schneller in sie hineinzustoßen.

„Ari, Ari", flüstere ich leise.

Ich werde schneller und spüre erneut, dass Ari kommt.

„Max!", stöhnt sie lauter.

Ich fange ihr lautes Stöhnen mit meinem Mund auf und folge ihr wenig später. Dann kuscheln wir uns aneinander.

„Endlich", flüstert Ari und ich muss unwillkürlich lachen. Es ist ein erleichtertes Lachen.

„Endlich?"

„Ja, endlich weiß ich, wie du dich anfühlst", grinst sie mich an.

„Und? Wie fühle ich mich an?"

„Vertraut."

„Dasselbe Gefühl habe ich auch gehabt", sage ich erstaunt.

Irgendwann schlafen wir ein.

Als ich aufwache, ist der Dachboden lichtdurchflutet und ich sehe durch das gegenüberliegende Giebelfenster einen strahlend blauen Himmel. In mir ist nur noch Ruhe und Erleichterung darüber, dass die Sache mit Ria endlich zu Ende ist, wenngleich ein Ende mit Schrecken.

Die letzten Tage habe ich mich ständig gefragt, wie wir das Ganze hinbekommen wollen. Doch seit letzter Nacht liegt das alles meilenweit hinter mir. Jetzt ist die Last weg, die mich die letzten Wochen schier erdrückt hat. Ari liegt in meinem Arm und macht die Augen auf.

„Huch ist das hell!" Ich lache und küsse sie.

„Wie spät das wohl ist?

„Ich hoffe nicht, dass wir das Baumschmücken verpasst haben!", ruft Ari und springt aus dem Bett.

Schade, denke ich. Ich hätte den ganzen Tag mit ihr im Bett verbringen können.

„Sollten wir nicht vielleicht erst mal duschen?", frage ich hoffnungsvoll. Sofort zieht Ari ihren BH wieder aus und sagt:

„Ich dachte schon, du fragst nie!"

Eine herrliche halbe Stunde verbringen wir damit, uns einzuseifen und ganz viel warmes Wasser zu verschwenden. Danach schauen wir doch mal auf die Uhr. Es ist erst zehn Uhr.

„Bei der Helligkeit habe ich es glatt für später gehalten!"

„Dann haben wir ja noch etwas Zeit.", sage ich einladend.

„Um zu trocknen", sagt Ari vergnügt und setzt sich auf den Stuhl direkt in die Sonne. Was für ein Anblick!

„Ich habe Hunger", stöhne ich und ziehe mich an.

„Wow. Das ist das erste Mal seit Wochen, dass ich so etwas von dir höre, Max. Wir hätten das schon viel eher tun sollen."

„Das finde ich auch. Aber nicht unbedingt wegen meines Appetits", grinse ich.

„Eigentlich können wir dann jetzt heiraten", sage ich ein paar Minuten später, während wir uns weiter anziehen.

Ari erstarrt in ihrer Bewegung. Ich würde über ihr entsetztes Gesicht lachen, wenn es mir nicht so einen Stich verpassen würde. Eigentlich wollte ich sie nur etwas foppen, aber dieses entsetze Gesicht macht mir Angst, dass wir beide nicht dieselbe Zukunft vor Augen haben.

„Das ist doch nicht dein Ernst, Max!"

„Na, du wolltest mich doch kennenlernen. Und das hast du ja jetzt." Ich versuche dabei zu grinsen, um Ari nicht zu zeigen, wie sehr mich ihre Reaktion wegen des Themas verletzt. Und ein klein wenig macht es auch Spaß, sie mit dem Heiratsthema aufzuziehen.

„Wir können das gerne noch weiter ausbauen", sagt Ari trocken und zeigt auf mein Bett.

„Jetzt? Ich habe Hunger!"

„Na gut", sagt Ari und öffnet die Tür.

Ich verschiebe das Heiratsthema auf ein paar Jahre später und greife stattdessen Aris Hand. Gemeinsam gehen wir die Treppen runter.

3 erwartungsfrohe Augenpaare schauen uns entgegen. Ari wird natürlich prompt rot, ich kann es ihr nicht verdenken. Die ganze Situation ist mehr als unangenehm.

„Guten Morgen zusammen", sage ich und nehme Ari fester in den Arm.

„Habe ich was verpasst?", fragt Katja begeistert.

„Einiges", sagt Ralf trocken.

Katja schlägt sich die Hand vor den Mund.

„Ich hatte Recht. Stimmt's?"

„Ja", sagt Ari kurz und setzt sich hin.

„Womit hattest du Recht, Katja?", frage ich erstaunt.

„Dass Ria nicht schwanger ist", sagt Ari verlegen.

„Du wusstest das bereits, Ari?", frage ich verblüfft.

Ich will nicht mehr über dieses Thema reden. Allerdings frage ich mich schon, wieso die erfundene Schwangerschaft niemanden überrascht.

„Äh, wieso wundert das hier eigentlich niemanden von euch?", frage ich und blicke in die Runde. Weder Annas Gesicht noch die Miene meines Vaters zeigen etwas Überraschtes.

„Tja, weißt du", sagt mein Vater und räuspert sich. „Irgendwie hatte ich die ganze Zeit schon so eine Ahnung."

„Ich auch", sagt Katja.

„Na ja, nachdem Katja damit begonnen hat", sagt Ari verlegen.

Anna schweigt.

„Trotzdem könnte ich aber niemandem so etwas unterstellen", fügt Ari noch schnell hinzu.

„Der schon", sagt Katja abfällig.

„Katja", rügt Anna.

„Gestern Abend fühlte ich mich bestätigt", fährt mein Vater nachdenklich fort. „Keine schwangere Frau, die einen Unfall hatte, würde vergessen anzugeben, dass sie schwanger ist. Ich wollte Ria durch meine Abwesenheit die Möglichkeit geben, die Wahrheit zu sagen und dann endlich aus deinem Leben zu verschwinden."

Letzteres kommt mit einer für meinen Vater ungewohnten Heftigkeit.

„Aber der Arzt wollte sich doch um einen Ultraschall kümmern", gebe ich zu bedenken.

„Das stimmt. Ich wollte Ria unter Druck setzen. Hat ja anscheinend auch funktioniert", sagt er ein bisschen zu begeistert.

Also, irgendwie kann ich das nicht teilen. Na gut, vielleicht ein bisschen, denke ich, während ich Ari ansehe. Mein Magen piekt, aber diesmal eher vor Hunger.

„Was Ria wohl gesagt hat, als sie zum Ultraschall abgeholt wurde?",
fragt Katja und ich zucke bei dem Gedanken zusammen.

„Nun, dann wird sie ebenfalls die Wahrheit gesagt haben müssen",
erwidert mein Vater trocken.

„Dein Vater hat mir alles noch gestern Nacht erzählt. Ich hätte ihn sonst
nicht schlafen lassen", gibt Anna jetzt zu.

„Ich habe gewartet, bis Max nach Hause kommt", erzählt jetzt Ari und
ich drücke sie dafür.

Ari letzte Nacht zu sehen, als ich nach Hause kam, war das Beste an dem
gestrigen Tag. Während sie mich ansieht, klopft mein Herz wie verrückt.

27. KAPITEL
Ariane

Nach dem Frühstück ziehe ich mich an und versuche, ruhig zu bleiben.

„Sara", sage ich leise in mein Handy, damit es niemand hört. „Ich brauche deine Hilfe. Kannst du in einer halben Stunde da sein?"

Natürlich kommt sie. Sara ist eben ein Schatz.

Wobei ich ihre Hilfe brauche?

Vor ein paar Wochen, als ich die Geschenke gekauft habe, habe ich lange überlegt, was ich Max schenken soll. Schließlich hatte er da noch eine Freundin.

Eigentlich verschenke ich meistens Bücher zu Weihnachten und glücklicherweise lesen alle in meiner Familie sehr viel. Sara und Katja schicke ich einfach das e-Buch, indem ich den Titel ausdrucke und auf eine nette Karte klebe. Später schicke ich ihnen den Link für das Buch. Tante Meli und meiner Mutter kann ich glücklicherweise immer das gleiche Buch kaufen, sie lesen meistens dasselbe. Für Ralf habe ich einen neuen, dicken Thriller gekauft und den auch gleich für Ansgar einpacken lassen. Blieb nur noch das Geschenk für Max. In der Vergangenheit habe ich Max ebenfalls immer ein Buch gekauft und er mir einfach auch. Er hat meine

Mutter gefragt und die konnte ihm immer eines nennen, das ich haben wollte.

Aber dieses Weihnachten war irgendwie alles anders. Oder eigentlich auch erst mal nicht, denn bis vor vier Wochen, waren wir kein Paar und bis gestern war es auch gar nicht sicher, in welcher Form wir es sein würden, wenn es das Baby tatsächlich gegeben hätte.

Vor etlichen Wochen hatte ich bereits einen dieser lustigen Babyratgeber gekauft. Nun, das hat sich ja jetzt erledigt. Erst mal.

Aber ich schiebe diesen Gedanken schnell beiseite. Ich bin noch zu jung, um eine Familie zu gründen. Trotzdem lege ich jetzt lächelnd den Babyratgeber in meine Tasche. Den leopard-farbenen Seidenschal für Ria werde ich wohl spenden, niemand, den ich kenne, würde so etwas tragen, nicht mal zu Karneval.

Seufzend schaue ich mir meine Päckchen an. Am besten, ich schenke Max einfach gar nichts, aber das sähe auch blöd aus und vor allem sehr lieblos.

Während ich mir diese Gedanken mache, sind wir dabei, den Baum zu schmücken. Langsam füllt sich der Baum oben wie unten mit Schmuck und Paketen. Ich lege meine Sachen ebenfalls unter den Baum, säuberlich mit einem Etikett versehen. Aus der Küche weht ein fantastischer Duft herüber.

„Was gibt es denn dieses Jahr?", frage ich Katja neugierig.

Wenn es ums Essen geht, weiß Katja immer Bescheid.

„Krustenbraten mit Sauerkraut und Kartoffeln. Zum Nachtisch Mousse au Chocolat", antwortet sie wie aus der Pistole geschossen.

Mmh, lecker, denke ich wehmütig. Das wird wieder ein bis zwei Kilo mehr auf der Waage bedeuten, aber egal. Schließlich ist Weihnachten nur einmal im Jahr.

„Kann ich dir bei etwas helfen?", frage ich meine Mutter, nachdem der Baum fertig bepackt ist.

„Nein, nein", antwortet sie, wie jedes Jahr. Trotzdem frage ich sie jedes Jahr erneut.

„Es ist schon alles vorbereitet. Wann wollen wir denn essen?", fragt meine Mutter und geht mit mir ins Wohnzimmer.

„Wir haben doch gerade erst gefrühstückt", lacht Ralf.

„Och, ich könnte schon wieder essen", lächelt Max verschmitzt.

„Ich auch!", ruft Katja.

„Was für eine Überraschung", sage ich und knuffe sie liebevoll in die Seite.

„Dann mache ich jetzt langsam das Essen fertig. Dann essen wir gegen zwei", schlägt Anna vor.

„Prima", ruft Katja und rennt nach oben.

„Und was machen wir jetzt?", fragt Max und nimmt mich in seine Arme. Mir bleibt die Luft weg.

„Ich müsste noch mal weg", sage ich verlegen.

„Wohin denn?", fragt er erstaunt.

„Ich wollte nur kurz mal zu Sara. Sie holt mich gleich ab. Dann brauche ich nicht mit der Bahn zu fahren."

„Aber wir essen doch gleich", sagt er verwirrt.

„Ich habe meiner Mutter schon Bescheid gesagt. Ich komme so schnell wie möglich wieder", sage ich und flitze auch schon los.

Zum Glück hat Max nicht weiter nachgefragt, denn ich will versuchen, ob ich nicht doch noch etwas für ihn finden kann.

Die Innenstadt ist immer noch voll. Anscheinend müssen noch ganz viele Menschen ein Last-Minute Geschenk kaufen.

Wir stehen auf einem Parkplatz weit außerhalb und sind ein paar Haltestellen mit dem Bus in die Stadt gefahren. Später würden wir allerdings laufen müssen, allzu lange werden die Bahnen nicht mehr fahren.

Auch die Läden werden nicht mehr lange offen haben, denke ich nervös.

Als Erstes steuern wir auf einen Buchladen zu.

„An was hast du denn gedacht?", fragt Sara zum wiederholten Mal.

„Ich habe immer noch keine Ahnung", sage ich verzweifelt und studiere die Auslagen an neuen Büchern.

„Ich könnte ihm auch den Thriller kaufen", überlege ich.

„Mach das", sagt Sara sofort.

Also lasse ich es zum dritten Mal einpacken. Ich sollte wirklich an den Umsätzen beteiligt werden.

Danach laufen wir langsam die Straße entlang.

„Wie läuft es denn zwischen euch so?"

„Gut", sage ich und werde rot.

„Ach was!", kreischt Sara los und die Leute schauen sich nach uns um.

„Psst", sage ich hektisch. „Das braucht doch nicht ganz München zu erfahren!"

„Wieso? Die meisten sind gestresst und haben das eh nicht gehört. Wie war es?"

„Unbeschreiblich", seufze ich.

„Probier`s", fordert sie mich auf.

Plötzlich stehen wir vor einem Schmuckgeschäft. In der Auslage sind Manschettenknöpfe ausgestellt. Mein Blick fällt auf zwei silberne Manschettenknöpfe in Form eines Triskele Zeichen.

„Willst du Max wirklich so etwas Teures schenken?"

„Keine Ahnung, aber irgendwie passt es zu uns. Es steht für die Vergangenheit, die Gegenwart und eine mögliche Zukunft."

„Du kannst es ihm ja zu einem besonderen Hochzeitstag schenken", schlägt Sara vor. Ich bekomme eine Gänsehaut.

„Oh nein, fang nicht auch noch an mit diesem Thema. Jetzt, wo wir wieder zusammen sind, wird Max bestimmt oft mit diesem Thema nerven", stöhne ich.

„Willst du Max denn nicht heiraten?", fragt Sara erstaunt.

„Vielleicht irgendwann mal", sage ich vorsichtig. „Aber jetzt lernen wir uns doch erst mal kennen."

„Ihr kennt euch doch", sagt Sara trocken. „Ihr wohnt seit zehn Jahren zusammen. Das ist mehr, als manche Ehepaare von sich sagen können."

„Man kann auch einfach so zusammenbleiben und eine gemeinsame Zukunft haben", sage ich und versuche das Thema damit zu beenden. Kurzentschlossen laufe ich in den Laden und kaufe die Manschettenknöpfe. Dann marschieren wir schnell zur Bushaltestelle.

Zum Glück kommt sogar noch ein Bus zu dem Parkplatz, sonst hätten wir ein ganz schönes Stückchen laufen müssen. Deshalb sind wir auch nur eine halbe Stunde später wieder zu Hause.

„Vielen lieben Dank, dass du mich gefahren hast, Sara!", sage ich und drücke sie so gut das geht, während sie am Steuer sitzt.

„Ist doch kein Problem! Wir sehen uns morgen, Ari!"

Und schon braust sie los.

Zuhause sitzen bereits alle am Tisch.

„Hallo zusammen! Hab mich mit Sara verquatscht. Entschuldigt!"

Ich bekomme nur ein Gemurmel und ein ungeduldiges Schnauben von Katja.

Dann schneidet meine Mutter den Braten an und wir fangen an, zu essen. Das Essen schmeckt fantastisch. Ich würde das nie so hinbekommen.

„Das schmeckt wirklich toll", strahlt Katja.

„Ja, du hast dich mal wieder selbst übertroffen, Anna", sagt Max und nimmt sich noch von den Kartoffeln. Das fettige Fleisch lässt er dann doch lieber liegen. Danach lümmeln wir uns auf der Couch und warten auf die Bescherung.

28. KAPITEL
Max

Es ist eigenartig, aber alles was mit Ria und dem Baby zu tun hat, scheint auf einmal Jahre für mich zurück zu liegen.

Ein wenig tut mir Ria schon leid. Über Weihnachten wird sie noch im Krankenhaus bleiben müssen. Zum Glück habe ich ihre Eltern erreicht. Sie meinten, sie wollten es einrichten, aber jetzt sei Ria ja erst mal gut aufgehoben. Ich könnte mich ja schließlich auch um sie kümmern, hatten sie gemeint. Ich habe ihnen versucht, begreiflich zu machen, dass Ria und ich nicht mehr zusammen sind. Glücklicherweise hatte Ria ihnen anscheinend nichts über die Schwangerschaft erzählt. Sie vergöttert ihre Eltern, was mich wundert. Die beiden scheinen wenig für andere Menschen übrig zu haben, ihre eigene Tochter eingeschlossen. Hoffentlich kommt Ari bald wieder. Auf den Straßen wird die Hölle los sein.

Ich habe lange überlegt, was ich Ari zu Weihnachten schenken soll. Seitdem wir wieder zusammen sind, habe ich mir vorgenommen, ihr etwas Besonderes zu schenken. Als ich dann vor zwei Wochen im

Schaufenster eines Juweliers eine Kette mit einem goldenen Herzanhänger mit zwei grünen Herzen darauf gesehen habe, habe ich sie sofort gekauft.

Doch dann wurde ich unsicher, ob ich Ari tatsächlich mit so etwas kostspieligem überraschen will, schließlich wollte ich sie nicht verunsichern.

Also habe ich ihr noch ein Buch gekauft, welches mir Anna für Ari empfohlen hat. Schließlich ist das unser erstes Weihnachten als Paar, da sollte ich die Latte nicht gleich so hoch hängen. Ein Kommentar, der natürlich von Bernd kam, nachdem ich ihm das Geschenk gezeigt habe.

„Schenk es ihr doch, wenn du mal richtig Mist gebaut hast", fügte er noch hinzu. Ich habe das mal geflissentlich ignoriert.

Ari wird mich für verrückt halten, das weiß ich. Aber allein der Gedanke daran, dass Ari die Kette trägt, macht mich glücklich und schließlich schiebe ich das hübsch verpackte Kästchen doch unter den Baum.

Daneben lege ich das Buch.

Um drei Uhr trinken wir Kaffee und futtern Plätzchen, die Anna jedes Jahr für uns in rauen Mengen backt.

Meine Mutter kann das leider nicht, deshalb hatten wir immer gekaufte Plätzchen. Meine Oma hat versucht, mit Katja Plätzchen zu backen, aber das war auch nicht erfolgsgekrönt, weil Katja keine Lust dazu hatte.

Seitdem wir mit Anna und Ari zusammengezogen sind, hat sich unser Leben auf alle Fälle sehr gewandelt. Mein Vater hat nicht nur gefühlsmäßig mit Anna einen Treffer gelandet, sondern auch kulinarisch. Dann gehen wir endlich gemeinsam zum Weihnachtsbaum.

„Danke Anna!", brüllt Katja los und zieht irgendwas Buntes aus einem Päckchen, das aussieht wie eine Bluse oder ein Rock, vielleicht auch ein Kleid.

Alle packen ihre Geschenke aus.

Für mich sind irgendwie sehr wenig Sachen dabei. Ein Buch von Ari. Na ja, Thriller sind ok und ein Pullover von Anna, etwas Geld.

„Nun ja", sagt Anna und räuspert sich.

„Natürlich hatten wir mehr Geschenke für dich bzw. für euch, aber die hatten irgendwie alle mit Babys zu tun", ergänzt mein Vater verlegen.

Meine Familie schaut etwas betreten drein, aber ich kann ihnen einfach nicht böse sein.

„Das hättet ihr doch nicht ahnen können", sage ich lächelnd.

„Na ja." Unsicheres Schweigen.

„Blödsinn", sage ich und reiche Ari mein Päckchen. Langsam packt sie es aus.

„Aber Max! Das ist doch viel zu viel", sagt sie leise.

„Das ist nicht zu viel", sage ich ruhig und fange an, ihr die Kette umzumachen.

Sie leuchtet auf ihrem schwarzen Rollkragenpullover. Das Gold passt fantastisch zu ihren dunkelblonden Haaren. Die grünen Herzen schimmern wie ihre grünen Augen.

„Danke", sagt sie leise und gibt mir ebenfalls ein kleines Päckchen.

„Ist das für mich?", frage ich verdutzt.

„Ja", sagt Ari schüchtern.

Als ich es auspacke, blicke ich auf silberfarbene Zeichen.

„Danke schön Ari. Die sind hübsch, hat das Zeichen eine Bedeutung?"

„Es hat viele Bedeutungen. Beispielsweise könnte es für die Vergangenheit, die Gegenwart und die Zukunft stehen", sagt Ari leise und ich bekomme ein warmes Gefühl im Bauch.

„Soll das etwa heißen, dass du…?"

„Das soll es nicht heißen, sondern nur, dass ich mir eine Zukunft mit dir vorstellen kann, Max", sagt Ari und verdreht die Augen.

„Das meinte ich doch", sage ich schelmisch und küsse sie.

Die Manschettenknöpfe werden bewundert und mein Vater bestellt auch gleich welche als Geburtstagsgeschenk für sich.

Es ist ein wunderbarer Abend. Im Hintergrund läuft Weihnachtsmusik. Zum Glück singen wir nicht, denn das wäre kein Vergnügen, weder für die Sänger noch für die Zuhörer. Und zum Glück muss ich auch nichts mehr auf dem Klavier vorspielen, wie es die Mutter meiner Mutter immer verlangt hat. Dabei essen wir noch bergeweise Plätzchen.

Plötzlich schmeckt mir das Essen wieder, wie es mir schon seit langem nicht mehr geschmeckt hat. Dabei habe ich Ari den ganzen Abend im Arm und zum Glück weicht sie auch nicht von meiner Seite. Irgendwann verabschieden wir uns und gehen rauf.

„Vielen Dank für dieses schöne Geschenk, Max", sagt Ari und blickt auf die zwei grünen Herzen auf ihrer Brust.

„Ich musste an dich denken, als ich die Kette gesehen habe." Dabei muss etwas räuspern, denn irgendwie ist mir das Ganze peinlich.

„Sie ist wunderschön", wiederholt Ari und gibt mir einen Kuss auf die Wange.

„Aber jetzt bin ich ganz schön müde."

Mit diesen Worten zieht sie mich in unsere Wohnung und trotz der Müdigkeit holen wir jetzt unser Vorspiel nach, das wir letzte Nacht übersprungen haben.

29. KAPITEL
Ariane

Der 25. Dezember ist von jeher mein Lieblingsfeiertag gewesen. Früher,

weil Tante Meli und Ansgar kamen und mir jedes Mal ein wirklich

schönes Geschenk mitbrachten. Eines, das völlig unnütz war oder ein

Buch, das ich auch tatsächlich lesen wollte. Meine Mutter hat mir meistens

Anziehsachen geschenkt, nichts Besonderes und es war auch manchmal

ein altes, antikes Jurabuch meines Vaters dabei. Wahrscheinlich hatte mein

Vater es besorgt. An und für sich muss man ihm das positiv zu Gute

halten. Bei meinen Freunden haben immer nur die Mütter die Geschenke

gekauft. Immerhin habe ich also etwas von meinem Vater bekommen, was

er selbst ausgesucht hat. Auch wenn es so gar nicht meinen Interessen

entsprach. Die zehn Bücher lagern irgendwo im Keller unserer Wohnung.

Ich weiß gar nicht, wieso meine Mutter die Wohnung mittlerweile nicht

gekündigt hat, zumindest, seit ich in Hamburg studiere. Aber ich glaube

meine Mutter braucht die Wohnung als letztes Stück ihrer

Selbstständigkeit, um nie wieder so abhängig zu werden, wie sie es

während ihrer Ehe mit meinem Vater war. Und natürlich als Lagerraum für ihre Sachen, die sie nicht wegschmeißen will. Ralf hat dafür den Keller, meine Mutter eben eine eigene Wohnung.

Ich schaue auf die Uhr. Es ist neun Uhr früh und Max schläft noch tief und fest neben mir. Ich habe unglaublich tief geschlafen und fühle mich ausgeruht, wie schon lange nicht mehr.

Leise laufe ich im Bademantel runter in die Küche. Es duftet nach Kaffee, denn natürlich ist meine Mutter schon wach.

„Guten Morgen, Mama!"

„Guten Morgen, Ari!", lächelt meine Mutter.

Sie stellt Kaffee und Plätzchen hin. Himmlisch. Ich greife sofort zu und denke: Und noch ein Kilo mehr, aber was solls.

„Wann kommen denn Tante Meli und Ansgar?", frage ich kauend. Dabei versuche ich die ganzen Kekskrümel mit Kaffee wegzuspülen, verschlucke mich aber trotzdem.

„Langsam, langsam Ari", ermahnt mich meine Mutter, muss aber dabei grinsen.

Zum Glück schlafen die anderen noch. Mal ein Stündchen mit meiner Mutter allein zu quatschen, ist auch sehr schön.

„Ich freue mich, dass ihr jetzt zusammen seid, du und Max."

„Mal sehen", sage ich vorsichtig.

„Bist du dir nicht sicher, Ari?", fragt meine Mutter erstaunt.

„Doch", sage ich unsicher. „Zu sicher und das macht mich unsicher."

„Verstehe", nickt meine Mutter.

„Wirklich?", frage ich erstaunt.

„Natürlich", lächelt sie verschmitzt. „Es fühlt sich einfach alles so richtig an, dass man glaubt, dass es nicht wahr sein kann. Oder sehr schnell zu Ende sein wird!"

„War das bei dir und Ralf auch so?"

„Das ist immer noch so", seufzt meine Mutter.

„Ich hatte die ganze Zeit das Gefühl, dass das Schicksal gegen uns ist. Dass es nicht sein darf, dass Max und ich zusammenkommen."

Das Ganze klingt, so ausgesprochen, furchtbar albern, selbst für mich.

„Das kann ich verstehen", sagt meine Mutter jedoch nur. Und das kann sie wahrscheinlich wirklich. Denn es hat über achtzehn Jahre gedauert, bis sie und Ralf endlich wieder zusammengekommen sind. Gerade wegen Ralfs Beispiel hatte ich insgeheim gehofft, dass Max sich anders entscheidet. Dass er nicht nur moralisch handeln würde, denn die Ehe seiner Eltern war nicht glücklich und ist nur eingegangen worden, weil Max unterwegs war. Aber dass er wirklich anders handeln würde, habe ich irgendwie nie richtig geglaubt, obwohl er ja extra nach Hamburg gekommen ist, um mich zu überzeugen. Wer weiß, was gewesen wäre, wenn es doch gestimmt hätte. Ich seufze.

„Woran denkst du?

„Ich frage mich, ob Max es wirklich durchgezogen hätte, und bei mir geblieben wäre, wenn das mit der Schwangerschaft gestimmt hätte."

„Keine Ahnung, aber zum Glück hat Ria gelogen", sagt meine Mutter sichtlich erleichtert.

„Wieso hast du eigentlich meinen Vater geheiratet?", frage ich plötzlich und ohne nachzudenken.

„Keine Ahnung", sagt meine Mutter ehrlich und plötzlich müssen wir beide lachen.

„Es ist nicht so, dass dein Vater mir den Hof gemacht hätte. Wir sind ein paar Mal ausgegangen und dann hat er mich gefragt, ob wir heiraten wollen."

„Klingt irgendwie total unromantisch. Kann ich mir aber bei Papa auch nicht anders vorstellen."

„Er war durchaus charmant auf seine Art und Weise", sinniert meine Mutter nachdenklich.

„Ich glaube, ich habe gedacht, dass nichts mehr kommt", sagt sie dann plötzlich erstaunt.

„Wirklich?"

Meine Mutter ist keine unattraktive Frau. Gut, die ausladenden Hüften habe ich definitiv von ihr geerbt, aber in der Taille ist sie schmal und ihr Gesicht scheint einfach nicht älter zu werden.

„Ich glaube, ich wusste, dass ich sowieso nie wirklich etwas für einen Mann werde empfinden können. Also, außer für Ralf natürlich. Also konnte ich auch genauso gut Harald heiraten."

Das ist ziemlich ernüchternd, aber nicht überraschend für mich. Ich habe meinen Vater absolut nie etwas Nettes oder Romantisches für meine Mutter machen sehen. Es war völlig klar, dass das keine Liebesheirat zwischen den beiden gewesen ist.

„Hast du denn mal seine Familie kennengelernt?"

„Die, die noch leben, reden nicht miteinander. Seine Eltern sind wohl früh gestorben. Er hat einen Bruder und zwei Schwestern. Sie haben alle Karten nach seinem Tod geschickt, also müssen sie gewusst haben, wo wir wohnen. Zu unserer Hochzeit haben sie sich nicht gemeldet, aber dein Vater hat sie ja auch nicht eingeladen."

Es war nur eine kleine Feier, das hatte meine Mutter mal erzählt. Ansgar und Tante Meli waren die Trauzeugen, ansonsten war niemand dabei. Bei meiner Tante Meli waren mein Vater und meine Mutter ebenfalls die Trauzeugen. Die beiden haben auch klein gefeiert, allerdings nur, um genügend Geld für eine Reise nach Mauritius zu haben. Ansgar meinte damals, dass er kein Vermögen nur für andere Leute ausgeben wollte. Ein Punkt in dem Tante Meli, glaube ich, nicht ganz seiner Meinung war. Aber sie durfte sich eine neue Reisegarderobe zulegen und das hat sie ganz bestimmt milde gestimmt.

Hochzeit. Wie ich wohl heiraten werde? Und wo kommt bitte dieser Gedanke auf einmal her?

„Mit dem Heiraten habt ihr ja noch Zeit", meint meine Mutter, als ob sie meine Gedanken gelesen hätte.

„Max möchte gerne heiraten, aber ich bin mir da nicht so sicher."

„Musst du doch auch nicht, Ari. Du hast doch Zeit damit! Hat dich Max denn bereits gefragt?", fragt sie alarmiert.

„Nicht direkt. Er hat nur gesagt, dass er mich gerne heiraten würde und das kann ich mir im Moment absolut nicht vorstellen."

„Das ist dann vielleicht doch der Altersunterschied zwischen euch", meint meine Mutter lächelnd. „Aber ich bin mir sicher, dass Max warten wird. Jetzt müsst ihr erst mal lernen, ein Paar zu sein. Dass mit dem

Ehepaar hat noch ganz viel Zeit. Und für mindestens zwei Jahre werdet ihr

ja schließlich eine Fernbeziehung führen müssen."

Bei diesen Worten muss ich seufzen, denn leider muss ich am zweiten

Januar bereits wieder in Hamburg sein.

„Ja, leider werden wir uns nicht viel in den nächsten zwei Jahren sehen.

Hamburg ist einfach zu weit, um jedes Wochenende vorbeizukommen."

„Das bekommt ihr auch noch hin", beruhigt mich meine Mutter.

„Was, wenn Max nicht warten will?", frage ich plötzlich angsterfüllt.

„Unsinn. Wenn er das nicht will, dann kann es mit seinen Gefühlen nicht

weit her sein. Und das kann ich mir nicht vorstellen, so wie er dich die

letzten Jahre angeguckt hat."

„Die letzten *Jahre*?"

„Ist dir denn gar nichts aufgefallen?", wundert sich meine Mutter.

„Obwohl", wendet sie ein. „Mir anfangs auch nicht. Aber Ralf meinte das

irgendwann zu mir und von da an war es doch sehr offensichtlich."

„Nein, aber selbst, wenn, hätte ich das gar nicht für wahr halten wollen.

Es war einfach viel zu unwahrscheinlich. Ist es auch immer noch!"

Meine Mutter lacht und drückt mich leicht.

„Ich bin froh, dass ihr das endlich hinbekommen habt!"

Ein paar Minuten später stampft Katja runter, gefolgt von Max und Ralf.

„Frohe Weihnachten!", ruft Katja.

„Frohe Weihnachten", flüstert mir Max ins Ohr und küsst mich.

30. KAPITEL
Max

Ich küsse Ari sanft auf die Wange und nehme mir Kaffee. Zum Glück brauche ich nicht mehr diesen furchtbaren Kräutertee zu trinken. Anna kommt mit dem Kaffeekochen gar nicht nach. Und leider schmeckt er nur, wenn sie oder Ari ihn kochen. Vorher hatten wir einen programmierbaren Vollautomaten. Den benutzen wir gar nicht mehr. Erst mal würde jede Tasse viel zu lange dauern und zweitens kommt der Geschmack einfach nicht an Annas aufgebrühten Kaffee ran.

„Dein Kaffee schmeckt ausgezeichnet, besonders seitdem ich ihn wieder trinken darf", sage ich zu Anna und nehme mir noch eine zweite Tasse. Wir sitzen noch lange bei Plätzchen und literweise Kaffee am Frühstückstisch. Irgendwann steht Anna auf, um das Essen vorzubereiten. Um zwei Uhr werden Meli und Ansgar kommen. Seit ein paar Jahren lädt hat Anna auch Bernd und Sara ein. Keine Ahnung, ob sie Hintergedanken dabei hat, aber die beiden haben anscheinend ihre eigenen Vorstellungen. Ari und ich gehen nach oben, um uns endlich anzuziehen. Zumindest haben wir das geplant, aber dann schmusen wir doch bis zur letzten Minute rum, bis mich Ari runter schubst und sagt:

„Ich muss mich jetzt anziehen, Max."

Seufzend ziehe ich mir eine dunkle Jeans und ein Hemd an, das ich mit meinen neuen Manschettenknöpfen verschließe. Ari schlüpft in ein kurzes schwarzes Kleid.

„Du siehst toll aus, Ari!"

„Ich hoffe es sitzt noch. Bei der Menge Plätzchen, die ich gefuttert habe!"

„Es sitzt perfekt. Aber ich freue mich schon, wenn ich es dir wieder ausziehen darf."

Ari schiebt mich weg, lacht aber dabei.

„Wir müssen jetzt wirklich runter, Max. Bestimmt sind schon alle da. Und dann schauen uns alle wieder an, wenn wir zusammen runterkommen."

„Ich finde das nicht so schlimm. Du kannst dich durchaus bewundern lassen", sage ich und lege ihr die Kette um.

„Hallo, ihr beiden!", sagt Meli und stürzt auf Ari zu. Natürlich zieht sie sie sofort bei Seite, wahrscheinlich, weil sie alles über uns wissen will.

„Hallo Bernd", sage ich und schüttele ihm die Hand.

„Hallo Bernd", sagt Sara schüchtern.

Vielleicht hat Anna gar nicht so Unrecht. Die beiden würden gut zusammenpassen, wenn Bernd nicht so dämlich wäre.

Bernd hält einfach nichts von Beziehungen. Vielleicht, weil sein Vater das Ganze wirklich gründlich mit seinen andauernden Affären vermasselt hat und seine Mutter durch ihre Trinkerei das Ganze noch schlimmer gemacht hat. Heute hat er nur noch Kontakt zu seinen beiden Schwestern. Auch die beiden haben den Kontakt zu ihren Eltern vor langer Zeit abgebrochen, sind allerdings beide bereits verheiratet und haben insgesamt fünf Kinder. Beide sind auch wesentlich älter als Bernd, vielleicht haben sie eine noch etwas liebevollere Zeit mitbekommen. Aber bei Bernd war, glaube ich, bereits alles völlig kaputt. Ein Wunder, dass er sich trotz des Alkohols, den seine Mutter konsumiert hat, so gut entwickelt hat. Na ja, leider nicht so gut was das Zwischenmenschliche betrifft.

Bernd und ich kennen uns seit der sechsten Klasse. Wir haben alles zusammen gemacht. Und als das mit den Mädchen losging, hat Bernd ganz bestimmt nichts anbrennen lassen.

Deshalb war ich auch so bestürzt, als er Ari angemacht hat. Schließlich ist Ari für so etwas zu schade. Und völlig davon abgesehen hätte ich ihn umgebracht, wenn er Ari auch nur angefasst hätte. Egal, ob es ihr gefallen hätte oder nicht.

Wir setzen uns alle an den Tisch. Diese Feiertage sind wirklich schrecklich.

Zum Glück haben wir einen gesegneten Stoffwechsel in unserer Familie.

Ich kann zwar nicht so viel essen wie Katja, aber auch bei mir setzt kaum

etwas an. Für manche ein Segen, aber während meiner Magenprobleme

hat das ganze natürlich sofort zu Untergewicht geführt. Auch die letzten

Wochen habe ich nicht wirklich essen können. Erst jetzt spüre ich langsam

wieder meinen Hunger und kann das Essen genießen.

„Das duftet ja fantastisch!", freut sich Ansgar und öffnet eine Flasche

Rotwein.

Anna ist froh, dass er seinen eigenen Wein mitbringt. Natürlich hat auch

mein Vater Wein da. Und Ansgar hat durchaus zugegeben, dass er nicht

schlecht schmeckt. Ist ja auch von demselben Weingut, das Ansgar mit

Meli ab und an aufsucht, irgendwo in der Nähe von Heidelberg, glaube

ich.

„Wie schaffst du es nur, dass bei dir sogar Kaninchen gut schmeckt?",

staunt Meli und beißt in eine Keule.

„Ich lege das Fleisch immer in Buttermilch ein", verrät Anna.

„Es schmeckt köstlich", sagt mein Vater und küsst sie. Meine Mutter hat

er sehr viel seltener geküsst, aber ich glaube, das wäre ihr auch nicht recht gewesen, denn meine Mutter ist kein herzlicher Mensch. Auch uns umarmt sie recht selten.

Weihnachten verbringt meine Mutter meistens in Polen bei ihrer Tante, der Schwester ihrer Mutter. Morgen wird sie bei uns vorbeischauen und eventuell bis Silvester bleiben. So genau weiß man das nie bei ihr. Es kann sein, dass ihr plötzlich etwas einfällt und sie nach einem Tag wieder abreist. Mittlerweile haben Katja und ich uns daran gewöhnt, aber am Anfang war das schon komisch.

Vor allem, weil Katja kaum Bezug zu unserem Vater hatte. Es war schwierig für Katja, aber sie hat das sehr gut gemeistert, finde ich. Andere Kinder hätten sicherlich mehr Zirkus veranstaltet. Die Therapie und auch die andere Schule haben ihr sehr gutgetan. Die Konzentrationsstörungen sind heute viel besser geworden. Ich bin gespannt, welchen Weg Katja mal einschlagen wird.

„Wir könnten rauf in Max Wohnung gehen", schlägt Ari vor.

„Dann machen wir den Abwasch", schlägt Meli vor.

„Ja gerne", sagt Anna und steht auf. „Was ist mit dir Katja?"

„Äh, Bunny hat mich eingeladen. Wäre das ok?"

„Natürlich", sagt mein Vater sofort. „Soll ich dich bringen? Fürs Fahrrad ist es etwas zu glatt."

„Danke Papa!", ruft Katja und umarmt ihn stürmisch.

„Dann setze ich mich mal mit meinem Glas Rotwein ins Wohnzimmer",
sagt Ansgar und steht auf.

„Ich bin gleich wieder da. Finger weg von meinem Glas", ruft mein
Vater und schaut Ansgar streng an.

„Wieviel hast du denn getrunken?", fragt Anna besorgt.

„Nur einen kleinen Schluck, keine Sorge. Und später kann ja Max Katja
abholen fahren."

„Na klar. Kein Problem", sage ich schnell.

Dann gehen wir alle rauf in meine Wohnung. Ari stellt eine Box mit
Plätzchen hin und fängt an, Kaffee zu kochen.

„Äh, seit wann habe ich denn Kaffee hier oben?", wundere ich mich.

„Ach, den habe ich unten gemopst und hier schon mal deponiert."

Sie stellt die Plätzchen und Tassen auf den kleinen Tisch. Irgendwie sieht
alles gleich viel wohnlicher aus. Sogar Weihnachtsservietten liegen auf
dem Tisch.

Die Wohnung wirkt auf einmal so gemütlich und behaglich.

Wahrscheinlich liegt das an Ari, weil sie so viel Ruhe und Wärme
ausstrahlt.

„Wie läuft es denn so in Hamburg?", will Bernd wissen.

„Psychostudenten sind Psychos", sagt Sara trocken und wir lachen alle.

„Nee, irgendwie läuft da nichts Brauchbares in Hamburg rum", stimmt Ari ihr zu.

„Kann ja auch nicht", meint Bernd mit vollem Mund. „Max und ich sind ja hier."

Man, ist der wieder peinlich. Sara und Ari kichern zum Glück nur.

„Wenn du jetzt noch lernst zu essen, überlegen wir uns das vielleicht", sagt Sara und sie und Ari prusten los.

Ich kann es ihnen nicht verübeln. Auf Bernds T-Shirt sind lauter Krümel, die er jetzt einfach auf den Fußboden runterschiebt.

„Also deine Manieren sind nicht gerade brauchbar", meckere ich.

Zum Glück kennen wir das alles schon. Trotzdem knuffe ich ihm in die Seite.

Wir quatschen bis spät abends. Nanu, sollte ich nicht Katja abholen?

„Ich frage eben wegen Katja nach", sage ich und laufe rasch die Treppen runter.

Meine Eltern sitzen gemütlich mit Rotwein auf der Couch, Ansgar und Meli scheinen schon weg zu sein.

„Hallo Anna. Sollte ich Katja nicht abholen fahren?"

„Ach, Bunnys Mutter hat sie bereits vor Stunden vorbeigebracht, Max. Ich wollte euch nicht stören."

„Dann ist ja gut. Ich habe gar nicht auf die Zeit geachtet."

„Alles ok, Max", lacht Anna.

„Sind Meli und Ansgar schon weg?"

„Ja, Ansgar hat im Augenblick so viel zu tun. Schlaft gut ihr beiden!"

„Danke Anna. Ihr auch!"

Ich marschiere wieder nach oben. Sara und Bernd sind gerade im Begriff zu gehen.

„Katja ist schon wieder da."

„Dachte ich mir", sagt Ari.

„Schön, dass ihr da wart", sagt sie zu den beiden und drückt sie.

„Bernd? Bringst du bitte Sara nach Hause?", fragt Ari.

„Das brauchst du nicht", sagt Sara schnell. „Ich bin mit dem Auto da."

Ari und ich tauschen bedauernde Blicke. Wir denken wohl dasselbe. Aber das müssen die beiden selbst hinbekommen.

Ich hoffe nur, dass es bei ihnen keine zehn Jahre dauern wird, wie bei uns.

31. KAPITEL
Ariane

Nachdem die beiden weg sind, reden Max und ich noch lange über die beiden.

„Ich verstehe Bernd nicht."

„Ich auch nicht", meint Max kopfschüttelnd.

„Nicht?"

„Nein. Vor zehn Jahren war das noch etwas anderes, aber jetzt gehen wir auf die dreißig zu. Es wäre Zeit für ihn, erwachsen zu werden", schnaubt Max.

„Mir tut Sara leid. Nicht, dass ich glaube, dass es die große Liebe für sie wäre, aber die beiden passen irgendwie gut zusammen, finde ich."

„Tja, schon blöd, wenn sich Menschen so selbst im Weg stehen", sagt Max trocken.

Wir lachen und gehen schlafen.

Am nächsten Tag kommt Esther nachmittags vorbei.

„Hallo Mama", sagen Katja und Max. Katja drückt sie ganz leicht, Esther ist das sichtlich unangenehm.

„Hallo, ihr beiden", sagt sie und bringt einen Schwall Kälte rein.

„Hallo Esther", sagt Anna freundlich. „Möchtest du eine Tasse Kaffee trinken?"

„Ja, sehr gerne, Anna."

Wir setzen uns alle an den großen Esszimmertisch. Doch Max und Katja gehen wieder nach oben. Esther scheint das jedoch nicht zu stören.

„Wie läuft es mit deinem neuen Buch?", frage ich und nehme mir ein Plätzchen.

„Ach, es geht. Dafür läuft es aber spitze in Japan", strahlt sie. „Die Idee, aus den Büchern graphische Novellen zu machen, war wirklich super. Und der Zeichner ist so süß!", schwärmt sie.

„Nicht schlecht", sage ich, als mir Esther das Bild zeigt.

„Sieht irgendwie so jung aus", meint meine Mutter skeptisch.

„Es geht, er ist 35", schmunzelt Esther und klingt dabei beinah vergnügt. Ich habe in den letzten Jahren Esther des Öfteren gesehen, aber so vergnügt hat sie noch nie geklungen.

„Da hat er sich ja gut gehalten", sage ich erstaunt.

„Ich würde gerne mit ihm wegfahren", meint Esther plötzlich und wird wieder ernst. „Du warst doch mal in Koblenz in einem Hotel Anna. Kannst du das empfehlen?"

Ich halte die Luft an und meine Mutter wird tatsächlich etwas blass um die Nase. Ich frage mich, wieso Esther nach all den Jahren das erwähnt.

„Was meinst du damit, Esther?", fragt meine Mutter verwirrt.

„Na, du warst doch mit Ralf dort, oder?"

„Ich weiß nicht, worauf du hinauswillst."

Esther seufzt.

„Ok, das war jetzt vielleicht sehr direkt, aber ich wollte schon immer mal wissen, mit wem Ralf dort war. Ich habe damals die Kreditkartenabrechnung gefunden."

„Es tut mir leid", wispert meine Mutter.

„Was soll das denn, Esther?", frage ich sauer und sehr laut.

„Ich wollte einfach wissen, ob es noch mehr Frauen, außer Anna, gab."

„Das kann ich dir auch nicht sagen, Esther!"

„Und warst du mit Ralf dort?", bohrt Esther nach.

„Ja. Und wir haben uns auch noch ein paar andere Male getroffen."

„Es gab also mehrere Treffen."

„Ja, die gab es!"

Meine Mutter ringt mit der Fassung, etwas, was ich nur selten bei ihr erlebt habe.

„Ich wollte es einfach nur wissen", sagt Esther beschwichtigend.

„Aber ich weiß nicht, ob er sich auch mit anderen getroffen hat", meint meine Mutter plötzlich nachdenklich.

„Ja", nickt Esther, „Ralf scheint eigentlich nicht der Typ dafür zu sein."

Wir blicken uns alle schweigend an, bis Esther fragt:

„Wo habt ihr euch eigentlich kennengelernt, Anna?"

Überrascht schaue ich von meiner Mutter zu Esther.

„Hat Ralf nie mit dir darüber gesprochen?"

„Über seine Affären? Nein, offensichtlich nicht."

„Nein. Ich meine damals. Auf der Party, als du und Ralf...."

„Ach, da hatten wir beide zu viel getrunken. Wieso?"

„Ich war damals seine Freundin."

Meine Mutter scheint ihre Fassung wiederzugewinnen, doch jetzt wird Esther blass.

„Das wusste ich nicht! Aber wieso hat Ralf dann mich geheiratet?" Sie runzelt die Stirn.

„Weil er einfach das Richtige tun wollte. Glaube ich zumindest", seufzt sie.

„Eigenartig. Er hat mir nie von einer Freundin erzählt. Ich hätte ihn dann auch nicht geheiratet. Obwohl, doch, wahrscheinlich schon".

Ich nicke. Schließlich hat Esther mir das Ganze bereits erzählt. Ihre Mutter hatte sehr darauf gedrungen, dass die beiden heiraten und anscheinend hatte Ralf das genau so gesehen. Nur Esther schien dabei niemand gefragt zu haben, stelle ich verwundert fest.

„Hättest du ihn denn überhaupt zurückgenommen?", fragt Esther neugierig.

Interessante Frage, denke ich und meine Mutter schaut auch etwas ratlos.

„Keine Ahnung. Die Frage hat sich gar nicht gestellt. Ralf hat mir nur erzählt, dass ihr heiratet, weil du schwanger bist."

„Wo ist Ralf überhaupt?", fragt Esther plötzlich.

„Ich glaube, oben. Er wollte etwas arbeiten," mutmaßt meine Mutter.

„Und wohin sind Katja und Max verschwunden?"

Komisch, dass sie erst jetzt fragt, denke ich bekümmert.

„Sind auf ihren Zimmern", antworte ich, „wahrscheinlich arbeitet Max auch."

„Na, dann werde ich mal nach den beiden sehen", sagt Esther und steht auf.

Ich schaue meine Mutter an, aber sie schaut weg. Ihr ist das Ganze peinlich. Aber eigentlich braucht es das gar nicht.

„Esther hat nur aus Neugier gefragt, Mama."

Ich weiß gar nicht, wieso ich Entschuldigungen für Esther suche. Vielleicht, weil ich sie auf der Zugfahrt so ganz anders als sonst erlebt habe.

„Sie und Ralf haben sich nicht geliebt. Ihr ist das, als sie die Rechnung gefunden hat, nur erneut klar geworden, dass die Ehe nicht funktioniert", erkläre ich meiner Mutter.

„Das hat sie dir alles erzählt?", fragt meine Mutter ungläubig.

„Es war eine sehr lange Zugfahrt", seufze ich und futtere noch mehr Plätzchen.

32. KAPITEL
Max

Ich sitze über meiner Arbeit, kann mich aber nicht konzentrieren. Katja

und ich sind einfach nicht so gut auf Esther zu sprechen. Und sie hat uns

auch nicht aufgehalten, als wir sofort gegangen sind.

Plötzlich klopft es an der Tür.

„Hallo Max", sagt meine Mutter und tritt unaufgefordert ein.

„Hallo Mama. Entschuldige, dass ich gegangen bin. Ich muss noch

arbeiten."

„Das ist schon ok, Max. Ich wollte dir nur dein Geschenk geben. Heute

Abend fahre ich zurück nach Hamburg."

„Du könntest doch morgen früh fahren. Nachts allein fahren ist

anstrengend."

Aber eigentlich bin ich auch erleichtert darüber, dass meine Mutter wieder

fährt.

„Ich werde schreiben. Der Verlag hat eine frühere Deadline gesetzt. Ich

werde einfach versuchen, etwas zu arbeiten." Sie seufzt.

„Hast du schon mit Katja gesprochen?"

Allerdings weiß ich, dass auch Katja eher erleichtert darüber sein wird, dass Esther bald wieder fährt.

„Ich war gerade bei ihr. Vielleicht können wir ja mal zusammen Urlaub machen, nur wir drei."

„Das können wir gerne machen", sage ich freundlich.

Doch ohne das Thema weiter zu vertiefen, verabschiedet sich meine Mutter auch schon. Ohne, dass ich ihr von Ari erzählt habe. Und wegen Ria hat sie auch nicht nachgefragt. Überhaupt waren das ein paar ganz merkwürdige Minuten.

Da ich mich ohnehin nicht konzentrieren kann, gehe ich zu Ari ins Zimmer.

„Wusstest du, dass meine Mutter die Freundin deines Vaters vor 28 Jahren war?", fragt mich Ari, kaum, dass ich im Zimmer bin.

„Nein. Das wusste ich nicht. Nur, dass sie sich schon länger und noch aus Hattingen kennen. Aber ich habe auch nie nachgefragt. Schließlich war die ganze Situation schon pikant genug, obwohl meine Mutter meinen Vater verlassen hat. Allerdings konnte ich mir denken, dass die beiden vorher schon was miteinander hatten. Ich meine. Das war doch offensichtlich."

„Ich wusste gar nicht, dass ihr das nicht wusstet. Allerdings hat Ralf es auch nie Esther erzählt. Das meinte sie gerade zu meiner Mutter", fährt Ari nachdenklich fort. „Trotzdem hätte ich gedacht, dass es in den letzten zehn Jahren bei euch zu Hause mal zur Sprache gekommen ist."

„Hat mich vielleicht auch nicht interessiert", gebe ich zu und nehme Ari in den Arm. „Ich war doch sehr abgelenkt die meiste Zeit", grinse ich und küsse sie dabei.

Und dann ist auch schon Silvester. Irgendwie bin ich froh, dass das Jahr rum ist. Trotzdem ist es natürlich schade, dass die Weihnachtsferien zu Ende sind.

Morgen wird Ari wieder nach Hamburg fahren. Natürlich werde ich sie besuchen, aber trotzdem wäre es mir lieber, wenn sie nicht fahren würde.

„Du könntest doch dein Studium hier beenden", schlage ich Ari vor, doch Ari winkt ab.

„Jetzt habe ich ja bereits den Studienplatz. Und ich möchte den Master auch in Hamburg zu Ende machen. Die Professoren kennen mich und ich stehe bereits auf sämtlichen Listen für Praktika und Seminare!"

„Ist doch kein Problem, Ari", sage ich schnell und fühle mich wie ein Idiot. „Du musst dich doch nicht rechtfertigen. Ich wollte eigentlich nur sagen, dass ich dich sehr vermissen werde."

„Ich werde dich auch vermissen", grinst Ari und küsst mich ziemlich heftig.

„Wieviel Zeit haben wir eigentlich noch, bis die Gäste kommen?", frage ich und fange an, Ari auszuziehen. Doch sie schubst meine Hände weg.

„Gar keine, Max! Es sieht noch gar nicht nach Silvester hier aus."

„Was möchtest du denn machen?", frage ich erstaunt.

Dabei sehe ich mich in meiner Wohnung um. Das Sofa haben wir etwas in Richtung Wand geschoben. Auf dem Küchentisch liegen bereits Chips und andere Knabbereien. In der kleinen Küche stehen Gläser, auf dem Boden stehen Getränkekisten.

„Es ist doch alles fertig."

Ari schüttelt nur mit dem Kopf und fängt an, eine große Tüte auszupacken: Girlanden, Luftschlangen und Konfetti. Sieht aus, wie bei einer Kindergeburtstagsfeier, aber ich behalte diese Gedanken lieber für mich.

„Hilf mir mal", sagt sie und drückt mir eine Girlande in die Hand.

Gemeinsam hängen wir zwei Girlanden auf und pusten die Luftschlangen herum. Alles sieht furchtbar bunt und fröhlich aus.

„So", sagt Ari zufrieden. „Ich würde sagen, jetzt haben wir noch etwas Zeit."

Völlig entspannt mache ich eine Stunde später den ersten Gästen die Tür auf. Nach und nach trudeln alle ein, insgesamt 20 Leute. Ich wundere mich, wo Bernd bleibt. Ari und ich begrüßen alle und stellen uns den jeweiligen Freunden des anderen vor. Natürlich sind meine Freunde erleichtert darüber, dass ich nicht mehr mit Ria zusammen bin, woraus sie auch keinen Hehl machen.

„Endlich bist du diese Schabracke los!", sagt Michael. „Nichts für ungut, Ari."

„Kein Problem. Ich bin da auch sehr froh drüber."

Michael lacht. Überhaupt kommt Ari blendend mit den Leuten zurecht. Es sind zum Teil Schulfreunde von Ari und Unikollegen von mir. Alle verstehen sich super. Irgendwann klopft es an der Tür und Bernd kommt rein.

„Hallo Bernd. Schön, dass du es einrichten konntest!", sage ich ärgerlich und schaue auf die Uhr. Es ist bereits 23 Uhr.

„Ja, ach mir ist etwas dazwischengekommen", grinst er.

So, so, denke ich und frage lieber nicht weiter. Wie gesagt, Bernd lässt

nichts anbrennen, nur mit Beziehungen hat er es nicht so.

„Ich habe auch etwas zu trinken mitgebracht", sagt Bernd und gibt mir

eine Tüte mit zehn Flaschen Wodka drin.

Oh Mann. Wir haben zwar Alkohol da, aber nicht in den Mengen, dass es

zum Betrinken reicht. Deshalb sind alle auch recht nüchtern.

„Das ist nett von dir, Bernd", sage ich und stelle die Tüte zu den

Getränken.

„Hey!", ruft Bernd zu den Leuten und schnappt sich eine Flasche

Wodka. „Wer will noch!"

Dann schenkt er sich ein großes Glas ein und schüttet etwas Cola darauf.

In einem Zug trinkt er es aus.

„Das reicht jetzt, Bernd", sagt Ari sehr bestimmt. Ganz plötzlich ist sie

neben ihm aufgetaucht. Ich habe sie gar nicht kommen hören.

„Bernd! Gib mir die Flasche", sagt sie jetzt mit ihrer Lehrerinnenstimme.

Annas klingt genauso.

„Wieso?", fragt Bernd erstaunt. „Ist das etwa eine

Kindergeburtstagsparty?"

„Es ist auf alle Fälle keine Besäufnis Party", sage ich streng und schnappe mir die Tüte mit den Flaschen.

„Ich kann auch wieder gehen", sagt Bernd beleidigt.

Die anderen Leute schauen ihn entgeistert hat.

„Das darfst du selbst entscheiden. Aber zuerst wüsste ich gerne, was los ist", sagt Ari etwas sanfter.

„Keine Ahnung", sagt Bernd störrisch.

„Ich werde bald dreißig", sagt er kurze Zeit später weinerlich.

„Ich auch", sage ich trocken. „Wo genau ist das Problem?"

„Die Puppe war wirklich süß", schwärmt Bernd plötzlich.

„Das will ich wirklich nicht wissen, Bernd", sage ich angewidert. „Aber was hat das mit deinem Alter zu tun?"

„Na, dass sie vielleicht zwanzig war."

„Und?", frage ich immer noch verständnislos.

Dieses Gespräch ist absolut hirnlos.

„Sie hat noch ihr ganzes Leben vor sich. Hatte ich auch, als ich zwanzig war", lamentiert Bernd. Ich verstehe nur Bahnhof.

„Du hast festgestellt, dass es keine 28-jährigen gibt, die einfach nur locker mit jemandem zusammen sein wollen", stellt Ari fest und hockt sich zu uns aufs Bett.

Irgendwie ist mir das nicht so recht, dass wir zu dritt auf unserem Bett sitzen, aber auf der Couch drüben sitzt ja schon der Rest der Party. Sara kommt rüber und schaut Bernd ernst an, sagt aber nichts.

„Ich will ja auch nichts Ernsthaftes", lallt Bernd. Sara zuckt bei diesen Worten zusammen.

„Aber wie lange werden noch Zwanzig- oder vielleicht Fünfundzwanzigjährige unverbindlich mit mir schlafen wollen?"
Wir schauen uns an und haben wirklich Mühe, ernst zu bleiben.

„Bernd", sage ich vorsichtig. „Du könntest ja auch mal etwas anderes versuchen."

„Ach und das wäre?"

„Du könntest es mit etwas Ernsthaftem versuchen", meint Ari trocken.

„Um sich gleich wieder zu trennen? Das ist doch völlig überflüssig!"

„Käme ja mal auf einen Versuch an", sagt Sara schnippisch und geht wieder zu den anderen Gästen.
Mittlerweile ist es bereits viertel vor zwölf.

„Wo ist mein Wodka?", fragt Bernd plötzlich und geht zum Tisch.
Dort steht die halbe Flasche, die ich dort abgestellt und von der ich vergessen hatte, sie wegzuräumen. Verdammt. Bernd greift die Flasche,

setzt sie an und trinkt sie in wenigen Zügen leer. Die Gäste unterhalten

sich weiter.

Es scheint sie einfach nicht zu interessieren oder sie tun so, als ob sie sich

unterhalten. Plötzlich hält jemand ein Handy mit dem Countdown hoch.

Na super. Irgendwie habe ich mir Aris und mein erstes Silvester als Paar

romantischer vorgestellt. Schnell durchquere ich den Raum, schnappe mir

Ari und küsse sie den gesamten Countdown durch.

„Frohes Neues Jahr", flüstere ich atemlos.

„Frohes Neues Jahr", sagt Ari nach Luft ringend.

Ich habe sogar vergessen, den Sekt aus dem Kühlschrank zu nehmen. Aber

zum Glück hat das bereits jemand erledigt. Schnell schnappe ich mir zwei

Gläser.

„Frohes Neues Jahr!", rufe ich und proste allen zu.

Bernd sehe ich allerdings nicht. Ich hoffe, er hat nicht die anderen Flaschen

auch noch ausgetrunken, die ich unters Bett geschoben habe. Darauf habe

ich echt keine Lust, vor allem, wenn er anfängt, das Ganze wieder

rauszulassen. Die ersten verabschieden sich auch schon. Zum Schluss ist

nur noch Sara da.

„Bist du mit dem Auto da oder möchtest du hierbleiben?", bietet ihr Ari

an.

„Ich bin mit dem Auto da. Wo ist eigentlich Bernd?", fragt sie leise.

„Ich habe ihn gefunden", sage ich trocken und mache die Tür zum Bad auf.

Bernd liegt neben zwei leeren Flaschen Wodka und pennt.

„Na, dann brauche ich den ja nicht nach Hause zu fahren", sagt Sara traurig.

„Tschüss Sara", sagt Ari und umarmt ihre Freundin.

Ich bin froh, dass die beiden zusammen in Hamburg wohnen. Um Bernd werde ich mich wohl kümmern müssen, denke ich seufzend und mache das Licht im Bad wieder aus.

„Das war eine merkwürdige Party", meint Ari.

„Ich fand es ganz nett", sage ich und bin eigentlich eher mit Ari beschäftigt.

„Hey, Bernd liegt nebenan", sagt Ari empört.

„Aber er schläft doch tief und fest."

„Trotzdem. Das ist irgendwie so, als ob er neben uns liegen würde."

„Na gut. Dann Kuscheln."

„Kuscheln geht immer", sagt sie und steigt ins Bett.

„Ich mache nur schnell noch das Licht drüben aus", sage ich und flitze

zur Stehlampe an der Couch.

Im großen Giebelfenster nehme ich plötzlich einen Schatten wahr.

Angestrengt versuche ich, nach draußen zu schauen. Nachdem sich meine

Augen an die plötzliche Dunkelheit gewöhnt haben, sehe ich einen

Umriss. Bestimmt eine Katze oder ein Hund, beruhige ich mich und gehe

zu Ari ins Bett. Obwohl der Schatten eher Menschengröße hatte, ist mein

letzter Gedanke, bevor ich einschlafe.

33. KAPITEL
Ariane

Am nächsten Tag packe ich meine Sachen zusammen und fahre nach Hamburg. Natürlich habe ich mich von Max verabschiedet, aber nur kurz. Ich wollte nicht, dass es zu emotional wird.

Mittlerweile bin ich seit zwei Monaten wieder in Hamburg. Doch irgendwie hat es sich anfangs anders angefühlt, so weit von Max entfernt zu sein. Natürlich vermisse ich ihn, aber trotzdem denke ich, dass ich hier mein Studium besser abschließen kann als in München. Schon weil ich hier weniger abgelenkt bin. Obwohl das eigentlich Unsinn ist, denn schließlich arbeitet Max teilweise mehr als zwölf Stunden und ist auch oft auf Dienstreise. So viel würden wir uns wahrscheinlich auch in München nicht sehen.

Trotzdem bin ich auch irgendwie froh, hier zu sein. Ich glaube, es liegt an meiner Unabhängigkeit, die ich hier habe. Ich weiß auch noch gar nicht, ob ich wieder in München leben will. Denn, obwohl meine Mutter und ich ein gutes Verhältnis mittlerweile haben, mag ich die Distanz zur Familie durchaus. Dadurch kann ich selbst bestimmen, für wie lange und wann ich da bin und wann ich wieder gehen möchte. Natürlich hat meine Mutter vorgeschlagen, dass Max und ich in unserer alten Wohnung wohnen könnten. Ich habe nur gesagt, dass ich da jetzt nicht drüber nachdenken will.

Plötzlich klopft es an meiner Tür und Sara kommt herein.

„Hallo Sara", sage ich. „Was gibt es?"

„Och nichts. Ich habe einfach keine Lust mehr auf meine Bücher. Wir könnten doch ein Eis essen gehen. Heute scheint endlich mal die Sonne. Ich glaube zum ersten Mal in diesem Jahr."

Stimmt, denke ich, als ich rausschaue. Es ist ein schöner Märztag. Letztes Wochenende bin ich bei Max gewesen, deswegen muss ich dieses Wochenende einiges nachholen. Unter der Woche habe ich ein Schulpraktikum. Eine Hausarbeit für Didaktik muss ich auch noch schreiben. Aber was soll`s.

„Ja gerne!", sage ich und schnappe mir meine Tasche. „Hat sich Bernd eigentlich mal gemeldet?", frage ich beiläufig.

Zum Glück ist die Eisdiele nicht weit entfernt und wir können hinlaufen.

„Er hat mich letzte Woche angerufen", verrät Sara. Interessant.

„Ach was! Das hast du mir noch gar nicht erzählt!"

„Doch, jetzt schon", sagt Sara trocken und wir müssen beide lachen.

„Ich glaube, Max hat ihn dazu überredet. Jedenfalls wusste er nicht so recht, was er sagen soll. Also haben wir uns für das nächste Mal, wenn ich in München bin, verabredet. Vielleicht könnten wir ja eine Viererverabredung daraus machen?", fragt Sara hoffnungsvoll.

„Das können wir machen", sage ich freundlich und will wirklich nichts weniger machen, als das.

Ich mag Sara und ich mag Bernd, aber sobald die beiden aufeinandertreffen, wird es merkwürdig. Ich bin der Meinung, dass sie wenigstens einmal allein über ihre Gefühle sprechen sollten, vielleicht entspannt sich dann alles zwischen ihnen oder beide gehen einfach ihrer Wege.

„Danke", sagt Sara erleichtert. „Wann wollen wir fahren? In zwei Wochen zu deinem Geburtstag?"

„Ich wollte eigentlich nicht fahren, ich habe so viel zu tun. Schließlich war ich erst letztes Wochenende da."

„Aber diesmal hast du sogar an einem Wochenende Geburtstag. Du könntest eine Party machen. Willst du Max denn nicht sehen?"

Natürlich will ich Max sehen, denke ich seufzend.

„Ich habe keine Zeit für so etwas. Ich muss einen Bericht über mein Schulpraktikum schreiben. Und hoffentlich habe ich die Hausarbeit bis dahin fertiggeschrieben", stöhne ich.

„Na gut, dann nicht", sagt Sara enttäuscht.

„Du kannst doch allein fahren."

„Ach, ich glaube, das wird eh nichts mit Bernd. Vielleicht schaue ich mich doch noch mal bei den Psychos um."

„Du bist doch selbst ein Psycho. Müsste das dann nicht passen?"

„Ich glaube, das ist wie bei Magneten mit den gleichen Polen. Das stößt sich einfach ab."

Wir zahlen und laufen langsam wieder zum Wohnheim zurück und futtern dabei unser Eis.

Ob Max und ich wie unterschiedliche Pole sind? Stimmt eigentlich, so viele gemeinsame Interessen haben wir gar nicht. Und trotzdem können wir stundenlang reden, denke ich verwundert. Und die Vertrautheit zwischen uns ist immer noch da.

„Ari?", fragt Sara.

„Entschuldige", sage ich.

„Macht nichts", seufzt Sara. „Wir sind da und du kannst weitermachen."

34. KAPITEL
Max

Das letzte Wochenende mit Ari war schön, denke ich verträumt, während ich auf meine Tabellenkalkulationen starre. Natürlich hätte ich gerne, dass Ari häufiger vorbeikommt.

Letztes Wochenende war tatsächlich das erste Mal, seitdem sie am 2. Januar wieder nach Hamburg gefahren ist. Wir telefonieren viel, zum Glück gibt es Flatrates.

Und ich muss ohnehin viel arbeiten, dadurch habe ich nicht so viel Zeit, um an Ari zu denken. Aber nachts allein im Bett zu liegen, ist furchtbar. Ich treffe mich auch wieder regelmäßig mit Bernd, obwohl ich ziemlich sauer über Silvester war.

„Tut mir leid, Max", hatte er am nächsten Tag zu uns gemeint, als wir versucht haben, mit ihm zu reden. „Ich sehe einfach keinen Sinn in einer festen Beziehung. Das Ganze verläuft doch eh im Sand", meinte er.

„Aber du bist doch nicht deine Eltern", sagte Ari und biss dabei in ein Brot.

Bei dem Gedanken an diese Situation muss ich grinsen. Ich kann wirklich nur staunen, wie wohnlich es plötzlich in meiner Wohnung ist. Während Ari da war, muss sie irgendwann eingekauft haben. Die ganze Zeit über hatte ich tatsächlich einen vollen Kühlschrank und wir konnten oben frühstücken. Ziemlich angenehm, das muss ich zugeben.

Jetzt ist mein Kühlschrank wieder leer und ich frühstücke wieder unten. Das ist auch weniger einsam.

„Was hat das mit meinen Alten zu tun?", fragte Bernd erstaunt.

„Na, denkst du denn nicht deswegen, dass Beziehungen keinen Sinn haben?", fragte Ari erstaunt.

„Ich weiß nicht", sagte Bernd und runzelte nachdenklich die Stirn. „Vielleicht. Bei meinen Schwestern funktioniert es ja seit Jahren sehr gut", stellte er fest und wirkte plötzlich ganz nachdenklich.

So ziemlich das erste Mal, seitdem ich ihn kenne, durchfährt es mich, während ich an das Gespräch denke.

„Ich finde es einfach albern, sich aneinander zu ketten", meinte er dann doch. „Wo bleibt da der Spaß?"

„Du hast also tatsächlich noch nie eine Beziehung gehabt?", fragte Ari ungläubig.

„Nur, wenn man einen 24 Stunden Sexmarathon als Beziehung bezeichnet", feixte ich, um mich auch mal einzubringen.

„Nur keinen Neid", hatte Bernd trocken erwidert.

„Bernd", sagte Ari ernst. „Hattest du denn nie Lust, ein Mädchen auch mal näher kennenzulernen?"

„Vielleicht", meinte er. „Aber die meisten wollten mich eh nicht kennenlernen."

„Wirklich? Das kann ich ja kaum glauben", sagte ich sarkastisch. Bernd redet die meiste Zeit Unsinn, wenn Frauen anwesend sind. Zu laut und zu viele dämliche Machosprüche.

„Du könntest mal versuchen, etwas netter zu den Frauen zu sein", schlug Ari vor.

„Bin ich doch. Sonst würde ich sie doch nicht ins Bett bekommen", konterte Bernd.

„Na, und was machst du hinterher?", wollte Ari wissen.

„Na ja, das krampfige Gespräch am Morgen will doch niemand haben. Deshalb verschwinde ich immer vorher, bevor man sich unterhalten muss", erklärte Bernd.

Ich hatte mir bei diesen Worten an die Stirn fassen müssen. Bei so viel Blödheit, bekommt man Kopfschmerzen, dachte ich.

„Bei so viel Blödheit kriege ich Kopfscherzen", stöhnte Ari.

„Ich hatte schon viele Dates", meinte Bernd selbstgefällig. „Aber ansonsten wüsste ich einfach nicht, worüber ich mich mit einer Frau unterhalten soll."

„Bernd", hatte ich unwirsch erwidert. „Wir unterhalten uns doch auch über ganz normale Dinge. Das kann man mit Frauen durchaus auch."

„Aber worüber denn?", fragte Bernd wieder und mein Kopf krampfte sich zusammen.

„Du könntest sie doch einfach fragen, wofür sie sich interessiert", schlug Ari vor.

„Und dann?", fragte Bernd dumm.

„Erzählst du von deinen Interessen", sagte ich ungeduldig.

„Aber irgendwie fallen mir immer nur dämliche Machosprüche bei Frauen ein. Keine Ahnung, wieso das so ist."

„Wahrscheinlich Selbstschutz, würde Sara sagen", meinte Ari. Während des Gesprächs hatte Ari Kaffee gekocht. Ich sag`s ja: Traumfrau! Ich liebe diese Atmosphäre mit Ari und dass alles so unkompliziert ist.

Das ganze Gespräch war mir gewaltig auf die Nerven gegangen. Ich hatte mir gewünscht, dass Ari und ich unseren letzten Tag noch würden genießen können. Stattdessen mussten wir so dämliche Gespräche führen.

„Sara würde das sagen?", sagte Bernd auf einmal erstaunt.

„So ähnlich vielleicht."

„Bei Sara bekomme ich gar keinen Ton raus", meinte er, ich glaube es klang fast ein wenig beschämt.

„Das ist mir auch schon aufgefallen", grinste ich.

„Das war jetzt nicht so hilfreich, Max", rügte mich Ari.

„Wieso? Und Aua!", sagte ich ärgerlich.

„Würdest du denn gerne mal mit Sara ausgehen?", fragte Ari auf einmal ganz direkt.

„Vielleicht. Aber würde sie das denn wollen?", fragte Bernd plötzlich schüchtern, nicht, dass ich das von ihm kennen würde. Überhaupt hatte Ari es anscheinend geschafft, mit Bernd über dieses Thema zu sprechen, ohne dass Bernd herumgeblödelt oder anzügliche Sprüche von sich gegeben hatte. Ich war wirklich baff nach dem Gespräch und himmle Ari seitdem noch mehr an.

Und nur wenige Wochen später hat er tatsächlich Sara angerufen!

„Was hat sie gesagt?", habe ich Bernd sofort gefragt, als er mir davon erzählt hat.

„Jetzt mach mal langsam, Max", sagte er und schaute mich prüfend an.

„Seit wann sind wir Tussis, die über alles reden müssen?", hatte er gefragt und ich habe mir mal wieder die Hand vor meine Stirn geschlagen, damit es aufhört, weh zu tun.

„Man, es hat mich einfach nur interessiert. Freunde reden auch mal über solche Sachen", habe ich ihn angeschnauzt.

„Es war ganz ok", sagte er und nahm sich ein Bier, das er mitgebracht hatte.

Mehr habe ich nicht rausbekommen. Ich habe gehofft, dass Ari vielleicht mehr weiß, aber tatsächlich hat Sara Ari erst mal gar nichts darüber erzählt bzw. es nur kurz erwähnt, wie Ari es enttäuscht erzählt hat. Ich kann es ihr nicht verdenken.

35. KAPITEL
Ariane

Endlich ist das Schulpraktikum zu Ende und ich kann durchatmen. Nicht, dass es mir keinen Spaß gemacht hat. Aber ich muss immer noch die Hausarbeit für Didaktik zu Ende schreiben und mich für das chemische Vertiefungspraktikum bewerben. Am besten dort, wo ich auch die Masterarbeit schreiben will. Natürlich könnte ich das auch in Mathe tun, aber ich habe schon die Bachelorarbeit dort geschrieben. Jetzt werde ich versuchen, ein Praktikum in der Anorganik zu bekommen. Das wird hoffentlich nicht so überlaufen sein, wie die Biothemen.

Bio war immer mein absolutes Hassfach in der Schule, obwohl es aus so vielen chemischen Prozesse besteht. Aber das ganze Auswendiglernen der Knochen oder die Genetik fand ich absolut langweilig. In der Oberstufe bin ich durch die Wahl des Mathe- und Chemieleistungskurses zum Glück um Bio herumgekommen.

An meinem Geburtstag wache ich bereits früh auf.

Komisch, wie wild ich früher auf meinen Geburtstag war, denke ich, während ich aufstehe. Früher konnte ich bereits Tage vorher nicht einschlafen. Ständig habe ich daran gedacht, was ich für Geschenke bekommen würde. Allerdings waren nur die von Tante Meli und Ansgar brauchbar. Und natürlich die, die ich von meinen Freunden geschenkt bekommen habe. Die Jurabücher hat mein Vater angefangen, mir mit sieben zu schenken. Ich habe ihn groß angeguckt und gefragt, was das ist. Ich glaube, spätestens ab da konnte er nichts mehr mit mir anfangen. Vorher war ich ihm zu klein und dann hat es sich sehr schnell herausgestellt, dass ich wohl nicht Jura studieren würde. Also wusste er einfach nicht, worüber er sich mit mir unterhalten soll und hat es daher einfach gelassen. Mit den Jahren hat sich meine Vorfreude gelegt und tatsächlich habe ich dieses Jahr eigentlich gar nicht daran gedacht. 23 ist jetzt auch nichts Besonderes. Heute Abend würden Sara und ich essen gehen. Außer dem einen Telefongespräch mit Bernd haben sich die beiden anscheinend nicht mehr zu sagen gehabt und leider hat mir Sara darüber rein gar nichts erzählt. Ich habe versucht, Max auszuquetschen, aber er wusste leider auch nichts darüber. Frustrierend bzw. vielleicht gibt es auch einfach nichts darüber zu erzählen. Trotz meines Geburtstags muss ich natürlich lernen. Meine Hausarbeit braucht auch noch einen letzten Schliff. Irgendwann blicke ich von meinem Schreibtisch auf. Gleich siebzehn Uhr! Ich könnte mich mal langsam anziehen.

Ich ziehe mir das apricotfarbene Kleid an und lege die Kette von Max um. Meistens schaue ich, dass meine Sachen zur Kette passen, damit ich sie jeden Tag tragen kann. Und wenn nicht, verstecke ich sie einfach im Ausschnitt. Soll ich mich schminken? Vielleicht ein bisschen überlege ich. Gerade, als ich meinen Lippenstift korrigiere, klopft es an der Tür.

„Ist offen! Komm rein!" Die Tür öffnet sich.

„Erwartest du jemanden?", fragt Max erstaunt. Mein Herz flattert.

„Max! Was für eine Überraschung!", rufe ich und fliege ihm in die Arme.

„Hallo Ari. Wen genau hast du denn erwartet?"

„Ich habe Sara erwartet."

„Dann ist es ja gut." Irgendwie niedlich diese Eifersüchteleien.

„Wo ist Sara eigentlich?"

„Ich wundere mich auch. Wo bleiben die zwei denn?", fragt Max schelmisch.

„Die zwei?"

„Na ja, Bernd und Sara", erklärt Max.

„Bernd ist auch da? Und er ist bei Sara?" Ich kann das gar nicht glauben.

„Na ja, die beiden haben doch telefoniert und ausgemacht, dass wir ein Viererdate haben. Wusstest du etwa nichts davon?"

„Sara hatte mich gefragt, ob das ok sei. Sonst hat sie mir nichts erzählt, außer dass es etwas nichtssagend war", sage ich und in mir rödelt es.

„Das ist, glaube ich, nicht ganz so gewesen", grinst Max.

Es tut so gut, dass er da ist. Wir schmusen und küssen uns und eigentlich will ich gar nicht mehr weggehen.

„Wie lange kannst du bleiben?"

„Leider nur bis morgen. Aber ich könnte mir Urlaub nehmen und wir fahren weg", schlägt er vor, während er mit meiner Kette spielt.

„So viel Zeit habe ich dieses Jahr leider nicht. Aber vielleicht kannst du dann einfach hierherkommen."

„Mache ich", strahlt mich Max an und küsst mich sanft.

Es klopft an der Tür.

„Ist offen!"

„Hey, sei nicht so unvorsichtig."

„Wieso? Meinst du ein Vergewaltiger klopft vorher an?", frage ich und öffne die Tür.

Vor uns stehen Sara und Bernd. Sara strahlt und Bernd grinst. Beide wirken etwas zerknittert, denke ich grinsend.

„Wollen wir gehen?", fragt Bernd gut gelaunt.

Irgendwie wird der Abend, tja wie soll ich es ausdrücken, langweilig.

Aber gleichzeitig auch total super. Nur, dass Max und ich einfach stören.

Sara und Bernd quatschen in einer Tour. Und weil wir die beiden nicht

stören wollen, sagen wir einfach nichts. Nach dem Essen steht Max auf

und sagt:

„Wenn es euch nichts ausmacht, gehen Ari und ich schon mal vor."

Ich glaube, so richtig gehört haben sie das gar nicht, aber wir gehen

trotzdem. Draußen ist es kalt. Ich zittere vor Kälte, während wir am Hafen

entlang spazieren.

„Ist dir kalt?", fragt Max besorgt und streift mir seine Jacke über.

„Aber dann hast du keine", sage ich und gebe ihm die Jacke zurück.

„Das geht schon", sagt er und zieht mir die Jacke wieder an.

„Dann lass uns die nächste Bahn nehmen und zu mir fahren."

„Wie geht es allen?", frage ich, als wir in der Bahn sitzen.

„Ich denke, es geht ihnen gut", sagt Max und drückt mich fester an ihn.

In meinem Zimmer sagt er plötzlich:

„Ich habe dir ja mein Geschenk noch gar nicht gegeben", und zückt ein

kleines samtbezogenes Kästchen.

Ich zucke zusammen und starre darauf. Max sieht zum Kästchen und dann zu mir. Dann dämmert es ihm und er lacht.

„Aber Ari! Das ist kein Ring. Glaub mir. Einen Heiratsantrag würde ich dann doch etwas romantischer gestalten!"

Verlegen schlucke ich und öffne vorsichtig das Kästchen. Darin liegen die passenden Ohrringe zu meiner Halskette.

„Es tut mir leid."

„Ich hoffe, sie gefallen dir trotzdem?"

„Sie sind wunderschön", strahle ich und umarme Max.

Jeder Ohrring ist ein goldenes Herz mit zwei kleinen grünen Herzen darauf. Ich will sie sofort anstecken, aber Max nimmt mir das Kästchen aus der Hand.

„Jetzt würde ich gerne erst mal für weniger Sachen an dir sorgen. Die Kette kannst du aber gerne umlassen."

36. KAPITEL
Max

Am nächsten Tag sitzen Bernd und ich wieder im Zug nach München.

„Schade, dass wir schon wieder nach Hause müssen", bedauert Bernd.

„Ich frage mich, wieso ich keinen Urlaub genommen habe."

„Das frage ich mich auch, Max. Ich meine, ich wusste ja nicht so richtig, was Sara sagen würde, trotz unserer Telefonate. Aber Ari hätte sich doch bestimmt gefreut. Vor allem, weil ihr Schulpraktikum doch endlich zu Ende ist."

Ich staune nicht schlecht. So etwas hätte der Bernd, den ich kenne, niemals gewusst.

„Ihr habt über Ari geredet?"

„Wir haben über euch geredet und wie lange ihr rumgeeiert habt", grinst Bernd.

„Wer im Glashaus sitzt."

„Immerhin haben wir ja keine zehn Jahre dafür gebraucht", meint Bernd, muss aber auch lachen.

Zuhause gehe ich nach oben in meine Wohnung, die ohne Ari nicht sonderlich heimelig wirkt. Der Kühlschrank ist leer und den Kaffee muss ich wieder unten trinken. Ich bekomme den auch nicht so gut hin.

Bald sind Osterferien und meine Mutter hatte ja schon Weihnachten vorgeschlagen, gemeinsam wegzufahren. Allerdings hatte sie da wohl Katja noch nicht gefragt. Und Katja hat das tatsächlich abgelehnt. Bei dem Telefongespräch bin ich nicht dabei gewesen, Katja hat auch nicht mit mir darüber gesprochen, aber meine Mutter hat mich später angerufen und sich über Katja beschwert. Ich wusste allerdings nicht, was ich dazu sagen sollte.

„Wieso erzählst du mir das?", habe ich sie verständnislos gefragt.

„Du musst mit ihr reden", meinte meine Mutter streng.

„Worüber?"

„Na, wieso sie nicht mit uns in den Urlaub fahren will."

„Das werde ich nicht tun."

„Du musst, Max", sagte meine Mutter empört.

„Ich muss überhaupt nichts, Mama", sagte ich und hätte gerne aufgelegt.

„Aber wieso will sie denn nicht wegfahren?", jammerte meine Mutter.

Darüber konnte ich wirklich nur seufzen.

„Mama, jetzt denk doch mal nach! Katja ist sechzehn. Bestimmt hat sie schon Pläne für die Ferien gemacht und ich möchte eigentlich zu Ari nach Hamburg fahren. Wieso treffen wir uns nicht einfach alle dort? Katja könnte für ein paar Tage zu dir kommen. Aber sie ist nicht mehr fünf Jahre alt. Davon abgesehen wäre das vor zehn Jahren auch eine viel bessere Idee gewesen!"

„Da hatte ich keine Zeit", sagte meine Mutter kurz angebunden. „Du weißt doch, wieviel ich zu tun hatte!"

Ich winkte ab, obwohl meine Mutter das durch den Hörer natürlich nicht sehen konnte.

„Spars dir, Mama. Ich kann Katja verstehen. Was soll das Ganze überhaupt?"

„Ich dachte, es wäre schön. Wir könnten dann mal wieder als Familie zusammen sein."

„Das sind wir doch auch so", sagte ich und legte dann auf, weil mein Handy klingelte.

Natürlich habe ich Katja später gesagt, dass ich stolz auf sie bin. Sich mit 16 gegen die eigene Mutter zu stellen und sich zu behaupten, hätten wohl nicht viele Kinder geschafft bzw. tatsächlich durchgezogen.

Also haben Bernd und ich uns Urlaub in den Osterferien genommen und sind zu Ari und Sara nach Hamburg gefahren.

Ich habe mich auch zweimal mit meiner Mutter getroffen, dabei hat sie mir den Graphiker vorgestellt, mit dem sie zusammen ist. Sie scheint sogar glücklich zu sein. Vielleicht möchte sie ihm einfach eine normale Familie vorspielen, die gerne zusammen wegfährt. Das hat Sara vermutet, als ich von der ganzen Geschichte erzählt habe.

Mein Urlaub in Hamburg ist wie im Flug vergangen.

Ich würde gerne mal mit Ari wegfahren, allein und weiter weg als nur bis zu meiner Geburtsstadt. Insgesamt habe ich tatsächlich dieses Jahr einfach meinen kompletten Urlaub in Hamburg verbracht. Einmal habe ich Ari für ein Wochenende in ein schickes Hotel eingeladen, mit Pool und Sauna und Candlelight Dinner. Ansonsten sind wir in ihrem Wohnheimzimmer.

Doch trotz der geringen Größe habe ich jede Sekunde, in der ich mit Ari zusammen bin, genossen. Ich hoffe, es geht ihr auch so.

Das Heiratsthema ist allerdings erst mal auf Eis. Ich muss mich wohl noch etwas gedulden. Das ist dann vielleicht doch der Altersunterschied zwischen uns.

Auch Sara und Bernd führen eine Fernbeziehung und es scheint zu laufen, so wie bei Ari und mir auch. Und ehe ich mich versehe, ist es schon wieder Dezember und das Jahr zu Ende.

Diesmal kommt meine Mutter nicht vorbei. Sie ist mit ihrem Graphiker in die Karibik geflogen. Irgendwie hat sie auch niemand vermisst, also weder Katja noch ich.

Zu Silvester sind wir diesmal zu viert. Ich hätte ja nicht gedacht, dass das mit Sara und Bernd so lange anhalten würde.

„Brauchst du Hilfe, Ari?", frage ich und schaue mich um.

„Nein, nein", sagt Ari und ich muss lachen, weil das bei Anna auch immer so ist. Und Ari scheint das genauso zu machen, allein eben.

„Es ist doch schon alles fertig."

Ich blicke mich um.

Auf dem Tisch stehen der Fonduetopf und alles andere, was man dafür braucht. Zum Glück hat Ari diesmal auf die schrecklichen Luftschlangen und das Konfetti verzichtet.

Es ist Aris Idee gewesen, ein Fondue zu machen. Besonders, weil da der Topf das Kochen übernimmt.

Mir macht es nichts aus, dass Ari nicht kochen kann. Ich glaube, Ari ist das auch egal, außer halt, wenn wir Gäste haben.

Es klingelt an der Tür unten. Schnell rast Ari nach unten, um schon kurze Zeit später mit Sara und Bernd aufzutauchen.

„Hallo, ihr beiden", rufe ich.

Handschlag für Bernd, Umarmung für Sara.

„Setzt euch", strahlt Ari.

Wenn wir Gäste haben, fällt mir immer besonders auf, wie gemütlich die Atmosphäre in meiner Wohnung ist, zumindest für so lange, wie Ari da ist. Aber es ist auch so gemütlicher geworden, selbst, wenn sie die meiste Zeit in Hamburg ist. Viele Sachen, die bis jetzt in der alten Wohnung von Ari und Anna waren, befinden sich jetzt hier.

Manchmal lege ich mir einfach einen Schal von Ari um, wenn ich am Tisch sitze. Einfach, um etwas von ihr bei mir zu haben.

„Kommst du, Max?", fragt Ari.

„Natürlich", sage ich schnell und setze mich.

Bernd und Sara wirken allerdings nicht sehr entspannt.

„Ist etwas los bei euch?", frage ich argwöhnisch.

„Nichts", muffelt Bernd.

„Alles", knurrt Sara.

„Wollt ihr darüber reden?", bietet Ari an und ich würde ihr am liebsten vors Schienbein treten. Ich möchte wirklich nichts weniger, als mit Sara und Bernd über ihre Probleme zu reden. Ich hatte gehofft, dass dieses Silvester etwas harmonischer wird.

„Nicht nötig", sagt Bernd.

„Bernd will mich nicht heiraten", macht Sara ihrem Ärger Luft.

„Wo ist das Problem?", frage ich erstaunt.

„Er will nie heiraten", korrigiert sich Sara.

„Ihr seid doch erst seit ein paar Monaten zusammen", meint Ari belustigt.

Klar, dass Ari das so sieht. Ari will ja auch nicht heiraten, denke ich so bei mir und fange schon mal mit dem Essen an. Seitdem ich mit Ari zusammen bin, hat sich mein Gewicht sogar etwas normalisiert.

„Wozu denn Heiraten?", rechtfertigt sich jetzt Bernd. „Sei doch froh, dass ich überhaupt mit dir zusammen bin". Was leider wieder sehr nach dem alten Bernd klingt. Sara wird rot zur Wut. Ich wusste ja, dass es keine gute Idee ist, mit den beiden über Probleme zu sprechen.

„Du solltest froh sein, dass ich mit dir zusammen bin!"

Ari sieht ratlos von einem zum anderen.

„Ich dachte, ihr versteht euch gut?"

Ich kann gar nichts dazu sagen. Ich kenne Sara zu wenig und Bernd möchte ich gerade gar nicht kennen.

„Ich habe Bernd heute gefragt, wann er sich das vorstellen könnte. Und er meinte, dass er nie heiraten will", knurrt Sara.

„Tut mir leid, aber ich sehe das Problem immer noch nicht", sagt Ari verständnislos.

„Na ja, wirklich nie oder nur aktuell nicht?", frage ich vorsichtig.

„Ich brauche das nicht", sagt Bernd ärgerlich.

„Wieso ist denn das jetzt so interessant für dich Sara?", fragt Ari vorsichtig. „Du bist doch nicht etwa…?"

Bernd wird blass.

„Sara?", fragt er ängstlich.

„Keine Ahnung", sagt Sara patzig. „In meiner Familie heiratet man eben, zumindest irgendwann. Das ist halt so."

Sie holt tief Luft.

„Und nein. Bin ich nicht. Keine Sorge, Bernd!"

Ari und ich sehen uns ratlos an. Ich weiß auch nicht, was ich dazu sagen soll und möchte es auch gar nicht.

„Mit dem Heiraten kann man sich ruhig Zeit lassen. Wichtig ist doch, dass man sich versteht", meine ich.

Ari schaut mich stirnrunzelnd an:

„Wirklich Max? Das sind ja ganz neue Töne."

„Ach, ihr habt auch darüber gesprochen?", fragt Bernd und ist offensichtlich froh, von sich und Sara ablenken zu können. Ich wüsste jetzt gerne, was in Aris Kopf vorgeht.

„Ja, haben wir", sage ich ärgerlich. „Und ich musste einsehen, dass wir damit noch Zeit haben."

„Haben wir doch auch", erwidert Ari ärgerlich und schiebt ihren Teller beiseite, obwohl sie noch nichts gegessen hat. Eine Zeitlang schweigen wir uns alle an, bis Bernd sich erhebt.

„Hör zu, Sara. Das, was wir haben, ist mehr, als ich mir jemals erhofft habe. Können wir es also bitte dabei belassen?"
Sara schluckt, dann laufen Tränen über ihr Gesicht.

„Es tut mir leid, Bernd."
Auch Sara steht auf und die beiden fallen einander in die Arme. Was für ein Kitsch, denke ich angewidert. Aber zum Glück haben sie sich wieder vertragen.
Ari kommt zu mir rüber und setzt sich auf meinen Schoß.

„Alles ok?", fragt sie vorsichtig.

„Natürlich", sage ich und küsse sie sanft. „Ich kann warten."

„Aber was ist, wenn ich niemals heiraten will?" Ich seufze.

„Dann wird das auch ok für mich sein müssen. Die Hauptsache ist doch, dass du auch in Zukunft noch mit mir zusammen sein willst, also für eine lange Zukunft, hoffentlich." Dabei blicke ich auf die Manschettenknöpfe mit dem Triskele Zeichen.

„Das möchte ich", lächelt Ari.

Ein paar Minuten später kommen unsere Turteltäubchen wieder an den Tisch und wir fangen endlich an, zu essen. Plötzlich schaut Bernd auf sein Handy.

„Leute, es ist bereits fünf vor zwölf!"

Schnell holt Ari den Sekt aus dem Kühlschrank. Mit einem lauten Plopp öffnet sie die Flasche und gießt uns allen ein.

Sie schnappt sich ein Glas und setzt sich auf meinen Schoß.

„Auf uns und dass wir dann heiraten, wenn es uns richtig erscheint. Und nicht, weil die Konventionen das so verlangen!"

37. KAPITEL
Ariane

Mittlerweile sind zwei Jahre vergangen. Ich habe mein Studium

abgeschlossen und stecke im Referendariat.

In München.

Die Fernbeziehung war schon eine Herausforderung für uns. Natürlich

hätte ich den Master auch in München weiter fortsetzen können. Aber,

auch wenn Max der Grund gewesen ist, um nach Hamburg zu gehen,

wollte ich nicht wegen Max wieder nach München ziehen. Zumindest

nicht sofort.

Sara ist auch wieder in München und sie und Bernd sind sogar

zusammengezogen. Ja, dieser Schritt hat uns alle überrascht, am meisten

wohl Sara!

Das Heiratsthema klingt manchmal an, hat aber doch etwas an Bedeutung

für Sara verloren, nachdem Bernd ihr das damals an Silvester gesagt hat.

   „Ist doch gut so wie es ist", sagt er immer und Sara findet sich wohl

allmählich damit ab.

„Soll ich dich mit Sonnencreme einschmieren, Ari?", fragt Max.

Wir sind übrigens gerade auf Ibiza. Theo hatte damals so davon geschwärmt und dieses Jahr hat es endlich geklappt.

„Ja gerne", sage ich und wende ihm meinen Rücken zu.

Es ist wirklich herrlich hier, denke ich und lasse meine Gedanken treiben.

Noch ein kurzes Jahr, dann ist meine Ausbildung endlich abgeschlossen.

Allerdings würde ich dann sehen müssen, wo ich eine Stelle als Lehrerin bekommen werde.

Max ist mittlerweile Teamleiter, könnte sich aber auch vorstellen, mit mir aus München wegzuziehen.

„Wollen wir heute eine Autorundfahrt machen?", unterbricht Max meine Gedanken.

„Können wir", sage ich schläfrig. „Wir könnten aber auch einfach hierbleiben."

Max lacht zufrieden.

„Wie du möchtest, Ari", sagt er und steht auf. „Dann gehe ich eine Runde joggen. Bis später."

Und schon ist er weg, schade. Ich döse noch etwas vor mich hin.

Seitdem ich wieder in München lebe, wohnen wir in Mamas und meiner alten Wohnung. Es war das Einfachste, auch wenn ich lieber eine andere

Wohnung hätte. Na ja, aber vorerst genügt es völlig. Max möchte irgendwann sogar ein Haus haben.

„Sonst müssen wir, sobald die Kinder kommen, wieder umziehen", pflegt er zu sagen. „Es ist doch angenehmer, wenn wir das Haus schon haben. Und leisten können wir es uns ohne Kinder auch erst mal besser."
Am Anfang habe ich das Ganze noch heftig abgetan. Denn das Kinderthema ist so eine Sache zwischen uns. Ich finde, dass wir noch Zeit damit haben. Und Männer haben ja ohnehin noch länger Zeit damit.
Aber Max möchte gerne eine Familie gründen, lieber gestern als morgen. Mittlerweile denke ich durchaus daran, aber behalte es erst mal für mich. Wie ich Max kenne, würde er sofort loslegen wollen! Und auch jetzt verdränge ich diese Gedanken und räkele mich lieber am Pool. Noch eine ganze Woche haben wir vor uns. Es war Max Idee, Ibiza zu buchen. Da die Osterferien so spät dieses Jahr liegen, ist es bereits sehr warm hier. Zum Glück haben wir ein super Last Minute Angebot gefunden. Sogar all inclusive, man gönnt sich ja sonst nichts. Und jetzt faulenzen wir bereits seit drei Tagen hier.
Mit dem Thema Heiraten habe ich mich allmählich sogar angefreundet. Mittlerweile wäre das schon ok, obwohl ich nach wie vor keinen triftigen Grund fürs Heiraten sehe. Aber Max zu Liebe wäre es in Ordnung. Und

auch das Kinderthema hat mittlerweile keinen allzu großen Schrecken mehr für mich, aber vielleicht doch erst in ein oder zwei Jahren. Es wäre schön, wenn ich bis dahin eine feste Stelle als Lehrerin hätte. Vielleicht klappt es sogar an dieser Schule, an der ich mein Referendariat mache. Ich komme mit allen gut zurecht, aber es muss halt auch eine Stelle da sein, wenn ich fertig bin.

Wo Max wohl bleibt?

Ein Blick auf meine Uhr zeigt, dass er mittlerweile seit über einer Stunde fort ist. Ich stehe auf und strecke mich etwas.

„Hallo Ari", sagt Max plötzlich hinter mir.

Er hat sich umgezogen und trägt tatsächlich einen Schlips. An seinen Hemdsärmeln blitzen die Triskele Zeichen auf, die Manschettenknöpfe, die ich ihm zu unserem ersten „gemeinsamen" Weihnachten als Paar geschenkt habe.

„Äh, Max?" frage ich erstaunt. „Ist das nicht ein wenig overdressed für den Strand? Oder haben wir heute noch etwas vor?"

„Haben wir", sagt er grinsend. „Könntest du dich bitte umziehen?"

„Wohin gehen wir denn?", frage ich neugierig, während ich ihm auf unser Hotelzimmer folge.

Ich hoffe, dass ich überhaupt etwas Schickes mitgenommen habe.

Ich wühle im Kleiderschrank und stoße plötzlich auf das apricotfarbene Kleid mit den Spaghettiträgern, welches ich damals zum Geburtstag meiner Mutter anhatte, als Max und ich uns das erste Mal nähergekommen waren.

„Ich kann mich gar nicht daran erinnern, dass ich es eingepackt habe", wundere ich mich.

„Das hast du auch nicht. Das war ich", sagt Max gelassen.

„Du hast also geplant, dass wir heute essen gehen?", frage ich erstaunt.

„Kann man so sagen", grinst er.

„Kommst du, Ari?", fragt er mich wenig später ungeduldig und zieht mich aus der Tür.

„Ich komme ja", sage ich und schlurfe in meinen Sandalen hinterher. Hochhackige Schuhe hat Max dann doch nicht eingepackt.

Wir steigen in unseren Mietwagen und fahren los. Zehn Minuten später sind wir auch schon da.

„Das sieht aber kostspielig aus", meine ich vorsichtig.

„Das lass mal meine Sorge sein", sagt Max vergnügt.

Hand in gehen wir in das Restaurant. Der Kellner führt uns an einen riesigen Tisch.

„Nanu", wundere ich mich. „Hast du noch mehr Leute eingeladen?"

„Kann sein", antwortet meine Mutter hinter mir.

„Mama!", rufe ich und drücke sie. „Mit euch habe ich ja gar nicht gerechnet!"

Katja und Ralf treten ebenfalls hervor.

„Ralf! Katja! Wann seid ihr angekommen?", frage ich überrascht.

„Heute Mittag. Max hat uns vom Flughafen abgeholt", berichtet meine Mutter lachend.

„Ach, deshalb warst du so lange joggen", stelle ich fest und knuffe Max in die Seite. „Wie lange bleibt ihr?"

„Wir fliegen mit euch zurück", jubelt Katja.

Wir setzen uns hin und ein Kellner bringt eine Champagnerflasche. Er gießt uns ein und Max erhebt sein Glas.

„Ich freue mich, dass die gesamte Familie hier ist", beginnt er.

Na ja, Esther ist nicht hier, aber das scheint niemanden zu stören.

„Und natürlich gibt es auch einen Anlass dafür, dass ich euch gebeten habe, eure Ferien ebenfalls auf Ibiza zu verbringen."

Max räuspert sich und wird ein wenig blass. Hoffentlich kippt er nicht um, denke ich besorgt.

„Ari", beginnt er feierlich.

„Ich kenne dich seit 13 Jahren und ich liebe dich auch schon genau so lange. Ich finde, dass wir jetzt den nächsten Schritt tun sollten."

Alle ziehen hörbar die Luft ein, ich kann die Spannung spüren.

Und dann passiert es tatsächlich. Max greift in seine Jackettasche und holt ein samtbezogenes Kästchen hervor. Dann kniet er sich vor mich hin und fragt:

„Ari. Würdest du mir bitte die Ehre erweisen und meine Frau werden?"

Ich atme erst mal die ganze aufgestaute Luft raus. Jetzt erst merke ich, dass ich sie die ganze Zeit angehalten habe. Dann muss ich mich räuspern. Komischerweise bin ich viel aufgeregter und glücklicher, als ich es für möglich gehalten habe.

„Äh ja", sage ich und werde natürlich sofort rot.

Alles lacht und dann umarmen wir uns.

Zum Schluss umarmen Max und ich uns.

„Du Schelm", sage ich zärtlich.

„Bist du mir böse?", fragt er verschmitzt.

„Kein bisschen. Schön, dass die ganze Familie dabei ist", strahle ich.

„Ich brauchte doch Verstärkung, falls du Nein sagst", meint Max und küsst mich sanft.

Strahlend blicke ich auf den Ring an meinem Finger. Er hat links und rechts Triskele Zeichen und in der Mitte funkelt ein grüner Smaragd.

„Wie kommt es, dass der Ring genau passt?", staunt meine Mutter.

„Ich habe mir einfach einen Ring von Ari ausgeborgt", verrät Max.

„Wann hast du dir einen Ring von mir ausgeliehen?", frage ich erstaunt.

„Na ja, Sara hat sich den Ring ausgeborgt", korrigiert sich Max.

Jetzt dämmert es mir.

„Ach, deswegen wollte Sara unbedingt den Ring mit der blauen Blume von mir haben. Ich habe mich schon gewundert, wieso. So schön ist der gar nicht."

Alle lachen. Dann kommt auch schon das Essen, das Max vorbestellt hat: Platten mit Antipasti und frisches Brot.

Max langt tüchtig zu. Seitdem wir zusammen sind, hat er angefangen, wieder etwas mehr zu essen. Er ist zum Glück nicht mehr so blass und hat sogar ein bisschen Muskeln zugesetzt. Aber dünn ist er immer noch, das scheint einfach in der Familie zu liegen. Ich wünschte, ich wäre auch so super schlank wie Katja.

Plötzlich kommt mir ein Gedanke.

„Oh Gott!", rufe ich.

Alle schauen mich entsetzt an.

„Was ist los, Ari?", fragt Max besorgt.

„Ich brauche ja ein Kleid!"

„Es soll da so Läden geben, die verkaufen welche", sagt Katja frech.

„Wo ist das Problem, Ari?", fragt meine Mutter.

„Keine Ahnung", sage ich unsicher. „Äh, an wann hast du denn eigentlich gedacht, Max?"

„Na ja, ich dachte wir reden noch darüber, aber September fände ich gut. Das wäre in fünf Monaten. Dann bist du mit deinem Referendariat beinahe fertig. Und vielleicht könnten wir dann ein neues Projekt starten?" Den letzten Satz flüstert er nur mir leise zu.

„Welches genau bitte?", frage ich argwöhnisch und hoffe, dass es nicht schon wieder das Kinderthema ist.

„Wir könnten uns langsam nach Häusern umschauen", grinst mich Max an und weiß genau, was ich gedacht habe. „Die Wohnung ist ja ganz nett, aber ich würde gerne etwas Eigenes haben. Etwas, was wir beide zusammen ausgesucht haben."

„Ja, das wäre schon schön. Aber so viel Geld haben wir einfach nicht, Max. Oder wir ziehen sehr weit außerhalb und fahren beide jeden Tag ewig lange."

„Oder", mischt sich jetzt meine Mutter ein. „Ich gebe euch was dazu, ihr nehmt etwas von Aris Geld, bekommt vernünftige Zinsen, wegen der hohen Anzahlung und zahlt von Max Gehalt das Ganze ab."

Max schaut meine Mutter verdutzt an.

„Wieso habt ihr denn so viel Geld?", fragt er erstaunt.

„Na ja", sagt meine Mutter. „Wir haben doch das Haus verkauft und Ari hat etwas geerbt."

„Wusstest du das nicht, Max?", fragt Katja erstaunt.

„Äh nein", sagt Max und schaut mich erstaunt an. „Interessant", sagt er trocken.

38. KAPITEL
Max

Endlich kann ich wieder durchatmen.

Ich habe tatsächlich etwas Angst gehabt, dass Ari nein sagt. Als ich das mit

dem Geld höre, bin ich erst mal sprachlos. Ari fällt ihrer Mutter in die

Arme.

„Danke Mama!", ruft sie.

„Und wieso wusstest du das, Katja?", frage ich und schaue sie streng an.

„Als ich jünger war, habt ihr noch nicht so aufgepasst, worüber ihr

redet", meint Katja achselzuckend.

Tja dann.

Es wird ein schöner Abend, aber ich bin doch froh, als Ari und ich allein

auf unserem Hotelzimmer sind.

„Danke für diesen schönen Abend!", strahlt Ari und küsst mich.

„Ich bin wirklich erleichtert, dass du ja gesagt hast", sage ich zufrieden.

„Hattest du etwa Angst, dass ich nein sage?"

Wir kuscheln uns in die Decken, die Nächte sind zum Glück noch nicht so

warm.

„Ich musste es zumindest in Erwägung ziehen."

„Willst du wirklich schon im September heiraten, Max?"

„Wie du möchtest, Ari", sage ich und fange an, mit ihren Haarsträhnen
zu spielen.

Ihre Haare sind mittlerweile viel länger geworden. Das gefällt mir.

„Du weißt, dass ich dich am liebsten sofort heiraten würde. Und ein
Kleid brauchst du dafür auch nicht anzuziehen", sage ich und fange an,
ihr das Nachthemd auszuziehen, um meinen Worten Nachdruck zu
verleihen.

„Dann bräuchte ich zumindest nicht abzunehmen", stöhnt Ari.

„So ein Unsinn", sage ich ehrlich, denn ich kenne keine perfektere Frau
als Ari. „Ändere bloß nichts an deinem Aussehen, du bist perfekt, so wie
du bist", sage ich und schaue auf ihre perfekten Brüste, die ich gerade
freigelegt habe.

„Na mal schauen, ob du das immer noch denkst, wenn ich in einem
Kartoffelsack anmarschiert komme, weil nichts anderes gepasst hat", sagt
Ari trocken.

„Na und", sage ich und fange an, sie überall zu küssen, schon, um von
diesem Thema wegzukommen. „Du wirst bestimmt super darin aussehen.
Du kannst dir ja eine weiße Schleife umbinden", schlage ich vor.

Ari schubst mich weg. Schade, dass wird wohl heute nichts mehr, denke ich bedauernd.

„Du hast gut reden!", regt sich Ari auch schon prompt auf. „Du ziehst einfach einen Anzug an und wirst fantastisch aussehen! Aber alle werden mich anstarren und denken:

„Wer hat ihr denn zu diesem Kleid geraten? Der wollte wohl nur Geld verdienen."

Ich lasse Ari noch weiter vor sich hin grummeln, denn nichts was ich sage, könnte auch nur irgendwas daran ändern. Vielleicht habe ich ja Glück und sie schläft irgendwann einfach ein.

Ich denke an die letzten Jahre mit Ari und wie anders sie mit Ria geworden wären. Vor allem hätten wir dann schon ein dreijähriges Kind, wenn das mit der Schwangerschaft damals gestimmt hätte.

Von Ria habe ich seitdem nichts mehr gehört, wahrscheinlich war ihr das Ganze doch zu peinlich. Ich habe ihre Eltern angerufen, aber ob sie tatsächlich früher aus ihrem Urlaub wiedergekommen sind, weiß ich natürlich nicht.

Mit Ari zusammen zu sein, war anfangs irgendwie merkwürdig. Ich weiß gar nicht, ob es Ari auch so ging. Da ich Ari so lange aus der Ferne angehimmelt habe und geglaubt hatte, dass es keine Zukunft für uns gibt, habe ich einfach nie darüber nachgedacht, wie es sein würde, tatsächlich mit ihr zusammen zu sein.

Die längsten Beziehungen waren mit Tatjana und Ria, aber es fehlte ihnen an Tiefe, besonders von meiner Seite. Bevor ich Ari kennengelernt habe, habe ich nur eine wirkliche Freundin gehabt. Das war noch in Hamburg und wir haben auch heute noch Kontakt. Ich weiß nicht, ob ich verliebt in Lisa gewesen bin, aber wir sind schon richtig zusammen gewesen. Wir haben uns auch erst getrennt, nachdem ich beschlossen hatte, zu meinem Vater nach München zu gehen.

Aber auch diese Gefühle waren kein Vergleich zu dem, was ich für Ari empfinde. Das erste Mal mit ihr zu schlafen, war unglaublich und das ist es auch immer noch. Ich schaue neben mich und stelle fest, dass Ari mittlerweile eingeschlafen ist. Ich kuschele mich neben sie und lausche ihren Atemzügen.

39. KAPITEL
Ariane

„Steht mir das?", frage ich unsicher und blicke in den Spiegel.

Sara, Katja, meine Mutter und Tante Meli beratschlagen sich und sagen

dann einstimmig:

„Das ist es noch nicht!"

Dann lachen alle und prosten sich mit Prosecco zu.

Ich seufze. Dabei haben wir erst angefangen zu suchen und die Hochzeit

wird erst in vier Monaten sein, am 13. September. Freitag der 13., aber wer

bitte glaubt denn an so etwas.

Ich begutachte mich weiter im Spiegel und ziehe dann seufzend Kleid

Nummer 1 aus.

Dann ziehe ich ein weißes Kleid, aber teilweise mit rosafarbener Spitze

und dazu passendem rosafarbenen Taillen Band, an. Der Rock ist ganz

lang und bauscht sich leicht. Als ich aus der Kabine trete, sagen alle drei

„Oh" und meine Mutter hat Tränen in den Augen. Ich blicke in den

Spiegel, aber diesmal schaue nicht ich mich an, sondern ein

wunderschönes Mädchen. Ich kann es kaum fassen, dass ich so aussehe.

Dann drehe ich mich um, aber Fragen ist eigentlich überflüssig.

„Da hätten wir noch einen Schleier oder möchten Sie lieber eine Tiara?",

fragt mich sofort die Verkäuferin, nachdem sie gesehen hat, dass wir alle

sprachlos sind.

„Schleier", sagen meine Mutter und Katja.

„Tiara", sagen Sara und Tante Meli.

„Ich möchte einen Schleier", sage ich bestimmt.

Sofort setzt mir die Verkäuferin einen Schleier mit rosafarbenem

Satinband an den Kanten auf den Kopf, drapiert meine dunkelblonden

Haare und dann, ja, und dann ist dieser Punkt auch schon abgehakt.

„So. Ich stecke noch alles ab und in vier Wochen können Sie dann Ihr

Kleid abholen", strahlt mich die Verkäuferin an.

Klar, wir haben ja auch gerade ein Vermögen ausgegeben.

„Danke euch beiden", sage ich und umarme Tante Meli und meine

Mutter zusammen.

„Gern geschehen", sagen beide und grinsen sich an.

„Wenn unsere einzige Tochter heiratet, dürfen wir uns schließlich nicht

lumpen lassen", sagt Tante Meli und tupft sich ein Tränchen weg.

„Du siehst wirklich toll aus", schwärmt Katja.

„Ich wünschte, wir würden auch heiraten", seufzt Sara.

„Dann mach Bernd Dampf", sage ich unbedacht. „Jetzt seid ihr doch schon über zwei Jahre zusammen. Hat sich seine Meinung denn gar nicht geändert?"

„Ach Bernd", sagt Sara und schaut in eine andere Richtung.

„Läuft es nicht gut zwischen euch?"

„Doch schon. Wir leben zusammen und eigentlich ist es auch gut so wie es ist."

„Männer brauchen halt etwas länger für solche Dinge."

„Max wollte doch schon viel eher heiraten als du."

„Ja, Max. Aber der scheint auch eine echte Ausnahme zu sein. Ehrlich gestanden bin ich in unserer Beziehung immer die Bremse."

Zufrieden mit unseren Einkäufen machen wir uns auf den Heimweg. Die vier laden mich bei unserer Wohnung ab und brausen davon. In unserer Wohnung ist es dunkel, wahrscheinlich muss Max wieder länger arbeiten. Ich mache mir ein Brot und lese noch etwas in einem pinken Roman. In nur vier Monaten würde die Hochzeit sein und ich dann würde ich Ariane Sommer heißen.

Max Namen anzunehmen, war eine leichte Entscheidung für mich und glücklicherweise hängt auch meine Mutter nicht an dem Namen Mangold. Max und Ralf war das übrigens völlig egal.

„Du kannst heißen wie du willst, Ari", hatte Max zu mir gemeint. „Hauptsache du heiratest mich und überlegst es dir nicht noch anders." Na ja, der einzige Moment, als ich darüber ernsthaft nachgedacht habe, war als ich Max Gästeliste gesehen habe.

„Wer ist Lisa Kant?", meinte ich stirnrunzelnd zu Max.

„Eine Bekannte aus Hamburg", hatte Max arglos gemeint. Und natürlich hatte ich sofort an Sara geschrieben und nachgefragt.

„Merkwürdige Bekannte", meinte ich dann wenig später.

„Wieso?", fragte Max erstaunt.

„Weil Sara gerade schreibt, du hattest eine zweijährige Beziehung mit ihr, die ihr nur beendet habt, weil du nach München umgezogen bist", antwortete ich.

„Ja und jetzt ist sie meine Bekannte", sagte Max, allerdings dann doch mit einer kleinen Unsicherheit in der Stimme.

„Wie fändest du es denn, wenn ich meine Exfreunde einladen würde?", fragte ich daraufhin.

„Exfreund-*e*?", fragte er schneidend. „Waren denn das so viele? Das habe ich gar nicht mitbekommen", sagte er stirnrunzelnd.

„Wir haben uns in unserer Wohnung getroffen", meinte ich, ohne nachzudenken.

„In dieser Wohnung? Du hast mit denen in unserem Bett geschlafen?", regte sich Max auf.

„Jetzt lenk nicht ab, Max!"

„Es wird Zeit, dass wir ein Haus finden", schloss Max die Diskussion ab. Ich beließ es dabei, machte mir aber Gedanken wie diese Lisa wohl aussieht. Und schon kam ein Bild von Sara, das Max in sehr viel jünger mit einem blonden Mädchen mit blauen Augen zeigte. Praktisch, dass meine beste Freundin mit Max bestem Freund Bernd zusammen ist.

Als ich an das Foto denke, seufze ich mal wieder. Was findet er bloß an mir? Das ist eine Frage, die ich mir seit drei Jahren stelle. Davon abgesehen ist es wundervoll mit Max zusammen zu sein. Zum Glück hat er Ria nicht eingeladen, wo wir gerade bei Exfreunden sind.

Ich bin froh, dass sie sich seit damals nicht mehr gemeldet hat. Zum Glück leben wir in einer riesigen Stadt wie München, wo man sich nicht ständig über den Weg läuft.

„Hallo Mädels!", rufe ich.

Max ist bereits fort. Keine Ahnung was Bernd geplant hat. Selbst Sara hat mir nichts erzählt.

„Das liegt daran, dass mir Bernd nichts verraten hat", mault Sara.

Drei Mädels und Sara holen mich am Samstag, eine Woche vor unserer Hochzeit, ab.

Einen Polterabend werden wir nicht machen. Vielleicht tut uns Katja den Gefallen und zerdeppert vorher noch etwas. Aber einen Junggesellenabschied wollte Max irgendwie dann doch haben bzw. Bernd hat wohl drauf bestanden und da wollte ich nicht zurückstecken. Kann ja vielleicht auch ganz lustig werden, so dachte ich.

„Hier, häng das um!", ruft Melanie und hängt mir einen kleinen Laden um.

„Das habt ihr nicht…", fange ich an.

„Doch, das haben wir", rufen alle vergnügt.

Wieso lasse ich mich immer auf so etwas ein? Jetzt habe ich tatsächlich einen Bauchladen um mit lauter Krimskrams, den ich verschachern muss.

Aber es wird trotzdem ein lustiger Abend und angeheitert komme ich spätnachts nach Hause.

„Hallo mein Schatz", rufe ich bereits an der Eingangstür. Mit nicht mehr ganz sicheren Schritten stolpere ich ins Wohnzimmer. Wie ich die ganzen Treppen nach oben geschafft habe, ist mir allerdings schleierhaft, denn plötzlich stolpere ich und lande auf der Couch. Das Licht geht an.

„Hattest du einen schönen Abend?", fragt Max verschlafen.

„Du anscheinend nicht", kichere ich.

„Wieso? Nur weil ich nicht völlig betrunken bin?"

Ich spüre, wie er die Augenbraue hochzieht.

„Nö, weil du schon wieder da bist", gluckse ich.

„Och, wir waren nur in einem Club, es war sehr stilvoll."

„Galt das auch für die Weiber?", frage ich interessiert und bin froh, dass die Welt sich etwas weniger dreht, nachdem ich mich auf die Couch gelegt habe.

„Die waren auch sehr stilvoll", sagt Max und räuspert sich dabei.

Haha, so stilvoll man „oben ohne" halt sein kann, denke ich amüsiert.

„Willst du auf der Couch bleiben oder soll ich dir ins Bett helfen?"

„Ich liege hier ganz gut und es ist nicht so weit bis zum Bad", erwidere ich schnippisch und versuche nichts an meiner Position zu ändern, damit mir nicht wieder schlecht wird.

„Ja dann", sagt Max verschmitzt und geht ins Schlafzimmer.

Also irgendwie hätte ich da mehr Einsatz erwartet, denke ich noch so bei mir und schlafe trotz unbequemer Couch sofort ein.

Am nächsten Morgen wache ich in angenehmen weichen Laken auf.

Nanu?

Ich blicke mich um und stelle fest, dass ich in unserem Bett liege. Nur ist das nicht unser Bett.

„Äh Max?"

„Ja", nuschelt er verschlafen.

„Äh, wo kommt dieses Bett her und wieso liege ich drin?"

„Ich habe uns ein neues Bett gekauft und habe dich letzte Nacht rüber getragen. Du hast so fest geschlafen, man hätte dich kidnappen können."

„Aber wollten wir nicht warten, bis wir ein Haus gefunden haben und das dann zusammen neu einrichten?", frage ich immer noch völlig perplex.

„Das dachte ich auch, bis ich erfahren musste, dass du deine Liebhaber hier zu Hause empfangen hast", knurrt Max.

Also, das ist…mir fehlen die Worte.

„Ich habe doch auch in deinem Bett geschlafen", sage ich unwirsch.

„Oh", kommt es jetzt verlegen von der anderen Bettseite.

Typisch Mann. Wenn zwei das Gleiche tun, ist es eben doch nicht dasselbe, denke ich grimmig.

„Ja in beiden Betten", sage ich sauer und stehe auf, um mir das neue Bett anzuschauen.

„Wann genau hast du das zusammengebaut?", frage ich verblüfft und vergesse dabei, weiter sauer auf Max zu sein.

„Na gestern."

„Aber du bist doch vor mir gegangen. Und wo war da das Bett?"

„Es wurde vor ein paar Tagen zu unseren Eltern geliefert und ich habe es dann hier in den Keller gestellt. Gestern habe ich dann Bernd und noch zwei Jungs abgeholt und wir haben das Bett zusammengebaut. Danach waren wir noch etwas trinken und ich war früh zu Hause. Was praktisch war, denn dann konnte ich mich noch etwas frisch machen und das Bett beziehen", schließt er seinen Bericht ab und grinst mich an.

Was für ein Typ. Ich muss einfach zurück grinsen.

„Hübsch", sage ich und laufe einmal rum.

„Ich habe Katja und deine Mutter mitgenommen", erklärt Max.

„Die Sache war dir wohl sehr wichtig", nicke ich und muss jetzt sogar lachen.

Irgendwie ist die ganze Aktion schon süß.

„Natürlich. Ein Bett ist ein heiliger Ort für ein Ehepaar", sagt Max ernst.

„Dann sollten wir den jetzt gemeinsam entweihen", schlage ich vor und krieche zurück in unser neues Bett.

Es ist Freitag, der 13. September. Mein Herz klopft.

Obwohl ich ja weiß, wen ich heirate und Max seitdem auch tüchtig „kennengelernt" habe, macht mich die Vorstellung an eine Ehe mit Max doch etwas nervös.

Was, wenn sich dadurch alles zwischen uns ändert?

Ich fahre zusammen mit meiner Mutter, Katja und Ralf zum Standesamt. Natürlich habe ich die Nacht hier verbracht und Max in unserer Wohnung. Man muss ja nicht mit allen Traditionen brechen.

Der WoW Effekt wäre in einer Kirche schon größer, denke ich, während wir zum Standesamt fahren, aber da war nichts mehr zu machen. Obwohl es hier so viele Kirchen und Klöster gibt, wäre der früheste Termin erst nächstes Jahr gewesen. Na ja, und so kirchlich sind wir dann auch nicht. Das Haus am Starnberger See, in dem wir unsere Hochzeit feiern werden, ist einfach wunderschön. Theo hatte die Adresse vorgeschlagen und tatsächlich haben wir noch einen Termin bekommen. Hinter uns kommen Sara, Bernd und Max angefahren. Anna hilft mir beim Aussteigen. Plötzlich höre ich einen Pfiff.

„Wow!"

Ich drehe mich um. Max kommt auf mich zu und strahlt mich an.

„Also ich muss schon sagen, du siehst großartig aus, Frau Sommer in spe!"

„Danke", sage ich und erröte natürlich dabei, was die ganze Situation enorm auflockert. Alle lachen und gemeinsam gehen wir zum Standesamt.

Und dann sind wir tatsächlich verheiratet! Letztendlich ging das Ganze sehr schnell, beinah schon zu schnell. Bevor ich es auch nur realisiert hatte, waren wir schon dabei, zu unterschreiben.

„Willkommen in der Ehehölle", hat Bernd gefeixt und Sara hat ihn daraufhin strafend angeschaut.

„Ich liebe dich, Frau Sommer", sagt Max, als wir zusammen im Auto sitzen.

Katja fährt mit Bernd und Sara, wir fahren jetzt zusammen mit Anna und Ralf.

„Ich liebe dich auch, Herr Sommer", flüstere ich.

„Wir könnten die Feier schwänzen", schnurrt Max in mein Ohr.

Ich seufze. Das wäre mir auch lieber. Große Partys sind einfach nicht mein Ding. Aber als wir ankommen, bin ich doch sehr froh darüber, dass wir hier feiern. Die alte Villa sieht toll aus, die Orangerie festlich geschmückt. Die Tische sind in Reihen aufgebaut und eine Live Band spielt bereits leise, als wir dort ankommen. Max hält die ganze Zeit meine Hand fest, bis wir am Kopf des Tisches Platz nehmen. Unsere Eltern setzen sich links und rechts von uns. Niemand bedauert, dass Esther nicht da ist, aber ich nehme ihr ihre Abwesenheit übel. Nach allem, was sie mir erzählt hat, hätte ich durchaus erwartet, dass sie zu der Hochzeit ihres Sohnes kommt. Max hat irgendwas von einer Promotour durch die Staaten erzählt, aber trotzdem. Bestimmt hätte sie die unterbrechen können, wenn sie gewollt hätte.

Es ist ein wunderschönes Buffett aufgebaut, aber ich kann vor lauter Aufregung nichts essen. Und ich habe Angst, mein schönes Kleid voll zu kleckern.

Irgendwann werden die Platten und Schüsseln etwas beiseite geräumt. Die Band fängt an, eine langsame Version von "Hijo de la Luna" zu spielen, mein absolutes Lieblingslied.

Ralf steht auf und reicht mir die Hand. Gemeinsam gehen wir zu der Tanzfläche und tanzen Walzer. Ich könnte mir gar nicht vollstellen, mit meinem Vater diesen Tanz zu tanzen. Wahrscheinlich wäre er auch nicht gekommen, denke ich und lasse mich von Ralf führen.

Dann übergibt er mich an den bereits wartenden Max und wir tanzen.

Zumindest ein bisschen. Leider kann Max nicht besonders gut tanzen. Na

ja, Max hat so viele Fähigkeiten, da kann ich auf das Tanzen verzichten.

„Du siehst wunderschön aus, Frau Sommer", flüstert mir Max zu.

Natürlich werde ich rot und kichere etwas.

„Leg das bloß nie ab", seufzt Max und schmiegt sich an mich.

„Werde ich…."

„Max!", schreit plötzlich jemand.

Ich blicke über Max Schulter und sehe Ria im Saal stehen. Mittendrin steht

sie und anscheinend hatte sie niemand bis jetzt bemerkt.

„Ria!", ruft Max entgeistert.

Erstaunt lässt er meine Hand los und geht auf Ria zu, doch plötzlich sehe

ich, dass Ria eine Pistole in der Hand hält.

„Max!", rufe ich entsetzt.

Aber da ist es auch schon zu spät. Der Schuss ist laut und zerfetzt die Luft

um sich herum.

„Max! Oh Gott, Max!"

40. KAPITEL
Max

Ich höre einen lauten Knall, schenke dem aber Bedeutung, weil ich keinen

weiteren Schrei höre, sondern gehe jetzt langsamer auf Ria zu.

Wahrscheinlich war es nur ein Warnschuss, hoffe ich.

„Ria! Bitte leg die Waffe hin. Wir können doch über alles reden!"

Ria schaut die Waffe in ihrer Hand an. Dann blickt sie mich hasserfüllt an.

„Worüber sollen wir denn reden? Du hast dich doch bereits entschieden!

Für diese Schlampe!"

„Ria", sage ich und versuche, immer noch ruhig zu bleiben.

Ernst schaut sie mich an. Überhaupt nicht mit diesem irren Blick, den man

vielleicht in so einer Situation vermuten würde, wundere ich mich.

„Ria. Wir können über alles reden", fange ich wieder an, doch Ria

unterbricht mich mit einer Handbewegung. Leider ist es die Hand, die die

Waffe hält und ich zucke zusammen. Ria lächelt mich an.

„Maxilein. Du willst das doch alles nicht. Du stehst doch nicht auf solche

Mäuschen. Du brauchst doch eine richtige Frau im Bett", sagt sie und

blickt verächtlich in Richtung Ari. Ich folge ihrem Blick nicht, sondern versuche, mit ihr Blickkontakt zu halten. Ich hoffe, jemand hat die Polizei verständigt.

„Ich liebe Ari. Ich liebe Ari *und nicht dich, Ria*", sage ich und betone dabei jedes einzelne Wort.

In meinem Kopf rast es. Ich muss irgendwie schaffen, zu ihr durchzudringen, bevor sie hier ein Blutbad anrichtet. Ich wünschte, die Polizei würde endlich kommen, ich habe überhaupt keine Ahnung, was ich tun soll, um Ria zu beruhigen. Nun, ihr vielleicht nicht von deiner Liebe zu Ari erzählen, durchfährt es mich.

„Ria. Das was wir hatten, war etwas Besonderes", versuche ich es jetzt.

Jetzt strahlt mich Ria förmlich an.

„Ja, nicht wahr? Und du hast dich so auf unser Kind gefreut. Es tut mir leid, dass es so enden musste, aber du kannst das alles noch ändern, Maxi! Wir können zusammen sein. Ich habe euch beobachtet. Ihr seid doch gar nicht glücklich zusammen!"

Ich horche bei diesen Worten auf.

„Was soll das bedeuten, Ria, du hast uns beobachtet?"

„Natürlich Maxilein", sagt Ria, als wäre es das Selbstverständlichste, dass man seine Exfreunde stalkt.

„Ich musste doch schauen, wann es mit euch zu Ende ist. Dann wäre ich
sofort dagewesen. Aber die Heirat, das ist jetzt zu viel. Wieso besiegelst du
dein Unglück, Max. Das ist doch völlig unnötig. Als ich eure
Hochzeitsanzeige gelesen habe, wusste ich, dass ich einschreiten muss,
denn was zu viel ist, ist zu viel."

Mir wird kalt bei diesen Worten.

„Ria. Ich komme mit dir, aber du musst die Waffe ablegen. Leg sie auf
den Boden und dann komme ich mit dir."

Ich komme mir vor, wie in einem schlechten Film, denke ich verzweifelt.
Die Anspannung im Saal ist spürbar, niemand bewegt sich. Wer weiß, wo
der nächste Schuss hingeht, denke ich angsterfüllt. Nicht auszudenken,
wenn jemandem etwas passiert.

„Das ist Unsinn, Max", sagt Ria bestimmt und ich seufze innerlich auf.

„Das ist kein Unsinn, Ria. Ich komme mit, wenn du die Waffe hinlegst."

„Verkauf mich doch nicht für dumm, Max. Das ist vielleicht unser
Problem gewesen. Du nimmst mich nicht für voll und hast keinen Respekt
vor mir. Aber jetzt siehst du ja, wer die Waffe hat. Und ich werde sie
einsetzen, wenn du weiterhin diese Scharade aufrechterhältst!"

Ich gehe einen weiteren Schritt auf Ria zu, eigentlich nur, um ihr zu zeigen, dass ich es ernst meine und wirklich vorhabe, mit ihr zu gehen. Doch dann ertönt eine Polizeisirene. Ria sieht mich mit großen Augen an.

„Die Polizei? Du hast die Polizei gerufen!", schreit sie. „Ich wusste es doch! Ich wusste es doch Max, dass du es nicht ernst meinst. Dann muss ich es doch beenden!"

Sie richtet ihre Pistole auf mich und ich werde ganz starr vor Angst.

„Ria, wenn du mich umbringst, haben wir auch keine Zukunft mehr!"

Dann ertönt wieder ein Schuss. Ganz nah an meinem Ohr, so dass ich nur noch ein Rauschen höre. Dann höre ich Schreie. Bin ich jetzt tot? frage ich mich, aber ich spüre keine Schmerzen.

Ich blicke in Rias triumphierendes Gesicht und folge ihrem Blick.

Ari liegt am Boden, in einer Blutlache.

Während ich mich umdrehe, um zu Ari zu laufen, hält mich Ria fest.

„Das hättest du nicht gedacht, nicht wahr Max?", fragt sie lächelnd. „Du unterschätzt mich immer und hältst mich für dumm, aber schau, zu was ich fähig bin."

Sie hält mich immer noch fest, doch ich versuche lieber nicht mehr, mich loszureißen. Nicht, dass sie noch mehr Leute erschießt.

Oh Gott, sie hat Ari erschossen, durchfährt es mich. Unbändige Wut

durchfährt mich und dann reiße ich mich doch los und stürze zu Ari. Es ist

mir egal, ob Ria mich auch erschießt. Wenn Ari tot ist, gibt es ohnehin für

mich keinen Grund mehr, weiterzuleben.

Anna und mein Vater knien bereits bei ihr. Sie bewegt sich nicht. Dann bin

ich endlich bei ihr.

„Ari!", sage ich angsterfüllt und halte ihre kalte Hand.

„Der Krankenwagen wird gleich da sein", versucht mich mein Vater zu

beruhigen."

Plötzlich ruft jemand „Waffe fallenlassen!" und erneut höre ich einen

Schuss.

Die Gäste stehen entsetzt rum. Nur noch die Musik spielt leise im

Hintergrund.

Ich löse meinen Blick von Ari und sehe, wie jetzt Ria auf dem Boden liegt.

Ein Polizist ist bei ihr, ein weiterer Polizist kommt auf uns zu. Als er Ari

sieht, zückt er etwas und spricht hinein.

Aber das alles höre ich nur im Hintergrund, denn ich sehe nur Ari. Ihre

Lippen sind weiß und ihr Kleid ist rot durchtränkt.

Ich versuche irgendwie die Fragen zu beantworten, die man mir stellt und

gleichzeitig Aris Hand nicht loszulassen. Endlich kommen Sanitäter, hieven sie auf eine Bahre und schieben sie in den Krankenwagen. Dann fährt er mit lautem Sirenengeheul los.

Die Polizei lässt uns endlich gehen. Wir rennen zu unserem Auto und fahren los. Vor dem Krankenhaus angekommen, steigen Anna und ich sofort aus und laufen hinein. Mein Vater wird irgendwo das Auto parken und hinterherkommen. Katja fährt mit Sara und Bernd.

Ich renne in das Gebäude, wenig später folgt mir mein Vater.

„Meine Frau wurde angeschossen. Wo wurde sie hingebracht!"

„Bitte warten Sie erst mal hier", weist mich der Pförtner an und wir setzen uns in den Eingangsbereich.

Dann kommen mein Vater, Katja, Sara und Bernd angestürzt.

„Wie geht es ihr!", rufen quasi alle gleichzeitig.

„Ich habe keine Ahnung. Wir sollen hier warten. Ich habe keine Ahnung wie es ihr geht", sage ich verzweifelt.

„Ich gehe nachfragen", sagt Anna und stürmt auf den Pförtner zu. Kurze Zeit später kommt sie wieder.

„Sie wird noch operiert und er konnte mir noch nicht sagen, auf welche Station sie kommen wird."

Anna setzt sich verzweifelt hin, Katja und Sara weinen. Bernd hält Sara fest im Arm, ich bin so froh, dass die beiden da sind.

Ich fühle mich so leer und auch schuldig. Schließlich hätte ich damals wissen müssen, dass Ria Hilfe braucht, aber ich habe das ihren Eltern gegenüber nicht erwähnt, denn ich habe einfach gehofft, dass das Ganze eine Lehre für sie sein würde.

„Ist Ria eigentlich, ich meine, ich habe sie nur da liegen gesehen", sage ich.

„Ein Polizist hat auf sie geschossen", antwortet mein Vater.

„Ist sie tot?", fragt Katja.

„Das wissen wir nicht", sagt Anna nur. Sie wirkt jetzt etwas ruhiger. Plötzlich kommt eine Schwester auf uns zu. Vielleicht hat der Pförtner doch jemanden erreicht.

„Guten Tag. Sind Sie Herr Sommer?", fragt sie und mustert uns.

„Ja, das bin ich. Wie geht es meiner Frau?"

„Ich befürchte, das wird noch länger dauern. Sie sollten jetzt alle nach Hause gehen und sich etwas hinlegen. Wir rufen Sie an, sobald Ihre Frau verlegt wird."

„Du kommst zu uns, Max", sagt Anna sofort und steht auf. Ich verabschiede mich von Sara und Bernd. Schweigend fahren wir zu viert nach Hause. Sara ruft noch dreimal an, aber wir können ihr immer noch nichts sagen. Ich versuche etwas Schlaf zu finden, wälze mich aber nur hin und her. Ich liege in meinem alten Zimmer, denn der Dachboden gehört jetzt Katja.

Irgendwann klingelt mein Handy. Ich gehe sofort ran, obwohl ich die Nummer nicht kenne.

„Guten Tag. Hier ist Dr. Weniger, Rotkreuzklinikum München. Spreche ich mit Herrn Max Sommer?"

„Ja das bin ich. Wie geht es meiner Frau?"

„Natürlich darf ich Ihnen am Telefon nichts Genaues zum Zustand Ihrer Frau sagen. Die Operationen sind erst mal soweit abgeschlossen und sie liegt auf der Intensivstation. Wenn Sie ins Krankenhaus kommen, können Sie mit meinem Kollegen sprechen, meine Schicht ist gleich zu ende. Ich wollte Ihnen nur mitteilen, dass Ihre Frau jetzt verlegt wurde."

„Danke Dr. Weniger."

„Gerne. Ich habe gehört, dass Sie gerade geheiratet haben. Meinen Glückwunsch."

„Danke", sage ich wieder und lege auf.

Also hat Ari die OPs gut überstanden, aber was würde als Nächstes kommen? Was, wenn sie sich niemals davon erholen würde?

Schnell mache ich mich fertig und laufe nach unten. Ich versuche nicht daran zu denken, dass wir heute zu unserer Hochzeitsreise aufgebrochen wären.

„Möchtest du einen Kaffee?", fragt mich Anna.

„Anna. Hast du gar nicht geschlafen?", frage ich entgeistert.

„Wir haben kaum geschlafen und sind dann irgendwann aufgestanden", sagt mein Vater müde.

„Danke Anna. Ja bitte eine große Tasse", sage ich und setze mich. Es ist rührend, wie gut uns Anna stets umsorgt. Schließlich liegt ihre Tochter im Krankenhaus, weil meine verrückte Ex-Freundin sie angeschossen hat! Ein Schauer durchfährt mich.

„Ein Arzt hat mich gerade angerufen", sage ich und genieße die Wärme, die vom Kaffee ausgeht.

„Was hat er gesagt?", fragt Anna.

„Dass sie jetzt auf der Intensivstation liegt. Ich werde gleich zu ihr fahren."

„Ich komme mit", sagt Anna und läuft nach oben, um sich umzuziehen. Mein Vater atmet tief durch. Dann drückt er sachte meine Schulter.

„Sie hätte uns alle umbringen können", sagt er angsterfüllt.

„Aber sie wollte einfach nur Ari treffen", sage ich entsetzt.

„Am besten ich ziehe mich auch an und fahre euch", schlägt mein Vater vor.

„Ja. Danke Papa", sage ich, denn weder Anna noch ich sollten jetzt Auto fahren.

Noch immer sehe ich die schrecklichen Bilder vor mir. Endlich sind wir am Krankenhaus und Anna und ich steigen aus.

41. KAPITEL
Max

Diesmal nennt mir der Pförtner gleich eine Station und ich fahre mit dem Aufzug direkt dorthin. Ich frage die Schwester nach Ari und sie ruft jemanden an. Nur kurze Zeit später kommt ein recht jung aussehender Arzt auf mich zu.

„Guten Tag Herr Sommer. Sie haben schon mit meinem Kollegen gesprochen?"

„Ja mit Herrn Dr. Weniger. Wie geht es meiner Frau?", frage ich ungeduldig.

„Den Umständen entsprechend. Die Kugel hat zwar die Lunge getroffen, zum Glück aber keine Venen beschädigt. Wir haben sie nach der OP trotzdem erst mal in ein künstliches Koma versetzt, aber wir hoffen natürlich, dass das nicht lange notwendig sein wird."

„Kann ich zu ihr?", frage ich erschöpft.

Die letzten Stunden waren die Hölle für mich und ich will endlich Ari sehen.

„Na gut", sagt er, nach einer kurzen Überlegung. „Kommen Sie mit."

Er lächelt freundlich und führt mich zu einer Tür. Ich trete ein und blicke auf Ari. Viel sehe ich allerdings nicht von ihr, wegen der Schläuche, aber ich bin einfach erleichtert, bei ihr sein zu dürfen. Ich rede mit ihr, aber ich weiß natürlich nicht, ob sie mich hört. Nur schwer kann ich mich losreißen, aber ich weiß, dass auch Anna darauf brennt, bei ihrer Tochter sein zu dürfen.

Mein Vater hat so lange mit der Polizei telefoniert, bis sie uns endlich mitgeteilt haben, dass der Schuss auf Ria tödlich war. Die Erleichterung, die danach uns übermannt hat, war spürbar.

„Gottseidank", sagte Anna und sprach damit aus, was wir alle gedacht haben.

Ich bin wirklich froh darüber, denn es ist besser so, für alle. Nicht auszudenken, dass wir in ständiger Angst wegen dieser Verrückten hätten leben müssen. Abends telefoniere ich noch mit Sara und Bernd und erzähle ihnen, dass Ria tot ist.

„Ein Glück", sagt Bernd erleichtert.

„Wann kann ich Ari besuchen?", will Sara wissen.

„Im Augenblick dürfen nur Angehörige zu ihr. Ich hoffe, dass sie das künstliche Koma bald beenden können."

„Aber wieso hat Ria das gemacht?", fragt Sara zum hundertsten Mal und heult plötzlich los.

„Weil sie völlig irre war", sagt Bernd heftig.

„Ja. Das befürchte ich auch. Aber mit so etwas hat wirklich niemand rechnen können."

Zumindest sage ich mir das wieder und wieder, um meine Schuldgefühle in den Griff zu bekommen.

„Na das mit der Schwangerschaft war schon ziemlich heftig", meint jetzt Bernd.

„Ich hatte damals das Gefühl, dass Ria Hilfe braucht", sage ich zerknirscht. „Aber ich wollte ihren Eltern das Ganze nicht erzählen. Es erschien mir irgendwie unpassend. Nachdem sie mir erzählt hat, dass sie uns die letzten Jahre permanent gestalkt hat, wusste ich, dass ich falsch gehandelt habe."

„Ja, das hast du, Max!", sagt Sara heftig.

„Sara", sagt Bernd beschwichtigend. „Das hat doch niemand ahnen können."

„Aber nach der vorgetäuschten Schwangerschaft hätte Max bereits etwas unternehmen müssen", sagt Sara schrill.

Ich schweige. Was soll ich auch sagen, denn Sara hat ja schließlich recht.

„Vielleicht", erwidert Bernd in einem sanften Tonfall, der gar nicht zu ihm passt. Er hat sich seit der Beziehung mit Sara sehr verändert.

„Vielleicht hättest du so das Ganze verhindern können, Max", schluchzt Sara.

„Aber Sara", wendet Bernd ruhig ein. „Das wissen wir doch nicht. Meistens kommen die Leute doch irgendwann wieder raus und was wäre dann gewesen", gibt er zu bedenken.

Bei diesen Worten kann ich nur schlucken. Hunderttausendmal habe ich mir bereits dieselbe Frage gestellt: Hätte ich das Ganze verhindern können? Weil Ria vielleicht damals durch eine Therapie wieder vernünftig geworden wäre?

„Es tut mir leid", sage ich leise und lege auf.

Ich kann einfach nicht mehr weiter mit Sara darüber reden. Im Augenblick hört sie mir ohnehin nicht zu, sie braucht einfach Zeit.

Ich seufze. Jetzt wären wir bereits auf Ibiza und würden am Strand Cocktails schlürfen. Zum Glück hat Anna bereits alles storniert. Ich bin ihr dankbar dafür, dass ich das nicht zu tun brauche. Jetzt sitze ich in unserer Wohnung und starre die Decke an. Ich versuche zu arbeiten, aber es geht einfach nicht. Meine Gedanken sind nur bei Ari.

Am Montag würde ich trotz meines Urlaubs zur Arbeit gehen. Dann habe ich etwas Ablenkung und muss nicht hier rumsitzen.

Ich schaue auf die Uhr. Es ist zehn Uhr abends. Ich blicke auf unser gemeinsames Bett. Zum Glück habe ich die Rosenblätter, die Aris Freundinnen auf dem Bett verstreut hatten, bereits vom Bett gekratzt. Ich überlege, ob ich jetzt ins Bett gehe, aber ich habe Hemmungen davor, denn ich will nicht allein ohne Ari in unserem Bett liegen.

Plötzlich muss ich grinsen, als ich daran denke, wie überrascht Ari über das neue Bett war. Und wie schön die Einweihung des Bettes mit ihr war. Entschlossen greife ich zum Telefon.

„Guten Tag. Ich möchte bitte ein Taxi bestellen."

Nur kurze Zeit später bin ich zu Hause. Anna nimmt mich in die Arme.

„Gut, dass du da bist, Max", sagt sie erleichtert.

Wir reden noch lange. Ich rede über meine Schuldgefühle.

„Das kann natürlich sein", meint mein Vater.

Anna schaut ihn strafend an.

„Das ist nicht hilfreich, Ralf!"

„Lass mal, Anna", sage ich müde.

„Aber das ist alles rein theoretisch", fährt mein Vater fort. „Erst mal setzt

es voraus, dass die Therapie angeschlagen hätte. Vielleicht hätte eine

geschlossene Anstalt sie nur noch kaputter werden lassen und sie so noch

tiefer in die Märtyrerrolle geschoben. Wir wissen es nicht. Man kann den

Menschen halt nur vor den Kopf schauen", schließt er achselzuckend.

Wir schauen noch einen von diesen merkwürdigen Spätfilmen und

hängen unseren Gedanken nach.

Um zwei Uhr morgens verabschieden sich Anna und mein Vater.

„Du solltest auch etwas schlafen", meint Anna sanft.

Ich gehe rauf, ziehe mich um und lege mich in mein altes Bett.

Ich starre die Decke an und denke an den gestrigen Tag, unsere Hochzeit.

Meine Mutter war nicht da. Sie macht aktuell eine Promotour durch die

USA, die seit einem Jahr geplant war und das ließ sich angeblich nicht

verschieben. Sie hat mich heute angerufen und wollte uns gratulieren.

Nachdem ich ihr alles erzählt habe, war sie völlig fertig und ich auch, weil

ich wieder dieses schreckliche Ereignis vor Augen hatte.

Um ehrlich zu sein, ist mir Anna die letzten Jahre eine weitaus bessere

Mutter gewesen, auch wenn das undankbar klingen mag. Meine Mutter ist

einfach kein mütterlicher Typ.

Vielleicht hätte sie nie Kinder bekommen sollen oder vielleicht wäre sie zehn Jahre später eher dazu bereit gewesen. Allerdings hat sie da ja Katja bekommen und war froh, dass sie sie später nach München abschieben konnte. Letztendlich war es für uns alle das Beste, nach München zu gehen, denn wir haben nicht gemerkt, dass wir keine Familie waren, bis wir eine Familie wurden.

Ich nehme ein Bild aus meiner Tasche, welches ich schnell noch eingesteckt habe, bevor ich nach Hause gefahren bin.

Ein Bild von Ari und mir auf Ibiza, nachdem ich ihr den Heiratsantrag gemacht hatte. Ich sehe es an und bilde mir ein, dass Ari glücklich aussieht. Für mich war es ein glücklicher Moment, aber kein Vergleich mit dem Tag, an dem ich herausgefunden habe, dass Ari dasselbe für mich empfindet wie ich für sie. Auch wenn mir das immer noch völlig absurd erscheint.

Dann lege ich das Bild unters Kopfkissen und schlafe ein.

42. KAPITEL
Ariane

Ich sehe Max in einem schwarzen Anzug neben dem Altar stehen. In seinem Knopfloch steckt eine hellrosafarbene Rose. Neben ihm stehen Bernd und Sara. Bernd trägt ebenfalls eine Rose und Sara trägt ein hochgeschlossenes rosa Kleid.

Ich komme auf die drei zu, aber irgendwie komme ich nicht näher.

Plötzlich stelle ich fest, dass mich jemand festhält.

Ich drehe mich um und sehe, dass es Ria ist.

„Wenn ich ihn nicht haben kann, sollst du ihn auch nicht haben!", brüllt sie mich an.

Dann höre ich einen lauten Schuss. Mit einem Ruck wache ich auf.

Ich schaue mich um, kann die Umgebung aber nicht zu ordnen. Erst langsam dringen Worte an mein Ohr:

„Ari? Ari! Wie schön, du bist wach!", flüstert jemand. Ich schaue Max an und langsam verstehe ich, was er sagt.

Aber wieso wach, wundere ich mich. Dann schlafe ich wieder ein.

Aber ich spüre seine warme Hand an meiner.

Max kommt jeden Tag vorbei. Zum Glück hat er seinen Urlaub abgesagt, also können wir, sobald es mir besser geht, doch noch wegfahren. Aber wahrscheinlich werden wir trotzdem erst nächstes Jahr fliegen können.

„Hallo Frau Sommer", begrüßt er mich jedes Mal.

„Hallo Herr Sommer", sage ich und küsse ihn.

„Wie geht es dir heute?", fragt Max sanft und nimmt meine Hand.

„Blendend", behaupte ich und versuche, mich aufrecht hinzusetzen, was aber ganz schön anstrengend ist. Seufzend lege ich mich wieder in meine Kissen.

„Mir ist ganz schön langweilig", murre ich.

Max lächelt mich verschmitzt an.

„Dann scheint es dir wirklich besser zu gehen."

„Schließlich liege ich ja bereits ewig hier", schmolle ich.

Ich verschweige, dass der Arzt heute früh meinte, dass meine Sauerstoffsättigung noch nicht optimal ist, denn schließlich fühle ich mich schon wieder ganz gut.

„Was sagt denn der Arzt?", will jetzt Max wissen und ich seufze.

„Na ja", sage ich nur.

„Dann wirst du wohl noch ein bisschen bleiben müssen", fasst er mein „Na ja" zusammen. Max kennt mich so gut.

„Ich weiß auch noch nicht, wie wir das zu Hause machen werden, Ari",
sagt jetzt Max vorsichtig.

„Wieso?", frage ich erstaunt.

„Ari. Unsere Wohnung ist im dritten Stock. Du wärst erst mal dort oben
eingesperrt und ich muss natürlich arbeiten. Ich kann meinen Urlaub
versuchen nachzuholen, dann verschieben wir unsere Hochzeitsreise auf
nächstes Jahr", schlägt er vor.

„Was wir doch sowieso tun müssen", meine ich achselzuckend. „Also
kannst du dir doch jetzt Urlaub nehmen."

„Das ist kein Problem", meint Max. „Aber der Arzt sprach von
mindestens drei Wochen. So lange bekomme ich nicht frei."

„Jetzt sieh das bloß nicht so schwarz, Herr Sommer", sage ich streng.
„Schließlich wird es mir nach zwei Wochen schon sehr viel besser gehen
und ich werde nicht mehr so viel Hilfe brauchen, wie am Anfang."

„Ich will doch nur, dass es dir gut geht", sagt Max plötzlich verzweifelt.

„Äh, worüber sprechen wir hier eigentlich genau?", frage ich
stirnrunzelnd.

„Ich fühle mich schuldig", gesteht Max.

„So ein Unsinn", sage ich aufrichtig.

Ich würde lachen, aber da das noch weh tut, beschränke ich mich auf ein kleines Lächeln und einen sachten Nasenstüber.

„Du kannst doch nichts für das durchgeknallte Hirn einer Verrückten", versuche ich ihn zu beruhigen.

„Ich hätte damals mit ihren Eltern reden müssen", sagt Max kleinlaut.

„Was genau hätte das denn geändert?", frage ich erstaunt. „Und völlig davon abgesehen, sollten wir froh sein, dass nicht mehr passiert ist."

„Nicht mehr?", fragt Max fassungslos. „Du wurdest angeschossen, Ari! Ich kann nicht schlafen, ohne dass ich wieder und wieder diese Bilder sehe! Ich dachte, dass ich dich für immer verloren habe!"
Max sieht so traurig aus. Es bricht mir das Herz, ihn so leiden zu sehen.

„Das hast du aber nicht", sage ich sanft und reibe mir mit seiner Hand über die Wange. „Wir müssen froh sein, dass alles so glimpflich verlaufen ist. Nicht auszudenken, dass Ria auf noch mehr Menschen geschossen hätte", sage ich, auch um mich zu beruhigen.
Als Max mir erzählt hat, dass Ria erschossen worden ist, war ich einfach nur erleichtert. Ich streichele Max Kopf, den er jetzt auf meine Bettdecke gelegt hat.

„Was mich eher stört", fange ich an.

„Was denn?", fragt Max besorgt.

„Dass wir unsere Ehe noch nicht haben vollziehen können", murre ich.

Max lächelt nur und hält weiterhin meine Hand.

Nach ein paar Tagen kann ich endlich nach Hause. Das erste Problem ist

natürlich, dass unsere Wohnung im dritten Stock liegt, aber Max trägt

mich einfach nach oben.

„Max", rufe ich lachend, obwohl das immer noch sehr weh tut. „Ich bin

doch viel zu schwer für dich!"

„Ach was. Du bist eine Elfe", stöhnt Max und kämpft sich wacker bis

zum ersten Stockwerk.

Dann hält er inne und verschnauft erst mal. Und dann sind wir tatsächlich

oben und Max trägt mich über die Schwelle.

Wahnsinn!

Er setzt mich ab und küsst mich.

„Willkommen zu Hause, Frau Sommer", sagt er zärtlich.

„Du hast mich tatsächlich über die Schwelle getragen", sage ich verblüfft

und setze mich erst mal auf die Couch. Die Fahrt hierher war anstrengend.

„Geht es dir nicht gut?", fragt Max besorgt.

„Geht schon", sage ich. „Ich muss mich, glaube ich, etwas hinlegen."

„Soll ich dich ins Bett tragen?", fragt Max schelmisch.

„Ach weißt du", meine ich abwehrend. „Ich würde jetzt gerne einfach auf der Couch rumliegen. Bett hatte ich jetzt die letzten zwei Wochen genug."

„Sollen wir einen Film anschauen?", fragt Max.

„Oh ja. Und lass uns Pizza bestellen!"

43. KAPITEL

Max

Ich bin froh darüber, dass Ari wieder zu Hause ist.

Eigentlich wäre es mir lieber gewesen, wenn sie bei meinen Eltern

geblieben wäre. Ab nachmittags wäre immer jemand für sie da. Aber Ari

möchte das nicht.

„Ich bin lieber zu Hause. Mal bei meiner Mutter zu sein und verwöhnt

zu werden, ist ganz nett. Aber für die nächsten drei oder vier Wochen

wäre mir das zu anstrengend."

Ich habe ihr nicht widersprochen. So gerne ich meine Familie auch habe,

vier Wochen am Stück bräuchte ich sie auch nicht.

Unsere Hochzeitsreise haben wir natürlich erst mal verschieben müssen.

Vielleicht wird nächstes Jahr etwas daraus.

Ari geht es von Tag zu Tag besser, trotzdem finde ich sie abends meistens

schlafend auf der Couch. Ich trage sie dann in unser Bett und kuschele

mich an sie.

Doch die Schuldgefühle nagen immer noch an mir. Hätte ich etwas tun

können, um das zu verhindern? Würde Ria dann noch leben? Wieder und

wieder frage ich mich, ob ich in den drei Jahren Beziehung nicht etwas übersehen habe. Natürlich war es schrecklich, eine Schwangerschaft vorzutäuschen, aber das erscheint mir sehr weit entfernt davon, einen Menschen zu erschießen.

Ich habe darüber nachgedacht, Rias Eltern zu besuchen. Aber worüber sollte ich mit ihnen reden, frage ich mich. Ich kann sie schließlich schlecht fragen, ob sie Ria für eine Psychopathin gehalten haben.

Abends spreche ich oft mit Ari darüber. Ich bin immer noch erstaunt darüber, dass Ari das so gut weggesteckt hat.

„Heute bin ich wieder bei Rias Eltern vorbeigefahren", fange ich an.

„Hast du sie diesmal besucht?", fragt Ari und lächelt mich an. Dabei nimmt sie meine Hand und legt sie auf ihre Wange. Kleine Hitzewellen durchfahren mich dabei.

„Nein. Ich konnte es einfach nicht tun. Worüber sollte ich mit ihnen reden?"

„Nun, du könntest sie fragen, wie es ihnen geht", sagt Ari wahrscheinlich zum hundertsten Mal diese Woche zu mir. Ich bewundere diese Geduld, die sie mit mir hat.

„Vielleicht solltest du mal mit einem Psychologen darüber sprechen?", schlägt Ari heute plötzlich vor.
Das ist neu.

„Gehe ich dir auf die Nerven?", frage ich entsetzt.

„Wie kommst du denn darauf?", fragt Ari erstaunt und richtet sich auf.

„Weil du mich an einen Psychologen abschieben willst", knurre ich.

Ari schaut mich mit ihrem typischen durchdringenden Blick an. Sie wird eines Tages deswegen bei vielen Schülern gefürchtet werden. Ich fürchte mich auf alle Fälle jetzt schon.

„Ich finde, du solltest mit einem Psychologen darüber sprechen, weil seine Sicht der Dinge dir vielleicht besser hilft, als meine", sagt sie und betont dabei jedes Wort.

„Aber was soll das schon ändern?", frage ich ratlos.

„Keine Ahnung", gibt Ari zu. „Ich könnte Sara fragen, ob sie uns einen Kollegen empfehlen kann, der auf Traumata spezialisiert ist."

„Ich habe doch kein Trauma", wehre ich ab.

„Was soll es denn sonst sein?", fragt Ari und gibt mir die Augenbraue.

„Müsstest du nicht eher ein Trauma haben, Ari? Wieso kommst du damit besser klar als ich?", frage ich verzweifelt.

„Weil es deine Ex-Freundin war", sagt Ari schlicht. „Und weil ihr Männer immer ein Problem damit habt, wenn ihr uns nicht beschützen könnt", setzt sie noch hinzu und grinst dabei.

„Oh", sage ich und klinge auch für mich nicht gerade intelligent. „Wie bist denn darauf gekommen? Hast du etwa mit Sara darüber gesprochen?"

„Das ist doch offensichtlich", sagt Ari und verdreht die Augen.

So, so, denke ich.

Seit drei Wochen ist Ari jetzt zu Hause. Nächste Woche wird sie wieder zur Schule gehen. Zum Glück braucht sie das Referendariat nicht zu wiederholen. Es werden nur recht viele Prüfungstermine auf einmal auf sie zukommen und ich hoffe, sie wird sich damit nicht übernehmen. Aber das ist natürlich nichts, worüber man mit Ari sprechen könnte., daher versuche ich es auch gar nicht erst, weil ich mir da auch nicht reinreden lassen würde.

Sollte ich wirklich mit jemandem darüber sprechen?

Bernd brauche ich danach nicht zu fragen. Er wäre seit Jahren ein Fall für die Couch und lehnt das kategorisch ab. Na ja, zumindest scheint es ihm gut zu tun, mit einer Psychologin zusammen zu sein. Oder vielleicht auch einfach nur mit Sara.

Sara kommt oft vorbei, um Ari zu besuchen. Anfangs war sie etwas frostig, aber glücklicherweise hat sich das gelegt und nach zwei Wochen hat sie sich sogar bei mir entschuldigt, dabei hätte sie das gar nicht zu tun brauchen, denn schließlich mache ich mir ja genau dieselben Vorwürfe.

Nächstes Wochenende werden die beiden vorbeikommen und danach

wird uns wohl wieder der Alltag einholen.

Aber nachts, wenn ich die Augen schließe, sehe ich Ari, wie sie so daliegt.

Leichenblass und alles ist voller Blut. Manchmal träume ich von Ria, wie

sie zu mir sagt:

„Wenn wir einfach zusammengeblieben wären, dann wäre das nicht

passiert!"

Schweißgebadet wache ich dann auf und kann nicht weiterschlafen.

Aris Prüfungstermine und auch mein Job nehmen unsere ganze Zeit in

den nächsten Wochen in Anspruch.

Ich mache mir Sorgen um Ari, denn sie ist immer so müde und arbeitet

viel zu viel.

Unser Sexleben liegt brach. Aber das, befürchte ich, liegt dann doch eher

an mir, denn ich habe Angst, Ari zu berühren. Damit meine ich keine

Umarmungen oder Küsse, aber intime Berührungen lasse ich im Moment

einfach nicht zu.

Ari hat mir heimlich eine Visitenkarte in die Jackentasche gesteckt. Und

ich bin tatsächlich zu einem Gesprächstermin gegangen, aber wirklich besser ging es mir dadurch nicht. Ich habe Angst, denn nach wie vor kann ich es mir einfach nicht verzeihen, dass sie durch meine Schuld so schwer verletzt worden ist. Wenn ich die Augen schließe, sehe ich immer noch das ganze Blut.

Die Wochen fliegen an uns vorbei. Bald ist schon wieder Weihnachten. Ich hoffe sehr, dass wir während der Ferien einfach mal eine Woche durchatmen können. Vor allem hoffe ich, dass wir ganz für uns sein werden, von den Festtagen abgesehen.

Endlich ist Freitag und der letzte Arbeitstag für uns beide vor den Weihnachtsferien. Ich stehe vor der Tür und schaue auf die Uhr: bereits acht Uhr abends.

Der heutige Tag und auch die ganze Woche waren furchtbar: drei Meetings, zwei kranke Mitarbeiter. Ich bin froh, dass meine Woche Urlaub überhaupt noch geklappt hat.

Ich schließe unsere Wohnungstür auf und lasse den ganzen Stress damit hinter mir.

„Hallo Ari!", rufe ich schon an der Tür.

„Hallo Max! Ich bin in der Küche", ruft Ari.

Erstaunlich. Ari kocht so gut wie nie und das ist auch besser so. Das Kochtalent ihrer Mutter überspringt wahrscheinlich gerade eine Generation. Ich schaue in die Küche, in der zwei kleine Platten mit Antipasti stehen.

„Trägst du die beiden Platten bitte rüber?", fragt Ari.

Sie hat bereits ihren Schlafanzug an, den mit den Pinguinen. Ich komme mir etwas overdressed vor in meiner Anzughose und meinem weißen Hemd.

Ihre langen, dunkelblonden Haare sind offen. Sie sieht bezaubernd aus. Ari schnappt sich zwei kleine Schalen, die mit rotem und grünem Pesto gefüllt sind. Ich trage die Platten mit Antipasti zum Esszimmertisch.

„Ich habe allerdings keine Nudeln gekocht", sagt Ari. Gottseidank, denke ich, behalte das aber lieber für mich.

„Ich wusste ja nicht, wann du heute nach Hause kommst. Aber ich habe Brot aufgebacken", sagt sie stolz und zeigt auf knuspriges Ciabatta.

„Das sieht lecker aus, Ari", sage ich und meine es auch so.

„Gibt es denn einen Anlass?", frage ich erstaunt, als wir am Tisch sitzen.

„Wir haben jetzt endlich mal eine Woche für uns, außer natürlich die beiden Weihnachtstage. Aber dieses Wochenende gehört uns ganz allein", strahlt sie mich an.

Ich schnappe mir eine gefüllte Paprika, denn plötzlich habe ich einen Bärenhunger.

„Ich habe übrigens keinen Nachtisch gemacht", sagt Ari plötzlich und steht auf. „Ich dachte da an mich", meint sie und zieht ihr Schlafanzugoberteil aus.

Darunter trägt sie einen BH mit weißer Spitze, der aber trotzdem noch viel von ihren Brüsten präsentiert. Dann folgt die Schlafanzughose und ich halte unwillkürlich die Luft an.

Ari trägt lange weiße Strümpfe und Strapse, die an einem Hüftdings befestigt sind. Sonst nichts.

Mein Herz pocht und ich stehe auf. Langsam streichele ich über ihre Brüste, sofort richten sich ihre rosigen Knospen auf. Doch ich stoppe jäh, als ich die Narbe unterhalb ihrer Brust sehe. Ari nimmt meine Hand und berührt damit sanft die Stelle.

„Tut es weh?", flüstere ich.

„Nein. Kaum noch."

Ich streichele und küsse die Stelle so lange, bis ich mich endlich etwas entspanne. Dann küsse ich Aris Brüste und liebkose sie mit meiner Zunge. Dann tauche ich zwischen ihre Beine und mache dort mit meiner Zunge weiter, bis Ari anfängt zu zittern.

„Ich kann nicht mehr stehen", stöhnt sie.

Ich lache befreit und trage sie rüber zur Couch. Dort fahre ich fort, bis Ari mich fragt:

„Willst du nicht auch in etwas Bequemes schlüpfen, Max?"

Das lasse ich mir nicht zweimal sagen und steige aus meiner unbequemen Anzughose. Dann öffne ich ein paar Knöpfe meines Hemds und ziehe es mir schnell über den Kopf. In Boxershorts lege ich mich auf Ari.

„Geht das?", frage ich besorgt.

„Natürlich", sagt sie erstaunt. „Aber du hast immer noch so viel an", meint sie kritisch.

Ich seufze und ziehe die Boxershorts auch noch aus. Ari in Reizwäsche und ich völlig nackt ist eine neue und sehr angenehme Erfahrung.

Wir lassen uns Zeit, haben Petting und lernen uns ganz neu kennen.

44. KAPITEL
Ariane

Ich bin froh, dass mich Max wieder berührt.

Anfangs wollte ich ihm Zeit geben, aber allmählich habe ich mir Sorgen

gemacht, dass dieser Zustand ewig anhalten würde. Er hat mir von dem

Gespräch mit dem Therapeuten erzählt. Danach hat er mir endlich gesagt,

dass er Angst davor hat, mich zu berühren, was mich erst mal völlig

schockiert hat. Ich wusste einfach nicht, wie ich damit umgehen sollte.

Und da wir die letzten Wochen so wenig Zeit füreinander hatten, hatten

wir auch keine Gelegenheit, daran zu arbeiten.

Ich bin froh, dass wir jetzt eine Woche für uns haben. Natürlich muss ich

meine Unterrichts-Besuche vorbereiten und auch lernen. Meine

Staatsarbeit muss ich auch noch schreiben. Aber wir brauchen einfach

beide etwas Ruhe. Und genau das, was wir gerade tun, mmh.

„Wollen wir vielleicht ins Schlafzimmer umziehen?", keuche ich. „Die

Couch ist ziemlich unbequem."

Max hebt mich einfach hoch und trägt mich zum Bett. Ich bin immer noch

verblüfft darüber, dass so ein dünner Mensch wie Max mich tragen kann,

aber ich genieße es auch.

Meine Unterwäsche habe ich immer noch an.

Er legt mich auf das Bett, legt sich neben mich und schmiegen uns aneinander.

„Wo waren wir?", frage ich.

Max lacht zärtlich und legt sich auf mich.

„Dabei", sagt er und berührt mich zwischen den Beinen.

Er dehnt mich mit seinen Fingern und bearbeitet mich gleichzeitig mit seinem Daumen.

Irgendwann halte ich es nicht mehr aus. Ich drehe uns so, dass ich oben bin und setze mich auf Max. Dann beginne ich mich zu bewegen und spüre, dass es Max gefällt, nachdem er sich von der Überraschung erholt hat. Er nimmt meine Hüften und schiebt mich hin und her, bis wir beide anfangen, zu stöhnen.

Zum Glück sind wir die einzigen hier oben in diesem Stockwerk. Was mir aber im Augenblick ziemlich egal ist.

„Ich habe dich so vermisst, Max!" Dabei spüre ich, wie sich alles in mir zusammenzieht. Plötzlich presst mich Max hart auf sich.

„Tut mir leid", keucht er. „Ich konnte einfach nicht mehr."

„Wir haben ja noch die ganze Woche", beruhige ich ihn.

Ich lege mich neben Max und schmiege mich an ihn.

„Es tut mir leid", sagt er zerknirscht. „Dabei habe ich schon versucht, Bundesländer alphabetisch aufzuzählen."

„Wie weit bist du gekommen?", frage ich neugierig.

„Bis Bayern", sagt er trocken.

Es tut so gut, einfach wieder zusammen zu sein. Irgendwann schlafen wir ein. Bis mich Max weckt.

„Runde zwei? Ich denke, ich werde jetzt länger durchhalten können."

Am nächsten Morgen fühle ich mich so entspannt, wie schon lange nicht mehr.

„Also ich muss sagen, so ein Sexmarathon hat schon was", sage ich und kuschele mich an Max.

„Na ja, vielleicht etwas kurz, oder? Drei Mal in einer Nacht ist doch noch kein Marathon."

„So?", frage ich erstaunt. „Was wäre denn ein Marathon?"

Max sagt nichts, sondern legt sich wieder auf mich.

Irgendwann sage ich:

„Ok. Das kam jetzt vielleicht doch einem Marathon näher, aber ich kann nicht mehr,"

Max grinst mich an und wir kuscheln.

„Also ich habe Hunger", sagt er nur wenig später. „Und ich bewundere Bernds Stehvermögen", stöhnt er.

„Wieso?"

„Na, weil er mir mal von einem 24 Stunden Sexmarathon erzählt hat."

„Na, ob das stimmt", gebe ich zu bedenken. „Schließlich hat er erzählt, dass er morgens immer ganz früh verschwindet. Dass er 24 Stunden wach war und Sex hatte, um dann ganz früh zu verschwinden, das glaube ich dann doch nicht."

„Keine Ahnung", sagt Max. „Aber ich muss zugeben, dass ich ziemlich erledigt bin. Und dass ich dringend etwas essen muss!"

Mit diesen Worten verschwindet er auch schon in die Küche. Ich kuschele mich in unser Bett und döse noch etwas vor mich hin.

Eine halbe Stunde später kommt Max mit einem Tablett ins Schlafzimmer: Kaffee, Rührei, Brot. Himmlisch!

„Ich glaube, ich heirate dich", sage ich kauend.

„Hast du doch schon, Frau Sommer", schmunzelt Max und futtert.

Ich bin froh, dass er etwas isst. Die letzten Monate ist er beinah wieder so hager geworden, wie vor zwei Jahren bei seiner Magengeschichte. Bei ihm geht das schnell, im Gegensatz zu mir. Seufzend nehme ich mir noch ein Stück Brot.

„Sollen wir eigentlich unseren Urlaub buchen?", fragt Max plötzlich.

„Unsere Flitterwochen", verbessere ich.

„Wo wollen wir überhaupt hin? Wollen wir denn wirklich wieder nach Ibiza?", fragt Max.

„Natürlich", sage ich selbstverständlich. „Schließlich hast du mich da ja gefragt, ob ich dich heiraten will."

45. KAPITEL

Max

„Reichst du mir mal die Sonnenmilch rüber, Ari?"

„Hol sie dir doch selbst. Ich liege gerade so gut."

„Jetzt sind wir ein halbes Jahr verheiratet und schon kehrt der Alltag

ein", schmolle ich. „Soll ich dich einschmieren?", frage ich dann doch.

„Ja bitte", sagt Ari sofort und strahlt mich an.

„Na, das hat sich ja schon gelohnt", grinse ich und öffne die

Sonnencreme.

Schon seit ein paar Tagen faulenzen wir am Strand von Ibiza. Nicht ganz

ein Jahr, nach dem ich Ari damals den Heiratsantrag gemacht habe, denn

die Osterferien sind diesmal schon im März.

Gottseidank geht es Ari wieder gut.

Das Referendariat ist durch und es steht jetzt schon fest, dass Ari an der

Schule wird bleiben können.

Und dann werden wir uns nach Häusern umschauen, vielleicht auch

schon eher. Heimlich schaue ich öfter mal, ob ich etwas sehe, aber Häuser

in München sind so ziemlich unbezahlbar, selbst, wenn man eine

vermögende Frau hat und Anna uns etwas dazu gibt. Und da wäre ja auch noch ein anderes Thema, aber Ari will irgendwie immer noch nichts davon wissen.

Plötzlich steht Ari auf.

„Ist alles in Ordnung, Ari?", frage ich besorgt.

„Alles ok", sagt sie und lächelt.

Absolut zum Dahinschmelzen, denke ich verträumt, während ich sie mustere.

Seit unserem Sexmarathon geht es mir tatsächlich viel besser. Sextherapie, denke ich versonnen und gebe mich meinen Tagträumen hin.

Mit einem Ruck werde ich plötzlich wach.

Ich muss wohl eingeschlafen sein, denn meine Uhr zeigt bereits fünf Uhr nachmittags. Und Ari ist immer noch nicht da!

Schnell packe ich alle unsere Sachen zusammen und laufe ins Hotel.

„Was ist denn los, Ari? Wieso hast du mich nicht geweckt?", frage ich ganz außer Atem.

„Mir war das zu heiß, deswegen habe ich mich hier hingelegt", sagt Ari.

„Du hättest mich ruhig wecken können", sage ich zärtlich und ziehe sie eng an mich.

„Hättest du Lust, vielleicht heute essen zu gehen? Heute ist dein Antrag genau elf Monate her", schlägt Ari vor.

„Ich glaube, so spontan kann man da nicht hingehen", gebe ich zu bedenken.

„Na, vielleicht habe ich ja einen Tisch reserviert?", grinst mich Ari schelmisch an.

„Was für eine schöne Idee. Aber, haben wir vielleicht noch etwas Zeit?" Ari schaut auf die Uhr.

„Etwa eine halbe Stunde."

Wir steigen aus dem Mietwagen und gehen wieder in dasselbe Restaurant.

„Fast wie ein Déjà-vu", sagt Ari lächelnd.

Irgendwie lächelt sie schon den ganzen Tag, sie sieht wunderschön dabei aus. Das bunte Sommerkleid lässt sie noch strahlender wirken.

„Das Kleid ist leider nicht dasselbe", stelle ich fest.

„Das passt leider nicht mehr", entgegnet Ari.

Ich denke nicht weiter darüber nach, denn mein Blick fällt auf unsere Familie, die an demselben großen Tisch sitzt, wie vor einem Jahr.

„Äh Ari?", frage ich erstaunt. „Wieso sitzt unsere Familie dort?"

„Weil ich sie eingeladen habe", sagt Ari so, als ich ob ich damit hätte rechnen müssen.

„Wann seid ihr denn angekommen?", frage ich immer noch verblüfft.

„Ari hat uns heute Nachmittag vom Flughafen abgeholt", erzählt Katja.

„Wir waren auch überrascht, als uns Ari vor drei Wochen gefragt hat. Schließlich ist das ja eure Hochzeitsreise", meint Anna belustigt.

„Aber weil Ari die ganze Reise bezahlt hat", lacht Ralf.

„Waren wir mal nicht so", ergänzt Anna trocken.

„Leider war euer Hotel nicht mehr frei", bedauert Katja.

„Nun ja", sage ich nur.

Die anderen lachen. Plötzlich steht Ari auf.

„Max", sagt sie feierlich. „Wir sind jetzt schon so lange zusammen und sind jetzt sogar verheiratet. Ich finde, es ist Zeit für den nächsten Schritt."

Erst mal kapiert niemand, was Ari meint, bis Anna sich die Hand vor den Mund schlägt und anfängt zu weinen.

„Äh Anna", sagt Ralf bestürzt.

Bei Katja fällt als nächstes der Groschen und beide umarmen Ari stürmisch.

„Brauchst du es schriftlich?", fragt Katja und pufft mich in die Seite.

„Ich weiß immer noch nicht", stammele ich.

„Na, dann wird es vielleicht dadurch etwas klarer", grinst Ari und drückt mir einen kleinen weißen Umschlag in die Hand.

Neugierig öffne ich ihn.

Heraus fällt ein Ultraschallbild.

EPILOG
Max

„Hallo Papa", ruft Hanna und kommt auch schon auf mich zu geflitzt.

„Langsam Rotschopf", lache ich und hebe sie hoch.

Sie schmiegt sich sofort an mich, was für ein herrliches Gefühl.

„Hallo Max", ruft Ari aus der Küche.

Mit Hanna auf dem Arm laufe ich zum Esstisch. Ari kommt mit einer Platte Aufschnitt aus der Küche.

„Schön, dass du schon da bist", strahlt sie.

Ich setze Hanna auf ihren Kinderstuhl und küsse Ari innig.

„Iiiih!", ruft Hanna.

Wir lachen und setzen uns hin. Natürlich fängt Hanna sofort an, los zu plappern. Ich lehne mich zufrieden zurück.

In einem Monat wird unsere Tochter drei. Sie hat schon ein Planschbecken bestellt, aber leider mussten wir ihr eröffnen, dass es eventuell im Oktober schon zu kalt dafür sein wird. Alternativ habe ich ihr vorgeschlagen, eine Hüpfburg im Garten aufzustellen. Das hat Hanna zum Glück erst mal ausgereicht.

„Der kleine Bruder hat sich heute bewegt", erzählt Hanna plötzlich.

„Es ist also alles in Ordnung?", frage ich lachend und nehme Aris Hand.

„Alles in Ordnung", strahlt mich Ari an und zeigt mir das neueste Ultraschallbild.

„Alles dort, wo es hingehört", lächelt sie glücklich.

Im Dezember wird, wenn alles gut geht, unser Sohn geboren werden.

„Aber dann ist Schluss", hat mir Ari bereits mitgeteilt.

Das ist ok. Schließlich ist das hier alles so viel mehr, als ich bis vor ein paar Jahren zu hoffen gewagt hätte.

Als Ari unserer Familie und mir eröffnet hat, dass sie schwanger ist, war ich überglücklich über diese Nachricht. Anfangs habe ich Ari gar nichts mehr selbst machen lassen, weil ich ständig Angst hatte, dass sie sich überanstrengt. Irgendwann hat sie mir in ihrer liebevollen Art mitgeteilt, dass sie es zwar schätzt, nicht mehr so viel Haushalt machen zu müssen, dass aber meine Hilfe sie doch etwas nervt, schließlich sei sie ja nicht krank. Ich habe mich zusammengerissen und versucht, etwas weniger gluckenhaft zu sein. Natürlich bin ich zu jedem Arzttermin mitgekommen, ich wäre auch heute mitgekommen, aber an diesem Meeting musste ich leider teilnehmen, es ließ sich nicht verschieben.

Die letzten Jahre mit Ari und dann plötzlich mit Hanna waren unbeschreiblich. Abgesehen vom Schlafmangel allerdings.

„Wie geht es denn Sara?", frage ich, nachdem wir gegessen haben.

Hanna hat allein zwei Scheiben Brot verdrückt. Nicht nur das Aussehen scheint sie mit Katja zu teilen, sondern auch ihren riesigen Appetit.

„Ihr geht es gut, aber Bernd ist ein Wrack", schmunzelt Ari.

„Verstehe ich gar nicht", feixe ich. „Ist doch auch schon sein zweites Kind!" Ari lacht.

„Du kennst doch Bernd", sagt sie nur.

Ich muss ihr leider Recht geben. Was war das für ein Drama, als Sara Bernd eröffnet hat, dass sie ein Kind von ihm bekommt. Er hat tagelang geschmollt und das leider die ganze Zeit auf unserer Couch. Sara war sauer und völlig zu Recht, meiner Meinung nach.

Zum Glück hat Ari ihm Bescheid gestoßen und gesagt, dass er ja schließlich nicht sein Vater ist. Also bräuchte er gar nicht erst damit anzufangen, sich wie sein Vater zu benehmen. Das saß und er ist wieder zu Sara zurückgestiefelt. Natürlich mit einem Strauß roter Rosen, die ich ihm noch besorgt habe. Was tut man schließlich nicht alles, um seinen besten Freund von der eigenen Couch zu bekommen!

Das Gute aber war, dass er uns im Umgang mit Hanna erlebt hat und gesehen hat, dass das kein Hexenwerk ist. Bisweilen halt nur etwas anstrengend. Gottseidank hat Sara Bernd wieder aufgenommen und heute ist er ein leidenschaftlicher Papa in Elternzeit.

„An und für sich hat er die zweite Schwangerschaft doch viel gelassener aufgenommen", wundere ich mich.

„Ja, aber jetzt wird es konkreter und er wird zwei Kinder haben, um die er sich kümmern muss. Und das beunruhigt ihn wohl irgendwie im Moment. Sara wartet ab und übt sich in Geduld. Wie halt immer bei Bernd", sagt Ari achselzuckend.

Ja, das ist wohl so bei ihm.

Zum Heiraten konnte Sara Bernd allerdings bis heute nicht überreden. Komischerweise sind die beiden aber recht schnell zusammengezogen. Das schien nicht sein Problem zu sein. Die drei sind eine Familie, auch wenn Bernd das nie so bezeichnen würde. Er bevorzugt den Begriff „Lebensabschnittsgefährtin." Etwas, was Sara absolut auf die Palme bringt.

„Und sind das jetzt deine Lebensabschnittskinder?", hat Sara ihn bissig gefragt und natürlich wusste Bernd rein gar nichts darauf zu erwidern. Ich wollte immer heiraten, das entspricht einfach meiner persönlichen Auffassung von Familie und glücklicherweise hat Ari mich geheiratet.

Aber das gilt nur für mich. Denn es ist wohl so, wie Anna es mir damals gesagt hat:

„Eine Familie wird man nicht durch einen Trauschein, sondern durch das Gefühl füreinander."

Neugierig geworden?

Lesen Sie schon jetzt die ersten Kapitel des dritten und letzten Bands der Sommertrilogie!

Lily Winter

Liebe braucht kein Morgen

Sommertrilogie Band 3

Roman

PROLOG
Katja

Wumm!

Schweißgebadet wache ich auf.

Jede Nacht wache ich auf.

Jede Nacht sehe ich dieselben entsetzlichen Bilder.

Ich höre den lauten Aufprall und die plötzliche Stille, die darauffolgt.

Jede Nacht sehe ich mich wieder aus dem Auto stürzen, sehe wie andere Menschen angelaufen kommen.

Ich sehe einen Menschen vor dem Auto liegen, wie er einfach nur so da liegt, blutüberströmt.

Von einer Sekunde zur anderen kann das Leben vorbei sein. Seins war es und meines somit auch.

1. KAPITEL
Katja

Nach solchen Albträumen kann ich meistens nicht wieder einschlafen.

Dann setze ich mich in die Küche, schreibe in mein Tagebuch oder lese, bis

es endlich sechs Uhr ist und ich mit dem Bus zur Arbeit fahren kann.

„Guten Morgen, Frau Winter", begrüßt mich mein Chef, wie an jedem

Morgen.

Ich stelle ihm seine Tasse Kaffee, ohne Milch dafür aber mit zwei Stück

Zucker, auf den Schreibtisch. Dann setze ich mich ins Vorzimmer und sehe

die Mails durch, schicke Termine rum und sortiere die

Unterschriftenmappe für ihn. Langsam trudeln Mails für das anstehende

Meeting ein und ich kopiere alles in eine PowerPoint Vorlage, die ich mir

dafür überlegt habe, damit alles einheitlich aussieht. Natürlich wimmeln

die Folien wieder Mal vor lauter Fehlern. Nicht, weil die Leute blöd sind,

sondern weil es ihnen wohl niemand richtig erklärt hat. Die Leute, die die

Folien machen müssen, sind meistens die, die das Duale Studium in dieser

Firma absolvieren. Junge Leute Anfang 20, die meistens nur drei oder vier

Monate in einer Abteilung sind. Irgendwann sieht man welche von ihnen in Mailverteilern wieder, wenn sie ein Team oder sogar Abteilungen übernehmen. Die meisten gehen jedoch nach ihrem Studium fort.

Mein Vater hätte mir jederzeit auch diese Art von Ausbildung verschaffen können, aber irgendwie wollte ich das nicht. Ich wollte nicht als die Tochter des Geschäftsführers hier eine Ausbildung machen, also habe ich ganz normal an einer Uni studiert, in Vollzeit.

Das Studium hat mir viel Spaß gemacht und, obwohl ich eigentlich gar nicht arbeiten zu gehen gebraucht hätte, habe ich nebenher in einer Modeboutique gearbeitet, weil es eine ganz interessante Erfahrung für war. Irgendwie waren meine langen roten Haare und meine dünnen Stelzenbeine für den Job sogar recht hilfreich, ich durfte ganz oft die Kleider und Hosen, die wir verkauft haben, auf der Arbeit als Werbung tragen. Manchmal durfte ich sogar etwas behalten, nicht, dass ich diese Sachen heute noch anziehen würde.

Ich persönlich finde mich nicht schön, obwohl mein Äußeres komischerweise dem Gesellschaftsbild zu entsprechen scheint. Doch ich habe mich noch nie attraktiv gefühlt. Das könnte auch daran liegen, dass mir meine Großmutter, also die Mutter meiner Mutter, immer gesagt hat, dass ich dürr wie eine Ziege bin. Und obwohl ich damals erst vier war, hat sich das bei mir irgendwie festgesetzt. Und obwohl mir das nie wieder

jemand gesagt hat, fühle ich mich einfach nicht wohl in meiner Haut.

Ich sehe die Folien durch. Wenn mir direkte Fehler auffallen, korrigiere ich

sie. Die Inhalte sind nicht so überragend, mal wieder ein Antrag für

irgendwelche Projekte.

Ich weiß gar nicht genau, in welche Richtung ich nach dem Studium

gegangen wäre. Irgendwohin, wo man mir eine Stelle gegeben hätte,

natürlich, denn direkt nach einem Studium muss man halt erst mal

schauen, dass man Berufserfahrung bekommt.

Ich wollte immer weg aus München und mein eigenes Leben aufbauen.

Noch während meiner Masterarbeit hatte ich bereits unzählige

Bewerbungen innerhalb Deutschlands, nach England und den

Niederlanden verschickt. Während meines Studiums bin ich an

verschiedenen Unis gewesen und war ganz versessen darauf, mein

eigenes Leben aufzubauen.

Bis zu diesem Tag.

Doch ich schiebe diesen Gedanken wieder beiseite. Ich spare mir die

Düsternis für heute Abend auf.

Dann drucke ich das fertige Pre-read aus und bringe es meinem Chef.

„Danke, Frau Winter", sagt mein Chef geistesabwesend. Eigentlich ist mein Chef ganz ok. Auch der Job ist ganz in Ordnung, irgendwie.

Doch letztendlich bin ich leider genau da gelandet, wo ich niemals hinwollte. Aber es war meine einzige Chance, überhaupt einen Job zu bekommen, hier, in der Firma meines Vaters.

Immerhin verschafft mir der Job eine finanzielle Unabhängigkeit, wenngleich ich ansonsten nicht unabhängig bin, denn ich lebe auf dem Dachboden meines Vaters. Ein zugegeben sehr schöner, ausgebauter Dachboden, den bis vor einigen Jahren noch mein Bruder bewohnt hat. Später hat er zusammen mit seiner Frau Ari dort gewohnt, bis die beiden in Annas und Aris alte Wohnung umgezogen sind.

Ich liebe Ari, sie ist die beste große Schwester, die man sich wünschen kann. Und natürlich auch die beste Schwägerin der Welt.

Oh, bitte! Das ist gar nicht so kompliziert!

Mein Vater hat sich von meiner Mutter getrennt, als ich fünf war und ist mit Anna zusammengezogen. Natürlich war die ganze Geschichte wesentlich komplizierter, aber ich habe das eh damals nicht so mitbekommen. Anna hat eine Tochter namens Ariane, aber sie will nur Ari genannt werden. Mein großer Bruder Max und Ari haben sich quasi von Anfang an „gemocht", das hat jeder sehen können einschließlich mir, aber den beiden ist das Ganze erst zehn Jahre später klar geworden.

Gottseidank haben sie es letztendlich doch noch hinbekommen. Und jetzt haben sie ein Haus und zwei Kinder, Hanna und Theo. Hanna ist zehn und Theo sieben Jahre alt. Ich vergöttere die beiden, besonders Hanna, weil wir uns so ähnlichsehen, obwohl wir eigentlich völlig verschieden sind.

Natürlich bin ich Hannas Patentante und Theo, der beste Freund meines Vaters, ist Theos Patenonkel.

Tja und deshalb habe ich eine große Schwester und eine Schwägerin in einer Person. Das spart einem ein Geburtstagsgeschenk!

Meinen großen Bruder Max liebe ich ebenfalls über alles. Er ist mein fester Punkt gewesen, als mich meine Mutter nach München zu meinem Vater abgeschoben hat. Einem Vater, den ich kaum kannte, der er war als Projektmanager ständig unterwegs. Ich war fünf, meine Großmutter war gerade gestorben und mein Vater hatte diesen Job in München bekommen, den er auch heute noch hat. Er ist Geschäftsführer eines Firmenzweigs der Firma, für die er bereits seit dem Studium gearbeitet hat, allerdings bis dato in Hamburg, wo ich geboren wurde. Zuerst hatte es geheißen, dass wir alle, außer Max, nach München ziehen würden. Max wollte in Hamburg bleiben und dort studieren.

Nach dem Tod ihrer Mutter schien meine Mutter jedoch irgendwie auf dem Egotrip zu sein und das hat sie bis heute auch nicht wieder abgelegt. Sie schreibt Bücher und hat das große Glück, dass sie sogar davon leben kann. Ich weiß, dass das nicht viele Autoren von sich sagen können.

Ich dagegen schreibe nur für mich, in mein Tagebuch. Nur einmal habe ich meiner Mutter etwas gezeigt, eine Kurzgeschichte, die ich mit 16 geschrieben habe, „A Monkeys Tail".

„Was ist denn das, Katja?", hatte sie mich mit gerunzelter Stirn gefragt und auf die engbeschriebenen Blätter geschaut.

„Eine Kurzgeschichte. Ich wollte, dass du sie liest", hatte ich schüchtern geantwortet.

„Ich habe keine Zeit für so etwas, Katja. Du weißt doch, dass mein neuer Roman demnächst erscheinen soll und wieviel Arbeit das macht. Ach nein, das weißt du natürlich nicht", sagte sie trocken und stopfte die Geschichte in ihre Handtasche.

Wir haben dann nur noch Belanglosigkeiten ausgetauscht und ich bin mit dem Zug wieder nach München gefahren. Ich habe keine Ahnung, wieso ich sie ihr gezeigt habe und was ich erwartet habe.

Nur wenige Tage später hat sie mir eine Handynachricht geschrieben: „Quatsch". Mehr stand da nicht.

Ich war am Boden zerstört und habe nie wieder jemandem etwas von mir gezeigt, obwohl ich noch weitere Geschichten geschrieben habe.

Seit dem Unfall habe ich begonnen, Gedichte zu schreiben. Düstere Gedichte, denn in mir sieht es nun mal so aus. Vielleicht hat es auch schon immer in mir so ausgesehen, denke ich, während ich einen Geschäftsbrief tippe.

Denn auch „A Monkeys Tail" war keine heitere Anekdote, sondern handelte von einem Affen, dem der Schwanz abgeschlagen wurde. Das Ganze sollte eine Parabel darstellen, na ja, war wohl nichts.

Ich kann wohl nichts Heiteres schreiben. Ich bin anscheinend kein heiterer Mensch.

2.   KAPITEL
Philip

Wie ich es hasse, sie einfach nur mit Frau Winter zu begrüßen!

Am liebsten würde ich bereits jeden Morgen neben ihr aufwachen und

ganz andere Dinge mit ihr tun.

Jeden Morgen marschiere ich rein und hoffe, dass sie nicht mitbekommt,

wie ich sie anstarre. Dann setze ich mich an meinen Schreibtisch und warte

darauf, dass sie mir den Kaffee bringt. Natürlich könnte ich das auch

selbst, aber irgendwie hat sich das so eingebürgert, weil sie das für den

Chef davor auch gemacht hat. Und meistens habe ich es danach dann auch

hinter mir, was den Kontakt betrifft.

Ich weiß gar nicht, ob die Winter einen Freund hat.

Es spielt ja auch keine Rolle, denn ich glaube nicht, dass mein Vater mit

dieser Wahl einverstanden wäre. Er hat da ganz persönliche Vorstellungen

von meiner Wahl einer Frau, befürchte ich.

Mein Vater hat, soweit ich es weiß, meine Mutter aus Liebe geheiratet.

Meinem Großvater war es anscheinend egal wen sein Sohn heiratet.

Meine Eltern haben sich während ihrer Ausbildung in der Firma meines Großvaters kennengelernt und direkt nach ihrem Abschluss geheiratet. Und nur kurze Zeit später sind mein Bruder und ich geboren worden.

Jonas ist zwar mein jüngerer Bruder, tatsächlich sind wir aber nur 15 Monate auseinander. Viele Leute glauben sogar, dass wir zweieiige Zwillinge sind. Äußerlich sehen wir eigentlich gar nicht aus wie Brüder, finde ich.

Mein Bruder hat braune Locken, die ihm bis auf die Schultern reichen und die er meistens als Pferdeschwanz trägt. Bestimmt, um meinen Vater zu ärgern.

Meine Haare sind viel heller und haben keine Spur von Locken. Allerdings trage ich sie immer sehr kurz.

Jonas braune Augen wären mir allerdings lieber, denn meine blauen Augen sehen irgendwie stechend aus.

Mein Bruder ist im Gegensatz zu mir der Rebell der Familie. Ich bin schon immer wesentlich angepasster von uns beiden gewesen, schon in der Schule, was sich deutlich in unseren mündlichen Noten wiedergespiegelt hat. Schriftlich ist mein Bruder immer und in jedem Fach besser als ich gewesen.

Nach der Schule hat Jonas erst mal eine Ausbildung zum Fitnesstrainer absolviert, wahrscheinlich ebenfalls, um meinen Vater zu ärgern. Zumindest würde ihm das ähnlich sehen. Mit dem Job im Fitnessstudio hat er sich dann selbst das BWL Studium finanziert. Unserem Vater hat er allerdings nur erzählt, dass er im Fitnessstudio arbeitet, von seinem Studium weiß er gar nichts. Das ist auch besser so, findet mein Bruder, dann kann er weniger von ihm erwarten.

Ich dagegen habe mich für ein duales Studium entschieden. Irgendwie wollte ich keine unnötige Zeit verlieren, ich weiß gar nicht genau wieso. Und eines Tages werde ich ohnehin die Firma meines Vaters übernehmen, ob jetzt mit Jonas oder ohne ihn. Punkt. Da gibt es nichts dran zu rütteln. Trotzdem wird mir immer flau im Magen, wenn ich daran denke.

Dass ich immer der Gute von uns sein muss, kompensiere ich durch Feiern. Ich genieße mein Leben in vollen Zügen, ich genieße meine Unabhängigkeit und damit wird es wohl vorbei sein, sobald ich den Geschäftsführerposten innehaben werde.

Um zumindest räumlich etwas Unabhängigkeit zu haben, haben mein Bruder und ich uns eine gemeinsame Wohnung mitten in der Innenstadt genommen. Das ist zwar sündhaft teuer, dafür aber ganz nah dran an Allem.

Übrigens weiß ich gar nicht genau, welche Vorstellung mein Vater von meiner zukünftigen Frau hat, aber wahrscheinlich nicht meine Tippse. Das ist mir wieder mal letzten Sonntag bewusst geworden, als mein Bruder die Bombe hat platzen lassen:

„Du hast was?", hat mein Vater ihn fassungslos angebrüllt.

„Ich habe mir einen Club gekauft", hat mein Bruder kühl wiederholt.

„Erst Fitnesstrainer und jetzt ein Club? Elfie!", hat mein Vater daraufhin meine Mutter angeherrscht. „Sag doch auch mal etwas".

„Was ist denn das das für ein Club, Jonas?", wollte meine Mutter wissen, was natürlich überhaupt hilfreich war.

Während ich daran denke, muss ich unwillkürlich wieder grinsen, so wie am Sonntag.

„Ach, du findest das wohl komisch, Philip", hat mich mein Vater sofort angeschnauzt. „Dir könnte auch mal etwas Besseres einfallen, als immer nur schick essen zu gehen".

„Wieso?", meinte ich betont gelangweilt.

Ich wusste, dass ihn das auf die Barrikaden bringt, aber er ging mir tierisch auf die Nerven. Der gute Sohn zu sein, heißt schließlich nicht, sich alles gefallen zu lassen.

„Weil sich das für einen angehenden Geschäftsführer nicht schickt",
behauptete mein Vater. „Nicht, dass du uns so eine geldgeile Schlampe
anschleppst. Sieh zu, dass du jemand Ebenbürtiges findest. Und du Jonas:
Da ist das letzte Wort noch nicht gefallen!"
Mit diesen Worten ist mein Vater aus dem Wohnzimmer gerauscht. Wir
haben beide nur den Kopf geschüttelt.

„Dass du auch immer so mit der Tür ins Haus fällst, Jonas", tadelte
meine Mutter, was ja klar war, denn sie kann ja schlecht mit unserem
Vater schimpfen. Das schickt sich nicht für eine gute Ehefrau.

„Wie hätte ich es ihm denn sonst sagen sollen", meinte Jonas verärgert.
„Und ich verstehe auch immer noch nicht, wieso er ein solches Problem
damit hat!"

„Das ist doch völlig klar, Man", sagte ich unwirsch. „Papa will doch,
dass wir beide die Firma übernehmen. Und er denkt, dass du dazu keine
Zeit haben wirst, wenn du diesen Club betreibst".

„Das ist mir schon klar", sagte mein Bruder trocken.
Mein Bruder hat den Club übrigens bereits seit einem Jahr, hat sich
allerdings erst jetzt dazu entschieden, unserem alten Herrn davon zu
erzählen. Der Club meines Bruders ist gar nicht mal schlecht besucht, seit
seiner Eröffnung, wie ich natürlich aus eigener Erfahrung weiß. Vielleicht

hat er so lange gewartet, weil er den richtigen Zeitpunkt abwarten wollte oder weil der Club jetzt endlich Gewinne abwirft. Ich weiß zwar nicht, was ich von der Sache mit dem Club halten soll, finde aber, dass das Jonas Entscheidung ist.

Komisch, dass mein Vater so darauf erpicht ist, unser Leben zu bestimmen.

Mein Großvater hat eigentlich immer einen recht relaxten Eindruck auf mich gemacht. Das täuscht allerdings, hat meine Mutter mir versichert. Er hat meinen Vater permanent angetrieben.

Dank meines Vaters gibt es jetzt Außenstellen bis in die Schweiz. Und von uns erwartet mein Vater wahrscheinlich, dass wir Firmenzweige außerhalb Europas eröffnen. Klar, die Produktion wäre in China günstiger, aber im Moment wirbt die Firma noch mit echter deutscher Markenware.

Mein Großvater hat das Ganze damals mit Klebstoffen begonnen. Dank meines Vaters gibt es heute die unterschiedlichsten Klebemittel, aber auch Lösemittel, sowohl für die Industrie als auch für den privaten Bereich. Mein Vater hat einiges erreicht und er erwartet dasselbe von uns, nur erscheint mir der Preis teilweise zu hoch dafür.

Meine erste, feste Freundin hatte ich mit zwanzig an der Uni und er hat sie allen Ernstes gefragt, ob sie denn nur an seinem Geld interessiert wäre.

Meine Freundin hat ihn erstaunt angesehen und ist dann gegangen. Leider nicht nur aus dem Haus meiner Eltern, sondern auch aus meinem Leben. Danach hatte ich nur noch kurze Flirts, nichts Festes.

Im Skiurlaub habe ich dann Melanie kennengelernt. Eine lockere Beziehung, die eigentlich nur auf Ausgehen und Feiern basiert hat. Sie hat sich von mir getrennt, als ich mir einen Golf zugelegt habe, was komisch war, denn bis dahin hatte ich gar kein Auto. Aber Taxi fahren hat wohl eher in ihr Weltbild gepasst, als einen VW zu fahren. Natürlich hat sie auch bemängelt, dass ich nichts von Armani trage, aber der VW war dann wohl doch der Gipfel für sie. Leider habe ich durch sie nur noch solche Leute kennengelernt, die gerne feiern. Na ja, und irgendwie mag ich es schon, auszugehen und sich etwas Gutes zu leisten.

Meine Eltern sind wahnsinnig sparsam, obwohl die Firma so viele Umsätze macht. Sie verreisen selten und wenn, dann in die Berge in eine kleine Pension. Sie fahren schon seit Jahren dorthin.

Im Winter sind wir allerdings immer zum Skifahren nach St. Anton gefahren. Meine Eltern sind beide versierte Skifahrer und haben meinem Bruder und mir das Skifahren bereits ganz früh beigebracht. Mein Bruder und ich fahren jetzt immer zusammen in den Skiurlaub, einfach, weil wir die Meckerei meines Vaters nicht eine Woche lang ertragen können.

Nach Hause gehen wir allerdings in regelmäßigen Abständen, denn unsere Mutter ist eine Seele von Mensch und schließlich kann sie ja nichts für die Meckerei unseres Vaters.

Ich denke über den Sonntag nach, während ich meine Mails abarbeite. Meistens kann ich mich erst nach vier Uhr nachmittags richtig konzentrieren, sobald Frau Winter nach Hause gegangen ist. Und ansonsten treffe ich die Leute in ihren Büros, denn das ist wesentlich angenehmer für mich.

Irgendwie hat sonst niemand eine Assistentin in dieser Firma, also nicht auf diesem Niveau. Es gibt Juniorstellen für die Leute, die nach dem dualen Studium übernommen werden und womit ich auch angefangen habe. Zum Glück war mein Chef so überzeugt von mir, dass ich nach nur zwei Jahren bereits ein eigenes Team hatte. Mein Vater hat das leider nicht sonderlich honoriert.

„Mach es dir da nicht zu gemütlich. Ich habe dich die Ausbildung woanders machen lassen. Kann ja nichts schaden, habe ich gedacht, aber du und dein Bruder habt nur Flausen im Kopf. Vielleicht wäre es doch besser gewesen, euch bei mir lernen zu lassen".

„Machen lassen" ist doch sehr gönnerhaft ausgedrückt, aber ich habe das unkommentiert stehen lassen. Um nichts in der Welt hätte ich meine duale Ausbildung in der Firma meines Vaters machen wollen.

Ich schaue um die Ecke und erhasche einen Blick auf Frau Winter. Frau Winter und ihre wahnsinnig langen Beine, die mir jeden Morgen den Atem rauben. Ich wünschte, ich könnte ihre langen Beine einfach um mich schlingen und mich durch ihre feuerroten Haare wühlen.

Ich glaube, bei mir hat noch nie so der Blitz eingeschlagen, bis mir meine neue Sekretärin, pardon, heute heißt das ja Assistentin, vorgestellt wurde.

Seitdem gehen mir diese roten Haare, diese haselnussbraunen Augen und dieser Wahnsinns Körper einfach nicht mehr aus dem Kopf. Und jeden Morgen muss ich sie ansehen und darf sie nicht berühren.

Aber mein Vater würde mich wahrscheinlich enterben.